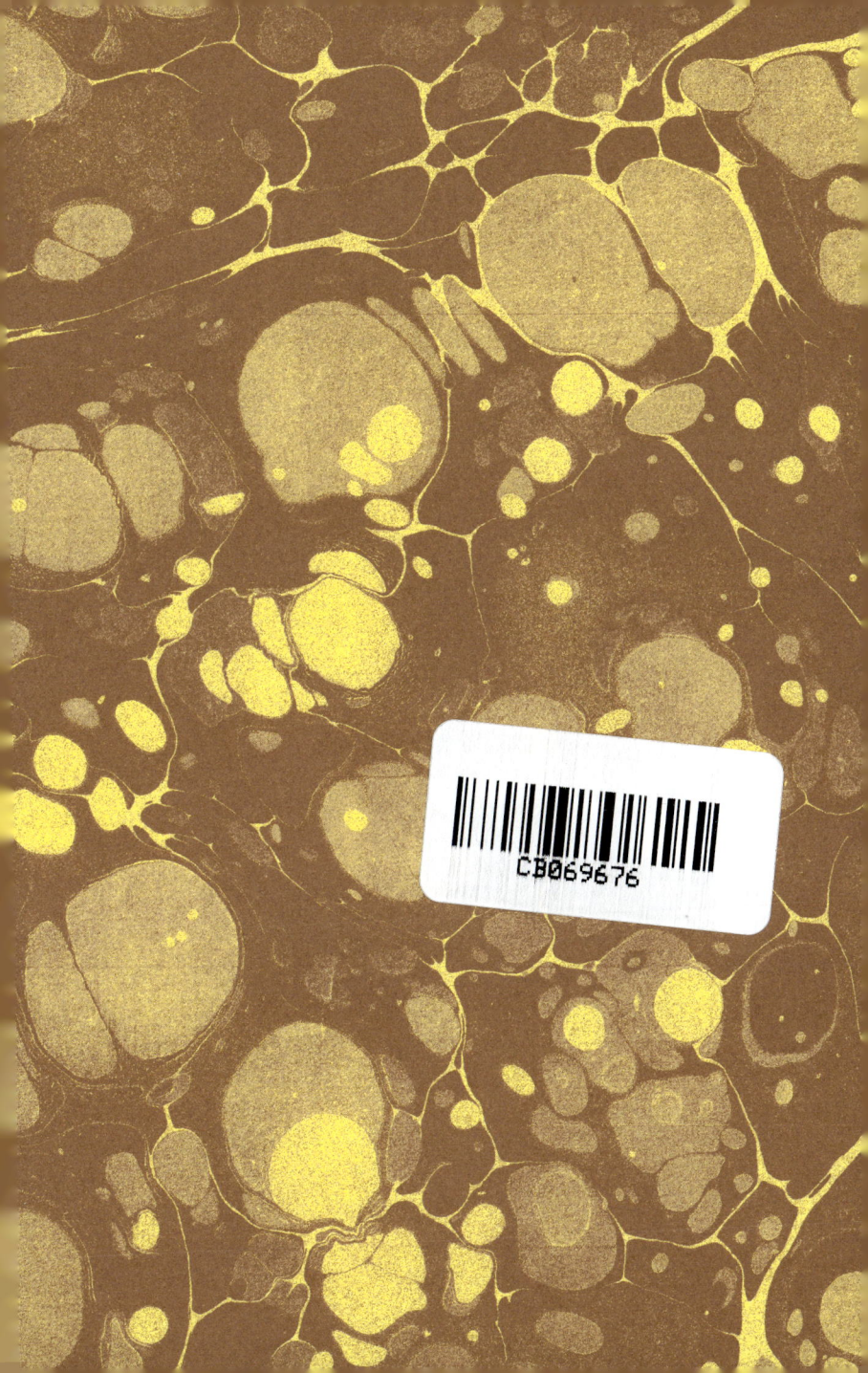

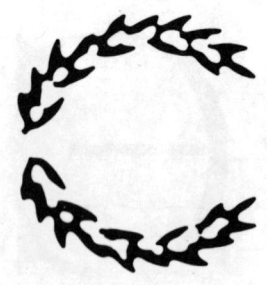

TRADUÇÃO E APRESENTAÇÃO
RÉGIS MIKAIL

POSFÁCIO
JEAN DE PALACIO

LORD LYLLIAN
MISSAS NEGRAS

JACQUES D'ALDELSWÄRD-FERSEN

ERCOLANO

TÍTULO ORIGINAL *Lord Lyllian: messes noires*

© Ercolano Editora, 2024
© Tradução Régis Mikail, 2024
Esta publicação segue as normas do Acordo Ortográfico da Língua Portuguesa, Decreto no 6.583, de 29 de setembro de 2008.

DIREÇÃO EDITORIAL
Régis Mikail
Roberto Borges

PREPARAÇÃO
Eduardo Valmobida

REVISÃO
Bonie Santos

PROJETO GRÁFICO
Estúdio Margem

DIAGRAMAÇÃO
Gabriela Luchetta

IMAGEM DE CAPA
Aubrey Beardsley (1872-1898), frontispício de *An Evil Motherhood*, publicado por Elkin Mathews e Walt Ruding, 1895.

ILUSTRAÇÕES
Aubrey Beardsley (1872-1898)

Todos os direitos reservados à Ercolano Editora Ltda. © 2024.
A reprodução não autorizada desta publicação, no todo ou em parte, e em quaisquer meios impressos ou digitais, constitui violação de direitos autorais (Lei nº 9.610/98).

AGRADECIMENTOS

Alê Lindenberg, Bia Reingenheim, Carolina Pio Pedro,
Christiane Silva, Daniela Senador, Éditions GayKitschCamp,
Jean de Palacio, Joyce Kiesel, Láiany Oliveira,
Mila Paes Leme Marques, Patrick Cardon,
Victória Pimentel, Vivian Tedeschi.

**AMBASSADE
DE FRANCE
AU BRÉSIL**
Liberté
Égalité
Fraternité

Cet ouvrage, publié dans le cadre du Programme d'Aide à la Publication année 2024 Carlos Drummond de Andrade de l'Ambassade de France au Brésil, bénéficie du soutien du Ministère de l'Europe et des Affaires étrangères.

Este livro, publicado no âmbito do Programa de Apoio à Publicação ano 2024 Carlos Drummond de Andrade da Embaixada da França no Brasil, contou com o apoio do Ministério francês da Europa e das Relações Exteriores.

SUMÁRIO

08   APRESENTAÇÃO • RÉGIS MIKAIL

20   PRÓLOGO
24   CAPÍTULO I
38   CAPÍTULO II
50   CAPÍTULO III
62   CAPÍTULO IV
76   CAPÍTULO V
82   CAPÍTULO VI
92   CAPÍTULO VII
102   CAPÍTULO VIII
114   CAPÍTULO IX
126   CAPÍTULO X

136	CAPÍTULO XI
146	CAPÍTULO XII
152	CAPÍTULO XIII
162	CAPÍTULO XIV
170	CAPÍTULO XV
180	CAPÍTULO XVI
188	CAPÍTULO XVII
200	CAPÍTULO XVIII
208	CAPÍTULO XIX
216	CAPÍTULO XX
226	CAPÍTULO XXI
236	CAPÍTULO XXII
248	CAPÍTULO XXIII

262 POSFÁCIO
JACQUES D'ADELSWÄRD-
-FERSEN E A FIGURA DE
HELIOGÁBALO • JEAN
DE PALACIO

APRESENTAÇÃO

Traduzir *Lord Lyllian: missas negras*, livro considerado *vicioso*, para mim se tornou uma espécie de vício, conceito amplamente desenvolvido neste romance, o mais conhecido — e infame — de Jacques d'Adelswärd-Fersen (1880-1923). Ao questionar o termo, recorrente em *Lord Lyllian*, procurei, de modo geral, preservar suas ambiguidades características, situando o contexto e trazendo as referências específicas daquela época de transição para a atualidade nesta publicação.

Na tentativa de recriar o ritmo do texto em português — Fersen, haurido da poesia de Verlaine, foi poeta antes de tudo —, mais desafios se manifestaram: o uso exótico da pontuação, os charmosos períodos propositalmente criptografados, o discurso do autor misturado ao do personagem... Tudo isso, voluntariosamente, a serviço da ambiguidade. Sem contar as polissemias vertiginosas, as ironias agudas, as gírias de bandidos e homossexuais em meio a arcaísmos e termos raros, assim como a tipografia incoerente da edição original e a estrutura do texto, extremamente maleáveis em Fersen. Comecei levando em consideração a pergunta "Como?" em detrimento de "O quê?" e sacrifiquei o objeto em nome em nome do estilo.

Este romance é permeado pelo decorrer do tempo e pela questão da idade. À primeira vista, fala-se das glórias da juventude desviando-se, com a prepotência dos adolescentes, das agruras da velhice. Esta última foi provavelmente um fator decisivo que levou Fersen — dândi, opiômano e homossexual — a suicidar-se aos 42 anos misturando cocaína numa taça de champanhe.

*

Pedindo a licença do leitor para contar uma breve anedota, eu gostaria de explicar as razões que me levaram a registrar ideias sobre a tradução durante uma simples caminhada: são de ordem mais prática que propriamente poética. Certo dia, andando na rua, ouvi piados estridentes. Um filhote de passarinho que não sabia voar tinha acabado de cair no chão e ficou parado no meio da calçada. Logo peguei o bicho, temendo que ele fosse pisoteado pelos passantes. O calor dificultava a respiração e, sem ninguém disposto a abrigá-lo, eu sentia o coraçãozinho disparado nas minhas mãos. Adianto que o fim do passarinho foi feliz.

Fiquei sabendo, depois, que se tratava de um bem-te-vi, avezinha topetuda e arisca, espécie de "macho alfa" de asinhas que, por ser um predador agressivo, não se adapta a gaiolas. Bem-te-vis vivem solitários como o órfão milionário Lyllian. O garoto, em seu castelo na Escócia, grande demais para ele e sob a presença esmagadora de seus ancestrais, tinha ao seu lado apenas o velho preceptor que cuidava da herança e a criadagem. Era cobiçado por todos. Historinhas sentimentais à parte, em *Lord Lyllian*, o leitor se deparará com muitos trechos carregados de certo romantismo tardio, como o episódio do jovem namorado tuberculoso de Renold, Axel Ansen — mais um duplo de Adelswärd-Fersen? — e o do encontro com a noiva, no estilo da pintura aristocrática inglesa do século XVIII.

Em primeiro lugar, a escolha da publicação não implica apenas ouvir o abusado e o abusador, que podem coexistir em uma pessoa no romance. A julgar pelas audácias do protagonista, um ser vivo ferido como o tal passarinho, ele representa qualquer pessoa que, por algum motivo, se vê impedida de amar e, em sua neurose, se arma de ferocidade para se proteger. Sem adiantar uma interpretação ao leitor sobre o que é "vício", representado num primeiro momento quase como indistinguível do amor, é preciso lembrar que o *vice anglais* ("sodomia") era um clichê bastante difundido naquele fim de século. Harold Skilde, por exemplo, personagem de traços facilmente identificáveis em Oscar Wilde, num mascaramento que ocorre com tantos outros personagens desse romance de chaves, é debochado, libertino, pervertido e mordaz com seus leitores e amigos. Aqueles que, enquanto lhes convinha, o aplaudiram por sua genialidade abandonarão Skilde/Wilde arruinado. Inclusive o leitor talvez se sinta tentado a fazer o mesmo julgamento. Topetudos, sarcásticos e alardeadores, os Skildes e os Lyllians se assemelham ao bem-te-vi por serem movidos, e não paralisados pelo medo. São impulsionados pelo princípio do prazer, ainda que à custa da própria honra e da própria vida. Se definir e apontar o vício é fácil, seu oposto, a moral e os bons costumes que se esperam dos antagonistas de Lyllian, é menos nítido no romance por estar mascarado de hipocrisia.

Em segundo lugar, é importante lembrar que Fersen sequer podia escrever as experiências amorosas vistas ou vividas por ele. Mas, quanto aos escândalos daquele fim de século, alguém poderia se perguntar: e as fantasias de éter de um Jean Lorrain maquiado? E a mente andrógina da genial Rachilde, com suas impressões aterradoras? E o cristianismo escatológico e violento de Léon Bloy ou mesmo o de J.-K. Huysmans, o precursor de tantas conversões de escritores ao catolicismo depois de ter vivenciado a experiência traumática das missas negras, verdadeira congregação de maníacos, tarados, histéricas e neuróticos obcecados em subverter a missa cristã em ritual satânico? Em certa passagem de *Lord Lyllian*, Huysmans inclusive chega a ser zombado por sua "documentação pedante".

Apesar de todos esses modelos literários antecedentes, *Lord Lyllian* causou frisson abrupto e inaudito. E, por falar em frisson, convido o leitor a tomar conhecimento dos desdobramentos do termo, juridicamente empregado nas acusações dirigidas a homens chamados de *frissonières* (no feminino), que a imprensa divulgou como "neologismo decadente" durante o escândalo na casa de Fersen, na avenida de Friedland, número 18, em Paris. Se muitas das fantasias imaginadas pelos predecessores de Fersen existiam no próprio texto, ele foi um dos poucos que ousou colocá-las em prática. Por exemplo, a sua residência, Villa Lysis, em Capri, palacete que encarna a verdadeira realização da "tebaida refinada" sonhada pelo personagem Des Esseintes no romance-bíblia do decadentismo, *Às avessas* (1884), do mesmo Huysmans. Este, antes dividido entre a hesitação da fé, delírios estéticos e as missas negras descritas em *Nas profundezas*, só pôde escolher, segundo Barbey d'Aurevilly, entre "a boca de uma pistola e os pés da cruz".

Concorde-se ou não com os meios empregados, Fersen questiona o próprio decadentismo de onde surgiu, atingindo o paroxismo da quebra da linguagem, já bastante fragmentária e exuberante, do movimento estético no fim da Belle Époque até o surgimento das vanguardas no pós-guerra, pelas quais Fersen, aliás, em seu mundo próprio, meio peixe meio carne, não parecia demonstrar muito interesse. Ao afã de originalidade e às experimentações com a tecnologia, preferia o universo greco-latino e as sinestesias.

A maneira de representar as coisas é privilegiada no romance, tomando como ponto de partida *o que* será representado e de que maneira *deve* ser representado. No duplo entendimento do conceito de *dever* — obrigação e possibilidade —, já anunciado no prólogo, é crucial identificar o sentido conferido ao verbo em diferentes partes do romance. Por um lado, há coisas que *deveriam* ser ditas porque simplesmente existem (seja de forma explícita ou implícita) e, por outro, há coisas que *deveriam* ou não existir por serem consideradas "imorais" e "contranaturais".

Na expressão literária, observa-se no protagonista Lyllian, mais amoral do que imoral, uma recrudescência de seus desejos. Apresentado como neurótico desde o primeiro ato de sua dança esquisita, em um salão em Veneza, ele procura reprimi-los quando decide deixar de frequentar os rapazes com quem mantinha relações quase pedagógicas e, à maneira platônica, pederásticas.

Em vez disso, decide contrair um casamento heterossexual. Confuso, ele evitará seus velhos conhecidos de farra e de amor, assim como evitou o reencontro com Skilde, seu ex-mentor e erastes, no momento em que este mais precisava do rapaz. Lyllian anseia por tratar aquilo que enxerga em si mesmo, se não como doença, ao menos como culpa pelos atos cometidos.

Assim, num dos capítulos mais saborosos do romance, Lyllian e seus amigos vão a uma *guinguette*, bailão popular na periferia parisiense, regado a álcool, éter, danças e paqueras entre um encontro furtivo e outro. A descrição do narrador deixa claros os perigos de situações escusas como essa. A clientela do cabaré era a pura nata do *bas-fond*: mariconas ricas e pobres, lésbicas, travestis, prostitutas em fim de carreira, malfeitores, cafetinas, proxenetas, assassinos e pedófilos; e dândis, diplomatas, lojistas, juízes, políticos, ministros e toda a gente "de bem" que chega em seus carrões, "no sigilo"; enfim, esses lugares eram frequentados também por homossexuais, simplesmente. Aglomerando-se em cabarés e prostíbulos (como o bordel da Yarmouth, em Londres), essa massa humana formava um conjunto variegado, mas uno no destino de seus próprios desejos.

A presença de juízes em espeluncas do tipo e os subornos, por si sós, escancaram o fato de que os julgamentos emitidos pela polícia moral, tão truculentos e rasos, refletem sua própria imoralidade projetada no outro. Conclusão elementar, eles enxergam a si mesmos com terror, naturalmente, num reflexo menos encantador que o do espelho psiquê através do qual o menino Renold Lyllian descobre a si mesmo e à potência de sua sexualidade. A contragosto, ele conhecerá também, como em seu papel de Narciso na peça de teatro escrita por Skilde, a sua atração por rapazes iguais a ele. Lyllian paga o preço de seu narcisismo e de tentar reconhecer seu desejo numa lei ótica — essa sim natural e científica —, aquela à qual os julgadores tentam escapar em vão.

Com tantas projeções e olhares cruzados em *Lord Lyllian*, não apenas o que Fersen representa, mas a sua maneira de representar, quebra paradigmas, jogando uma pá de cal sobre uma maneira cartesiana de representar os sentidos, por meio de tantas estroinices e diálogos ambíguos ou mesmo sem sentido. Faz parte desse certo *nonsense* e das muitas "cenas" de carnavais e festas a fantasia uma herança do romance de folhetim, em meio a travestimentos, desejos atrás de máscaras e crises de nervos.

A vida romanesca de Lyllian é, em parte, inspirada na vida real de Fersen. Não vem ao caso se o escritor viveu todas as estripulias que os porteiros e empregados do prédio, naquela passagem do livro digna de pastelão, alegam ter visto: as famigeradas "missas negras". O leitor encontrará nos amálgamas dos fuxiqueiros o germe de *fake news*, que hoje conhecemos tão bem, entrelaçando missas negras com pederastia. Nesse telefone sem fio, é importante atentar ao ódio dirigido ao "desviado", tamanho a ponto de o porteiro alegar ter visto algo abominável para, logo em seguida, admitir cochichando ao policial que, na verdade, nada viu com seus próprios olhos. E, se fosse preciso, ele se prontificaria a depor.

Por isso, trazer *Lord Lyllian* me pareceu mais urgente para a história da literatura homossexual que, por exemplo, exumar a explanação de referências no *Corydon* (1924), diálogo filosófico-científico, tão importante quanto pernóstico, de André Gide. Reivindicando o pensamento e a exposição socrática de maneira um tanto arrastada, à moda universitário-acadêmica, quão distante é o estilo do *Corydon* do de *Akademos*, primeira publicação gay francesa, fundada em 1909 por Fersen! No texto de Gide, o tema da homossexualidade e da pederastia atravessa várias questões epistemológicas centradas na natureza e na naturalidade da tal "contranatura" que envolve qualquer tipo de relação homossexual. Em quatro

Capa do livro de Fersen: *Messes noires:* Lord Lyllian. Paris: Albert Messein, 1905.

Na epígrafe de Oscar Wilde, lê-se: "Para mim, o amor tem dois inimigos: os preconceitos e meus porteiros".

conversas entre o homofóbico internalizado Ménalque e Corydon, que dá nome ao livro e que se revela menos conservador em suas conclusões ao abordar temas polêmicos, a natureza e a representação da pederastia são minuciosamente investigadas. É importante observar que isso não implica diretamente pedofilia, mas o amor entre jovens, no caso de *Lord Lyllian*: Renold mal tinha completado vinte anos quando ensinava o amor, quase pedagogicamente, aos garotos. Talvez *Corydon* mereça ser traduzido no dia em que o debate argumentativo e fundamentado for restituído. Por ora, creio que a obra de ficção *Lord Lyllian* dê conta do recado, certo de que o estilo de Fersen propiciará mais sabor e menos tédio ao leitor que *Corydon*.

    Logo na esbórnia exuberante do primeiro capítulo, sob um teto pintado por Tiepolo, um grande *como* exclui qualquer tese que tente corroborar uma resposta a uma pergunta condicional, do tipo "se". Estas, em senso estrito, admitem exclusivamente "sim" ou "não" como resposta; talvez até sim *e* não. Vítimas ou algozes? Desconstruídos ou falsos moralistas? A trajetória dos personagens e o enredo, por sua vez, parecem abertos a muitos sins e a muitos nãos. Muitas vezes, não há resposta para *o que* fazem nem *como* fazem. Dessa maneira, sem querer estragar a surpresa da intriga, as conjecturas sobre o narrador ter forçado um moralismo inverossímil perto do fim do romance (possível tentativa de se adequar ao que a sociedade esperava de um órfão "podre de rico") vão muito além de uma resposta fechada.

    Que o leitor tire suas próprias conclusões, concedendo-se o legítimo direito de não ter uma resposta pronta nem moralizante, qualquer que seja a natureza dessa moral, qualquer que seja o julgamento de sua natureza, não apenas boa ou apenas má, a depender do ponto de vista. Não eram exclusividade do tempo de Fersen aqueles que, recorrendo à biologia ou ao Deus veterotestamental — a depender da crença adotada —, negam outras possibilidades e blindam existências não normativas. O que diria o provável bissexual Lyllian, tão propenso a *fantasias*, a esse respeito…?

É sabido que aqueles que se prendem ao binarismo de gênero e de percepção das coisas visam romper com qualquer nuance, numa tentativa de acabar com o diálogo. É exatamente o contrário do que se lê no teatral *Lord Lyllian*, texto repleto de debates, bate-papos, brigas de bêbados e fofocas, compondo uma polifonia e conferindo certa ilusão de realidade à história. Aparentemente, na expressão literária da sexualidade e nos julgamentos racistas, homofóbicos e classistas, tanto os de então quanto os de hoje, pouca coisa mudou radicalmente, com exceção, talvez, da gonorreia e da sífilis, que atualmente alcançam hiperresistência, firmes e fortes. Não há Diana ou Mercúrio que as cure, nos dizeres do personagem D'Herserange.

Aí está *Lord Lyllian*, que me esforcei para traduzir buscando mais a fluidez do original que o rigor preciso. Afinal, trata-se de um grande *como* e de um *se* que admite mais perguntas que respostas… Espero, não sem um pouco de ingenuidade, que este livro abra discussões e dê voz ao debate, ainda que, sempiternamente, se continue a discutir sobre os mesmos pontos de cem anos atrás.

*

Por fim, o desfecho da anedota sobre o bem-te-vi: interrompi minhas anotações e tratei de procurar abrigo para ele, preso a mim naquela hora e solto à própria sorte no futuro. Um vigia de rua, muito mais gentil que os vigias representados neste romance, me disse que criava aves e se prontificou a adotá-lo. Ele me explicou que bem-te-vi não é pássaro de gaiola, é bicho que vive livre. Mas prometeu que não o soltaria antes de estar pronto para voar… e — pensei comigo mesmo —, uma vez crescido, também pronto para caçar e brigar com outros machos, e, quem sabe, amá-los, ou para atrair e dominar fêmeas e procriar. Um pouco como Lyllian, e exatamente como muitos acreditam querer o Deus burguês. Acariciei seu topetinho loiro, igual ao do anti-herói, e me despedi. Semanas depois, concluí a tradução de *Lord Lyllian* que aí está.

O jovem Jacques Fersen.

PRÓLOGO

Para senhor X...,
antigo juiz de instrução.

Meu caro amigo,

Foi o senhor quem mandou imprimir, despoticamente, um manuscrito que eu havia destinado à calma repousante da gaveta. Se esse livro devesse ter causado algum barulho, eu não teria perdido a oportunidade de dedicá-lo ao senhor: o escândalo forma, nos dias de hoje, a mais cara distração das sociedades seletas, e o senhor, ao criá-lo, passa por homem célebre — a honra teria sido total.

Porém, graças à escuridão em formato de bolso, na qual esses rabiscos permanecerão, nada me resta além de desaconselhá-los aos raros amigos do senhor.

Em primeiro lugar, porque, afinal de contas, eles contêm bom senso e algumas vezes se sacrificam aos preconceitos. Isso os torna tediosos e tristes. O senhor sabe que somente o absurdo é encantador.

Depois, porque neles a moral não é ofendida. E já passou da hora para mim, pois a moral dos dias de hoje, baseada na moral da terceira república,[1] aparece para mim como uma velha senhora, funcionária pública e metida, de quem se tem vontade de arrancar a ponta do nariz!

Tal qual, contudo, eis aqui Lord Lyllian, que o porteiro do senhor chamava de "uma bicha". Não pintarei o retrato dele aqui, pois o senhor não me escuta mais e, além disso, poderia encontrá-lo nesse livro, que não lerá. Um único detalhe: queira — por favor — lembrar-se de que nós o frequentamos juntos, e o senhor não exatamente o detestava.

O único demérito dele foi viver em uma época fértil de chucros, animais domésticos ignorados por Buffon. O maior erro que cometeu foi deixar-se amar, teatral-

---

[1] Em minúsculas no original. (Esta e todas as demais notas são do tradutor.)

mente. O senhor talvez o tivesse preferido jovem e nu como Adônis, dourado pelo sol, perto do monte Himeto, ao pé de algum oleandro: Não é permitido estar tão pouco vestido perto do *boulevard des Italiens*...

Aliás, nosso herói-garoto disse "droga" e em seguida vai embora. Pálida figura de alucinado, agora ele está repousando no país dos sonhos, no meio das quimeras que deixaram marcas em sua vida. Caso o senhor alguma vez tenha tempo para perder, evoque-o entre essas páginas. Isso fará com que o senhor varie um pouco as reconstituições de túnicas gregas, os romances sobre Totó e suas piadas e as fofocas sobre Antinoópolis.

Depois, quando chegar o dia e quando, semimorto, o senhor tiver terminado de ler o último capítulo, murmure, a voz apagada, mas com o charme dos antigos interrogatórios: "Ele viveu, ele sorriu...".

O eco responderá ao senhor: "Ele te largou!".

J. A. F.

CAPÍTULO I

— E QUEM É, EXATAMENTE? — PERGUNTOU O SENHOR D'HERSERANGE POR TRÁS DE SUA MÁSCARA. — AGORA FIQUEI EMPOLGADO COM A BRINCADEIRA; MAS VOCÊS DEVEM SABER QUE É MUITO *JANOTA*...?

— Melhor dizendo, muito *cocota*, senhor diplomata — respondeu della Robbia, maravilhosamente esbelto em sua roupa preta de arlequim. — Ele pertence a uma das famílias mais antigas da Inglaterra...

— Jovem, não é?

— Ah, mais ou menos dezenove anos. Veja só, o senhor não está mais fumando... Vai mais um nadinha de ópio?

Della Robbia fez um sinal e um *boy* chinês, enrugado e lesto como uma aranha, colocou uma bolota de pasta marrom no minúsculo forno dos cachimbos...

— Não chegou aos vinte. Acho que é o décimo-sétimo ou o décimo-oitavo daqueles lordes Lyllian que, desde que o mundo é mundo (linda música, aliás, ouça... é uma dança croata), podem reivindicar todo o seu renome.

— Quase louco, pelo que me disseram ...

— O senhor, repito-lhe; o senhor é diplomata. Nesse caso, então, como está brincando com as palavras; perdão, com os sentidos... Artista ou louco, é isso...?

— Órfão e podre de rico?

— Uma agência de investimentos, palavra! — riu ironicamente o príncipe Skotieff, dando um piparote em seu casaco bordado.

— E ainda por cima — murmurou lentamente Jean d'Alsace, que até então piscava seus olhos de verruga e acariciava os anéis que combinavam com os olhos —, ainda por cima, uma insolência de condestável...! Bonito assim, mais que um pajem de Mantegna. Uma mulher chegou a se matar por ele... vai chegar a vez dos homens. Ele faz bem o seu tipo, Skotieff: nada bobo, ousado e empolado, uma alma de bizantino ou de cabotino, sincero até quando mente, e mente quando é sincero; ingênuo em suas mordacidades e mordaz em suas ingenuidades; literário por vício ou vicioso por literatura, digamos assim, acabou por acreditar que era descendente... Oh, o pequenino sobrinho de Alcibíades.[1] E, para fechar o pacote, um corpo inquietante, à maneira de Burne-Jones,[2] flexível tal qual o de uma serpente, uma cara debochada e loira de colegial, de que não daria a mínima para o senhor assim como ninguém daria a mínima para um bedel. Acrescente sal e pimenta e sirva quente. Tá aí o rapazote!

— Órfão e podre de rico... — repetiu o senhor d'Herserange sonhando acordado.

— O que lhe possibilitou encarar todos os vícios, viu, D'Alsace, queridinha? — interrompeu o príncipe com uma risada ambígua.

— Exceto os do senhor, Sereníssimo, que não se manteriam em cartaz...! Posso servir um pouco de Asti?

— Bem à moda da casa de vocês ... Não me façam cair demais em tentação.

— De resto, foi bem aqui neste *palazzo* que o conheci, há um mês — continuou della Robbia. — Chegou em Veneza após a prisão de Harold Skilde. Desde então já corriam os mais bizarros rumores a respeito dele, rumores muito bem fundados, os senhores devem ter ficado sabendo...

— Do quê? — interrogou a senhora Feanès, uma morena volumosa ("a Grécia em relevo", assim diziam), fantasiada de cigana.

— Não há ninguém como as lindas mulheres para cuidar dessas questões com um ardor...

— Oh, não me diga que descobriram...?

— Agora o senhor deu para ser juiz de instrução e juiz *in rectum*... Descobriram a correspondência do pequeno lorde e do escritor, ora essa! Foi isso que causou a condenação de Skilde ao *hard labour*. No mais, Lord

---

1   Político e general, Alcibíades (450 a.C.-404 a.C.), notório por sua beleza, foi discípulo e erasta de Sócrates.

2   Sir Edward Burne-Jones (1833-1898), pintor ligado ao movimento pré-rafaelita.

Lyllian não ficou lá muito abalado... Depois do processo, foi viajar...

— Então — suspirou a cigana —, tem certeza de que ele virá esta noite?

— Ele me prometeu. Mas repito: é de lua como Pierrot, nervoso como Clitandra, cheio de caprichos como Scapin.

— E sensual como seu próprio nome: Lyllian. Que nome mais lindo! — disse senhora Feanès, expondo-se cada vez mais...

A conversa diminuía... Apenas os acordes de instrumentos bizarros — aqueles de uma banda *zingara* que della Robbia havia descoberto atrás do gueto — cantavam guturalmente no silêncio. A sala superior do Palazzo Garzoni, com seu ouro apagado, seu teto maravilhoso (uma obra-prima de Tiepolo), parecia ter sido ressuscitada pelo brilho das luzes, das roupas e dos vultos.

— É isso, estamos aí, no cenário — disse Feanès, o marido da cigana, alongando-se para se levantar. — O senhor é um artista, della Robbia, e a sua festa é um espetáculo.

De fato, o jantar de sucesso que o pintor veneziano oferecia a seus amorecos da vida e da esquina era, na verdade, mais que propriamente um jantar, sobretudo uma orgia de flores, de perfumes, de lindeza mórbida e terna.

Frissonnière por *frissonnière*,[3] pelo menos aquela ali vale o *frisson*. Não é mesmo, senhor juiz?

---

3 Segundo nota da reedição de 2011, o termo *frissonnière*, substantivo mais comumente empregado no feminino, mesmo quando — e talvez sobretudo propositalmente por isso — se refere a homens, deriva da palavra *frisson*. O estrangeirismo consta em nossos dicionários, com o significado de "impacto", "calafrio", "tremelique", "arrepio". A imprensa da época se apropriou do termo a partir da acepção empregada por Hamelin de Warren, coculpado de Fersen na acusação das "Missas Negras", definindo-o como um "neologismo decadente".

À primeira vista, viam-se apenas imensos tocheiros de bronze ardendo ao redor de todo o recinto. Fumaças aromáticas subiam de tripés de mármore rosa, a glória daquela galeria que della Robbia transformara em seu ateliê habitual, e os vapores lançavam no ar sobreaquecido um quê da transparência leitosa da opala. Não havia mesa, e sim uma placa de pórfiro, posta sobre as lajes do cômodo. O pórfiro frondejava quase completamente de flores; flores encomendadas de Chioggia na mesma manhã, flores violentas e raras, cujo eflúvio continha os sais da brisa marinha e as volúpias das terras cariciosas... Entre as flores, estavam misturadas frutas e carnes. Os convivas, deitados sobre almofadas e peles, esforçavam-se para manter a pose apesar da embriaguez. Uns fumavam ópio em varas curtas de bambu com argolas de prata. O príncipe Skotieff descobria mecanicamente o braço coberto de abscessos e, uma vez ou outra, picava-se com uma agulha de ouro — a morfina. D'Alsace chupava um naco de carne crua e cutucava sua dentadura...

E todos e todas, com suas caras arrasadas, bocas frouxas e olheiras pálidas ao redor dos olhos, proporcionavam uma cena maravilhosa (a quarentena no leprosário), uma cena maravilhosa de vício e de feiura nesse maravilhoso cenário de beleza.

— D'Herserange está extraordinário...! Fantasiado de Borgia, suponho, ou de burguês? — continuou Jean d'Alsace. — O senhor, Feanès, encarna um marquês de Sade ideal... mas retocado por Malthus, e muitíssimo bem casado. O príncipe... qual seria a fantasia do príncipe Skotieff... Doge?

— Oh, é uma coisa do meu país, mandei fazer. É um... como vocês chamam isso mesmo? — fazendo um gesto infantil e irritante com a mão. — Essas coisas que fazem as pessoas inconfessas confessarem...?

— Um carrasco ou um eunuco? — perguntou d'Alsace, com duplo sentido. — Ah! meu príncipe, não se trata mais de travestimento.[4]

— Com o eunuco, tenha cuidado; digamos carrasco. Justamente, um carrasco. O senhor seria capaz de suportá-lo? — replicou Skotieff, meio *knout*, meio samovar. Diga — prosseguiu, virando-se em direção a della Robbia —, qual é o primeiro nome desse Lord Lyllian?[5]

— Renold — disse della Robbia. O senhor vai ver, se é que ele virá, como ele evoca alguns retratos daquele outro, do grande Renolds, cujo nome, e somente o nome, tem uma letra a mais que o dele.[6] A mesma palidez dos jovens duques da National Gallery, íris azuis semelhantes e lábios tão rubros e tão sensuais que parecem uma ferida a ser beijada...

A frase do pintor perdeu-se em um devaneio. A música boêmia prosseguia ao lado com seus ritmos e seus acordes. Os *boys* chineses enchiam os cachimbos, levavam os copos. De repente, uma outra música alteou do canal, misturada a vozes de cantores napolitanos.

— É ele, é Narciso, é o cavaleiro da rainha — disse Jean d'Alsace, jogando uma rosa para d'Herserange. — Envenene-a, querido cônsul, o senhor a oferecerá em meu nome.

---

4   *Travestissement*: na época, o termo era indistintamente usado no sentido genérico de "travestismo" e também como "vestir fantasia ou traje".

5   *Travestissement*: na época, o termo era indistintamente usado no sentido genérico de "travestismo" e também, como "vestir fantasia ou traje".

6   Na verdade, há duas letras a mais, pois se trata do pintor inglês Sir Joshua Reynolds (1723-1792), que foi amigo do também pintor Thomas Gainsborough (1727-1788), autor de *Blue Boy [O Garoto azul/melancólico]*.

— Por que "Narciso"?

— Porque, para ele, o amor dos outros não passa de um espelho do qual ele bebe seu beijo. E ele se venera. De resto, é um tipo... Diabos, se o senhor for pego pela paixonite, pense em Harold Skilde. O senhor seria Talleyrand no *hard labour*...

Silêncio; as *zingaras* se calaram, e ouviam-se apenas os cantores, agora bem próximos, música na noite branda. O luar deslizou por entre as cortinas. Feanès, que conseguira se levantar, foi em direção a uma das janelas e a abriu.

— É ele, é ele mesmo. Parece Corah, nossa bela Corah, a "Judia errante", em *Cleópatra*.[7] Meu Deus, que céu mais lindo! Venha ver, cheira a Musset...

— Vamos lá, senhores, estão prontos? Ele já gozou bastante com a nossa cara. Vamos mostrar para ele quem somos! — alfinetou Jean d'Alsace. — Eis Sua Impertinência chegando...

Dois minutos decorreram, vazios. Aguardava-se. Então ergueram-se as tapeçarias de damasco dourado envelhecido que mascaravam a entrada do ateliê e, com um sorriso nos lábios, completamente envolto num imenso casaco de seda negra, apareceu Lord Lyllian.

Apenas a cabeça emergiu, uma das mãos segurando a seda, a mão fina e magra de criança, sem um anel sequer. Lord Lyllian, mais estranho que bonito, parecia ter quinze anos. Loiro acinzentado, os olhinhos azuis, inteligentes e circundados por olheiras, o nariz sensual e também escarninho, uma leve penugem prateada mal sombreando o lábio. Por cima dos cabelos, uma rede dourada brilhava e duas flores da mesma palidez, duas corolas de nenúfar, lapidadas como em pérola viva e diáfana, enquadravam sua jovem fronte.

---

[7] Sarah Bernhardt (1844-1923), célebre atriz francesa, atuou em *Cleópatra*, como protagonista no papel homônimo, em 1891, no Théâtre de la Porte Saint-Martin.

Ficou um instante parado assim, sem esboçar um gesto, desfrutando daquela curiosidade e daquela impaciência como quem desfruta de uma iguaria rara, encantado com os olhos que o revistavam, com os desejos que roçavam nele, com as taras que o acariciavam. Sorria com um ar de fauno e de esfinge...

Della Robbia se ergueu:

— Os senhores autorizam a minha entrada? — disse enfim Lord Renold Lyllian com uma voz cantante e com uma maneira juvenil e canhestra de acentuar as palavras... — Eu trouxe minha gente comigo... Os senhores me autorizam?

E, sem esperar a resposta do anfitrião, fez um chamado, e seis caras morenos, hirsutos, almiscarados[8] e de cabeça empinada irromperam, dançando ao redor da mesa.

— Desculpem meu atraso — disse Renold inclinando-se na direção do pintor que lhe apresentava os convivas no meio da algazarra causada por essa chegada. — Eu tinha uns cantores e também uma rameirinha com cara de lindo colegial. Deixei-me beijar. Ela me deu de beber. Para ir embora, tive de dar uma surra nela... Mandei prendê-la em um quarto; vou ver se amanhã à noite ela estará mais comportada. Não fosse por isso, eu já estaria aqui há muito tempo...

E depois de ter olhado em volta:

— Esse aí é quem...? — perguntou, apontando para d'Alsace. Conheço esse homem...

— Jean d'Alsace, conhecido como *La Fistule du*

---

8 O adjetivo *musqué* significa originalmente "almiscarado". No século XIX, podia também significar "afetado".

Sébasto.[9] Ah, o senhor me surpreende, Lord Lyllian!
— Surpreendo? Por quê? Só porque não fui para a cama com ele? Confesse logo, eu juro...!

E, num pulo, sem tirar o casaco, o adolescente foi até o escritor.

— Senhor d'Alsace, sou Lord Lyllian. Encantando em vê-lo... Somos velhos conhecidos... Está lembrado, na Grécia? Aliás, eu o vi e o li... Ao menos, o senhor é podre e o exprime com muita elegância... Eu o admiro!

— Pois eu ainda não admiro o senhor — disse d'Alsace, mordido —, mas quem sabe um dia? E que roupa mais lúgubre é essa que o senhor foi escolher...?

— *By Jove*, o senhor não tem noção do que diz! Pois fique sabendo que ela é muito confortável, muito confortável para dançar, para chorar, para rir e para amar.
— E, voltando-se para o dono da casa — Me dê alguma coisa *to drink*, vai...? Que hoje à noite estou nervoso!

Della Robbia estendeu champanhe e uma fíala rosa ao jovem lorde.

— Está excelente, Lyllian, recomendo.

Lord Lyllian fez a rolha espocar e verteu todo o conteúdo em sua taça.

---

9 "A Fístula do Sébasto": Jean Lorrain costumava participar de leituras organizadas pelos irmãos Goncourt. Na entrada de 28 de junho de 1893, eles escrevem: "O pobre Jean Lorrain deve ser operado de um tumor na sexta-feira, uma fístula, não sei o quê nos intestinos" (DE GONCOURT, Edmond e Jules. *Journal*. Bibliothèque-charpentier, 1896, vol. IX: 1892-1895, p. 138.) (tradução nossa). Quanto a "Sébasto" — Sébastopol [?] —, não pudemos retraçar o significado do chiste tencionado pelo autor. Trata-se provavelmente de uma referência à região parisiense com o mesmo nome ou à batalha de Sébastopol, durante as guerras napoleônicas na Rússia.

— Isso ainda vai causar um terremoto — aquiesceu o senhor d'Herserange, hipnotizado.

Mas Lord Lyllian não prestou atenção. Como tinha ambas as mãos ocupadas, a roupa se abriu e Feanès não pôde conter uma exclamação surda:

— Que é isso, ele está nu, completamente nu, debaixo de seu casaco... — sussurrou para sua gorda esposa.

— Oh, que alegria! — respondeu ela ingenuamente com um rouquido de prazer.

Mais ao longe, a bisbilhotice continuava:

— Então o senhor é a favor do tráfico das brancas?[10]

— Sim, mas não dos brancos...

As conversas fiadas que haviam se calado com a chegada do jovem inglês foram totalmente retomadas. Os cantores napolitanos se misturaram aos convidados, e alguns, muito alegres por causa da quantidade enorme de taças de Asti, olhavam para a senhora Feanès com olhos escabrosos...

— O que o senhor vê no amor?

— Oh, uma gorjeta, quando muito...

Uma melopeia triste interrompeu d'Alsace, que já trocava confidências com Lyllian. O senhor d'Herserange, ruborizado, roía as unhas de frente para o lorde. Feanès desabotoava sua camisa e pegava no sono. O príncipe estava em sua décima picada de morfina. Num canto, dois napolitanos faziam cócegas um nas axilas do outro, atrás do príncipe.

Della Robbia mandou abrir uma janela.

— Que cheiro de jaula! — vociferou.

— Então deixe, que está esplêndido assim! — replicou Lord Lyllian. Não se distingue mais nada, quase mais nada... salvo os convidados. Juro, parece um Rubens retocado por Goya... Ah, *boys*! Deem-me de beber

---

10 *Traite des blanches*, no original, refere-se, na Antiguidade, ao tráfico de mulheres brancas e europeias destinadas à prostituição forçada.

aí, quero fazer besteiras, ficar nervoso, muito nervoso...

— É a sua mania — murmurou della Robbia a d'Herserange, perdido em seu entorpecimento.

E ofereceu uma mistura de Asti, pimenta e aguardente, um coquetel inventado por ele, ao entusiasmado Lyllian.

— Muito bem. Agora que bebi, vou dançar, vocês vão ver! Mas, arre!, acordem aqueles lá! O que são aqueles brutos? E, peralta como um moleque, aproximou-se de Feanès, desabado sobre almofadas:

— *Halloah! Wake up, you beggar...!*[11]

Feanès não se moveu.

Sua fêmea, atraída pelo lindo garoto que estava bem ao seu lado, fixou olhos de alucinada em Lyllian. Lord Lyllian sentiu bruscamente aquele desejo e aquele êxtase.

— Diga aos músicos que toquem, por favor? — implorou dengosamente a della Robbia, pronunciando "por favor" de modo irresistível, com tremeliques de gato ou de *barmaid*, afiados por uma pontinha de macheza e de voluntariedade. Depois, enquanto as *zingaras* de longe preludiavam em suas violas uma melodia arrebatada e sensual, sustentada pelos acordes selvagens, acariciada pelos sonoros arpejos, lentamente... aproximando-se da cigana morena até quase tocá-la, aproximando-se da senhora Feanès, cujo marido dormia tão bem; lentamente, com um gesto de imperador, ele desafivelou o casaco, deixou a seda negra deslizar... e, pálida como o luar de pouco antes, sua nudez radiosa apareceu.

Della Robbia, Jean d'Alsace, o gordo d'Herserange e até o príncipe contiveram um grito de admiração e de estupor.

E Lord Lyllian, completamente nu, jovem e belo como Ganimedes, Lord Lyllian pôs-se a dançar, antes, a imitar (a musica se prestava a isso) uma espécie de passo lascivo, jogando a cabeça para trás, revirando os olhos. Os dedos passavam percorrendo o rosto da mulher

---

11   "— Olá-á! Acorde, seu mendigo!" (tradução livre).

pasmada. Um colar, único, um colar de opalas e rubis estrelados brilhava em seu peito. Dois braceletes, um hindu, de ouro cinzelado, e o outro todo rutilante de gemas, adornavam seus magros punhos de menina. E, a cada passo, duas pérolas cor-de-rosa acariciavam seu sexo como uma derradeira e perturbadora joia.

Os convivas embasbacados ("Que audácia... que audácia!", babava d'Herserange), salvo d'Alsace, que apreciava, não ousavam falar nada para não acordar Feanès.

Mas, à medida que Lord Lyllian se abaixava agora a ponto de envolver a cabeça da cigana com suas coxas nervosas, a mulher sedenta de amor, de violência e de cio, esquecendo-se de tudo, do local e da hora, abocanhou o tentador até arrancar um grito dele...

Ao ouvir esse grito, Feanès abriu os olhos.

— Meu D...! — rugiu. E subitamente sua bebedeira passou; estava lívido como um morto, o sangue subindo à cabeça; pegou uma faca afiada em algum lugar sobre as lájeas. Partiu para cima de Lord Lyllian. Mas Lord Lyllian já esperava por aquilo. A seu comando, dois napolitanos bloquearam a passagem e contiveram o homem.

— Soltem-me, eu vou acabar com a raça dele! — urrava Feanès.

— Abra a janela... A que dá para o canal, lá — comandou Renold.

— Lyllian, o que você vai fazer? — perguntaram.

— Jogá-lo pela janela.

— Ora, o senhor está bêbado?

— Ora, eu não ligo!

E, antes que della Robbia pudesse intervir mais, os fortões agarraram o apavorado Feanès, balançaram-no no ar e, como ao fim da mais graciosa comédia italiana, ouviu-se o marido cair na água.

— Agora vão pescá-lo de volta, e se ele não gostar de mim, aceito a batalha... Depois de lavá-lo!... — caçoou Lord Lyllian com um sorriso.

A seguir, enquanto a criadagem sumia, Renold, voltando a vestir seu casaco, aproximou-se da fêmea toda trêmula e, com um beijo, mordeu-lhe os lábios.

CAPÍTULO II

HOWARD EVELYN MONROSE, LORD LYLLIAN, TINHA VINTE ANOS. NASCEU EM MARÇO DE 188... EM LYLLIAN CASTLE, PERTO DE INVERARY, NO DUCADO DE ARGYLL, REGIÃO SELVAGEM E MELANCÓLICA DA ESCÓCIA, AONDE VÃO apenas poucos caçadores de tetrazes aficionados por romantismo e caças. A localização da propriedade, situada de frente para a serra Ben Lomond, era maravilhosa. O castelo se impunha, de sua falésia de granito, sobre um lago sombrio como um lago asfaltite,[1] cercado de florestas de abetos em forma de fuso que, por causa das neves do inverno, tomavam a forma misteriosa de gigantes adormecidos... Aqui e acolá, urzes em grandes manchas róseas. Lyllian Castle remontava, ademais, a cinco séculos antes e, assim como sobre qualquer castelo histórico, dizia-se que ali a desventurada rainha Mary Stuart procurara em vão um refúgio contra Darnley.

Lá se passara a infância de Renold, entre aqueles muros sombrios, em cima dos quais não se podia deixar de vasculhar, a contragosto, olhos, a silhueta de algum espreitador medieval diante daquelas águas enternecidas que refletiam tanto passado.

Renold quase não conhecera a mãe. O pai, que fora intitulado *Lord Lieutenant*, Vice-Rei da Irlanda, e que criara o menino, nunca lhe falava a esse respeito. Lady Lyllian devia ter morrido muito jovem, logo após ter comparecido à benção pós-parto daquela criança parecida com ela, com os mesmos olhos tristes e com a mesma aparência frágil. De sua lembrança perdurava apenas um retrato, um retrato apenas, no qual ela entressorria pela metade, de vestido preto e usando um largo chapéu sombrio, daqueles apreciados por Gainsborough.[2]

---

1 Em minúsculas no original. "Lago Asfaltite" é outro nome dado ao Mar Morto.

2 Em inglês, *picture hat* ou *Gainsborough hat* é um tipo de chapéu feminino do qual um penacho ou adereço desponta, muito usado em cerimônias de casamento. Sobre o pintor Gainsborough, que deu origem ao nome do adereço, ver nota 6, cap. I.

O olhar esvaecido, a mão brincando com um colar de pérolas, assim ela ficava muito parecida com uma prisioneira da melancolia e da beleza, uma prisioneira das insígnias heráldicas de família que brasonavam o alto da pintura, do horizonte patrimonial que contornava o quadro.

Cativa! — ela o fora; e seu suplício havia durado até quando sua juventude e sua graça passaram a viver apenas em sonhos. Renold se lembrava de certa vez quando, tomado por um imenso amor por aquela desconhecida cujo coração ele sentia bater dentro do seu, trouxera um grande buquê de flores selvagens e, com seus dedos juvenis, o colocara em volta da moldura...

Quando o pai chegou, surpreendeu-o bem no momento em que, de pé sobre uma cadeira, ele estava beijando apaixonadamente a querida imagem.

— O que está fazendo aí? — dissera o lorde, pálido, os dedos crispados. — Saia daí, Renold; eu o proíbo de tocar nesse quadro...

Depois, comovido num súbito acesso de ternura, acrescentou:

— Abrace-me, meu filho; neste mundo, não se deve amar ninguém mais além dos vivos!

Mas o pequeno fugira para a montanha, a alma em desconcerto, os olhos cheios de lágrimas...

Além do pai, homenzarrão magro, de cabelos agrisalhados que faziam lembrar um pouco Lamartine envelhecido, a criança não via ninguém. O castelo encontrava-se deserto, apesar da grande quantidade de jogos de louça, apesar da criadagem, apesar dos caçadores e falcoeiros que, em época de caça, partiam a cavalo como antigamente, com o berrante escocês de chifre amarrado à cintura.

A falcoaria... Muito cedo Renold se sentira secretamente atraído pelas gaiolas, interessado pelas aves cruéis, observando com uma alegria amedrontada, misturada com ódio, as garras, os bicos, os olhos frios e magnéticos.

Oh, quando outubro chegava — e o lago, os abetos, as montanhas se vestiam de brumas ruivas —, era belo vê-las, soltas pelos valetes de caça, arrancarem reto pelos ares, espreitarem, imóveis, a presa na área coberta de gelo... e em seguida, de repente, em uma única massa, caírem em cima do animalejo afobado a se debater, latejando, no meio das urzes...

Aos poucos, Renold chegava a comparar, a descobrir nos homens que o cercavam, na casa paterna, assim como na casa dos outros, certos traços acentuados, certos perfis, certos olhares... Os falcões de Lyllian Castle!

Senão, salvo em época de tetrazes, o velho lorde ausentava-se da Escócia para viajar. Também ia prestar, quer em Windsor, quer em Osborne, seus encargos à rainha.

Às vezes, lendo crônicas da corte, o menino via o nome do pai primar entre os mais ilustres da Inglaterra. E então, na solidão, um orgulho imenso, um brio invencível lhe tomava a garganta, sufocando-o de prazer. Não era o sentimento de um dia poder gozar da glória adquirida, em fóssil, como de uma insígnia petrificada; pelo contrário, sua jovem alma estava repleta de esperança e de entusiasmo; não, mas ele entrevia o futuro tal qual um campo virgem, onde ele também acumularia novas vitórias, acrescentaria mais honra à honra!

Ele só pensava nisso. Ele se tornaria ilustre por si próprio, e não por seus ancestrais, pois, em uma família, a tradição é apenas mais uma razão para progredir sempre. Enquanto esperava, brincava com seus soldadinhos de chumbo. Apesar de seus doze anos, Renold Monrose aspirava a viver!

Sua juventude o deixava impaciente. Misturava puerilidades a seus desejos machos. Ele possuiria palácios, pedras preciosas, estátuas, quadros, joias, exércitos. Sua Majestade teria a maior satisfação em recebê-lo. E ele conduziria a Inglaterra à conquista do mundo!

Naqueles momentos, embora fosse apenas uma criança, não era de bom tom demonstrar aos domésticos que sentia saudades: assim, ele chicoteou, sem escrúpulos, um mordomo impertinente.

Dessa maneira, Renold Monrose atingira a puberdade, belo em sua beleza estranha e perversa, aquela beleza materna da qual mal fazia ideia, sem desejo, a não ser o orgulho, sem ternura, sem paixão, sem amor, em meio aos seus sonhos.

Por volta de julho daquele ano, o pai morreu subitamente.

Joe, o velho intendente da família, chegou solenemente certa manhã, capengando com seus sapatos de fivela, igual a um valete de comédia, a aparência mais velha e mais triste, com um informe na mão. Entrou no quarto do pequeno Renold e simplesmente lhe disse: *Lord Lyllian is dead. My Lord, let us pray.* — "Lord Lyllian morreu, oremos por ele, meu senhor!"...

Em seguida, deu-lhe os detalhes: o pai, ao retornar de Cowes, havia sido acometido por um ataque no clube, após uma noite de muita bebida e de muita jogatina. A criança teve uma primeira revelação do vício e a imagem de seu pai, sempre tão direita, tão altiva e tão calma, ficou alterada para sempre dentro dele.

Os meses seguintes foram de pungente melancolia para o pequeno lorde. Primeiro, era época de caça, tradição que seu pai sempre observara. Seu pai o amava, apesar de tudo, e o afagava de vez em quando com um gesto distraído e distinto, conversava um pouco com ele. Mas agora, ninguém! O castelo foi assombrado por mais um fantasma, por uma sombra que, à noite, metia medo no menino e que, de dia, seguia todos os seus passos nos largos corredores, debaixo das altas arcadas das salas de pedra.

Nessas circunstâncias, um tutor foi nomeado para gerar o morgado: um primo distante, outrora visto nas reuniões íntimas do Lord Lieutenant, seu colérico parceiro de *bridge*. O primo residia em algum lugar do condado de Essex, ao sul da Inglaterra.

Lord Lyllian descrevera algumas vezes esse parente para o filho como um velhote gotoso, turrão e egoísta.

Além disso, oito dias após a morte do pai, Renold recebeu uma carta do honorável conde S. H. W. Syndham comunicando-o sobre a decisão testamentar do falecido Lord Lyllian e convidando-o para passar duas semanas na próxima primavera em Auckland Lodge, em meio às suas plantações de lúpulo.

Ele teve de ficar, portanto, em Lyllian Castle durante o outono e o inverno. O pai possuía uma residência estupenda, bem em Londres, na Hanover Square, onde outrora dera um baile em homenagem ao príncipe de Gales e ao regente de Brunswick. Mas Londres e seu turbilhão metiam medo no menino.

Ele não conheceria ninguém mais. E, na vida, quando se está só, a solidão é tão mais cruel que se pode sentir a intensidade da vida ao redor.

Os caçadores se dispersaram; à parte isso, a criadagem permaneceu a mesma. Os falcões ficaram engaiolados e, quando as brumas encobriram mais uma vez o lago e os horizontes, o menino, que se tornara o único senhor das propriedades, deixava-se conduzir langorosamente por seu imperial e precoce tédio.

O tédio... A criadagem adivinhara ao certo o tédio do pequeno lorde. Com frequência, sua silhueta de pajem loiro era avistada, e apenas a cabeça, extraordinariamente pálida, se diafanizava no crepúsculo.

Ele ainda tinha os cabelos compridos, que escondiam as orelhas e envolviam o pescoço em uma renda dourada. Mantivera os hábitos que o pai havia desejado para ele: casaco de abas soltas, decotado no peito até descobrir o nascimento do pescoço, do pescoço que roseava, surgindo de uma grande gola de guipura; culote curta que aprisionava apertando suas pernas franzinas; meias de seda e sapatos descobertos, sapatos graciosos para reverenciar e para dançar o minueto.

E, dessa maneira, ele se assemelhava — a ponto de

se ludibriar com isso — a outro retrato de um ancestral, apoiado sobre uma bengala alta, chapéu na cabeça, perto de seu cavalo de guerra e de seus lebreiros, absorto em pensamentos sobre algum retorno dos jacobitas.

Em um desses dias cinzentos e melancólicos, ele penetrou no antigo quarto da mãe. Enquanto o velho lorde estava vivo ele jamais ousara...

Foi acometido por um odor de coisas desbotadas, um odor persistente de buxos e de mofo quando entrou. Seria uma sala igual a muitas outras, não tivessem mãos femininas atenuado a rigidez e a arrogância. Uma cama encantadora, toda pálida e rosa, superada no alto por um estrado esculpido, ocupava o centro do cômodo. Pequenos móveis finos, em estranho contraste com as paredes estofadas de seda de damasco escuro, espalhavam-se cá e lá, ao acaso, parecidos com a alma fútil e encantadora de Lady Lyllian. E, como se de uma só vez o menino tivesse se conscientizado de sua terrível solidão, de sua fraqueza perante a vida, de frente para a cama onde morrera aquela que o teria amado tanto, desatou a soluçar.

Uma música longínqua veio até ele, acalantando suas lágrimas. Só podia ser algum montanhês soprando o berrante de chifre... Oh, a alma das coisas... das queridas coisas inanimadas...

— Mamãe, mamãe! — murmurou balançando desesperadamente a cabeça loira; e seus jovens lábios que ignoravam a carícia e os beijos pousaram sobre a seda da cama como se faz com as relíquias.

Enxugou os olhos e, tendo se acalmado, observou.

Reconhecia o lugar com a imprecisão daqueles que não se lembram do local nem da época, mas que têm como única recordação uma grande felicidade. Sua mãe devia ter se sentado, mais lassa do que de costume, quiçá mais resignada, naquela *bergère* cujo tecido antigo enquadrava sua melancolia tão bem. Ela devia ter manejado aquelas gavetas leves, de madeira de roseira, frívolas e fáceis, sem segredos... e, contudo, misteriosas.

Seus pés diminutos roçavam no tapete, e quando a porta se abria para deixar Lord Lyllian entrar, que lindo sorriso devia brilhar no espelho para dizer: "Como vai nosso querido pequeno Renold?".

O menino sabia que, desde o dia em que a mãe morrera, o pai mandara fechar o quarto. O antigo secretário da condessa, encarregado de preservar religiosamente o aspecto daquela tumba de amor, era o único que penetrava ali. Pois Lord Lyllian adorara sua mulher, sem que ela, exteriorizada, já distante das emoções terrestres, parecesse lhe corresponder.

Renold mandou chamar o velho intendente.

— Meu pai nunca entrou aqui desde que mamãe morreu? — perguntou.

— Nunca, *my lord*. Nunca neste quarto. Sou eu o único responsável.

— Obrigado — respondeu Renold. — Deixe-me.

*

Então era mesmo verdade. Ninguém, exceto o velho servente devotado, viera blasfemar a alma do passado. Pois a alma de Lady Lyllian habitava entre aquelas paredes, misturada aos objetos familiares.

— Mamãe... Mamãe...!

E, enquanto Renold apalpava agora as mínimas coisas para sentir algum contato que sua mãe sentira, abriu ao acaso uma cômoda de marchetaria, cujos medalhões de Wedgwood azulavam na sombra.

A parte interna do móvel continha uma infinidade de compartimentos minúsculos que Renold descobriu, repleto de curiosidade pia.

No primeiro, encontrou rendas, no segundo, flores secas e aqueles laços desbotados que não parecem ter sido de ninguém senão de fantasmas... Numa terceira gaveta, o menino notou o pequeno álbum no qual a falecida sucintamente registrara, entre desenhos que representavam algumas paisagens dos arredores, um diário de sua vida.

Renold abriu o livro.

Havia datas, linhas de uma escrita fina, um pouco trêmula: 17 de abril: nada... 18 de abril: "Ele veio"...; 19 de abril: nada...; 23 de abril: nada...

"Papai devia estar viajando", pensou Renold.

Mas, na hora de colocar o álbum de volta em seu lugar, ele viu, no fundo do esconderijo obscuro, um pacote de cartas. Um cacho de cabelos em um medalhão de cristal brilhava ao lado daquelas cartas...

— Oh, cabelos de mamãe...!

Tomou rapidamente, com medo de ser visto, o frágil medalhão e o pacote.

Em seguida, correu até a janela para observar.

"Mas ela era loira, como no retrato... Papai sempre me falou...", Renold refletiu enquanto examinava o cacho castanho que ondulava sob o cristal.

E o garoto titubeou... Essas cartas...! Quem sabe elas não lhe contariam a verdade? Foi quando, tomado por uma decisão repentina, desatou o laço que atava as cartas e o medalhão e lançou desordenadamente os papéis por cima de uma mesa.

Seus olhos encontraram então uma frase, uma única...

Vamos fazer com que aquele homem morra, não é mesmo? Porque eu o detesto... Sim, minha querida, odeio Lyllian tanto quanto eu a amo!

Teu Rowland.

Oh, que atroz queimadura Renold sentiu! Sem compreender ainda... ainda, mas com a percepção do pecado, com a sensação do que aquele ódio deva ter sido; enfim, com a única audácia de seus quinze anos, virgem e acusador, com todo o seu orgulho revoltado, todo o seu amor despedaçado, pegou a carta, tentou ler, explicar, desvelar... "Dona de meu coração... minha amada... meu sonho lindo", dizia a carta, as cartas. E as frases passionais que deixam a alma embriagada e acariciam o coração abordoavam nas orelhas do menino com detalhes tão precisos, tão carnais, que ele rasgou o papel.

De uma vez, a vida se revelava para ele, inteirinha, com suas lutas, com suas mentiras, com sua perversidade. Ah! Que linda aventura...! Até agora lhe estavam escondendo as coisas e, mais do que qualquer um, seu pai... Seu desgraçado pai! Quanto ele o adorava agora, por causa de seus ares graves e tristes que escondiam tantos sofrimentos... Apesar de sua dor, o Lord Lieutenant tinha criado Renold como cristão e fidalgo. Era o sacrifício: a alma do menino permanecia pura...

E eis que a mãe destruiu aquilo, demoliu sua ternura, sua lembrança, suas ilusões, por meio de cartas que aquela infeliz esquecera antes de morrer!

E se o velho lorde as tivesse lido antes dele... que colapso!

Mas não, desde que Lady Lyllian ali dera seu último suspiro, ninguém, salvo um valete, havia entrado no quarto.

Renold leu, então, um por um, de frente para o lago opalizado pelas últimas brumas, todos os bilhetes de amor. Sua cólera se acalmava, seu orgulho se aplacava. Lembrava-se das frases do álbum: as palavras que ali voltavam como um símbolo de tédio e desesperança... 17 de abril: nada..., 18: "Ele veio"..., dia 19: nada..., dia 20 de abril: ainda nada.

E ele pensava: "O amor é isto: a espera de um sonho...! Ainda não o conheço, e não me foram murmuradas as palavras que fazem achar a vida mais bela, o sol mais claro, o céu mais leve. Mas deve ser esquisito e doce sentir, bem perto de si, alguém cuja alma deve ser a sua alma, cujos olhos sorriem para você quando cruzam os seus, e os dedos, ao passar, acariciam como pássaros, com roçadas mornas...!".

Ao mesmo tempo que um desejo de infinita ternura, veio-lhe uma bondosa compaixão por aquela mulher, por aquela mãe, por sua mamãezinha. Afinal, na vida, as mães iniciam seus filhos com uma palavra e são as únicas que, ao dizê-la para eles, não os fazem corar. Agora ele sabia, e seus sonhos tinham um objetivo, seu tédio tinha uma causa...

Renold Howard Evelyn Monrose, Lord Lyllian, esperava pelo amor!

CAPÍTULO
III

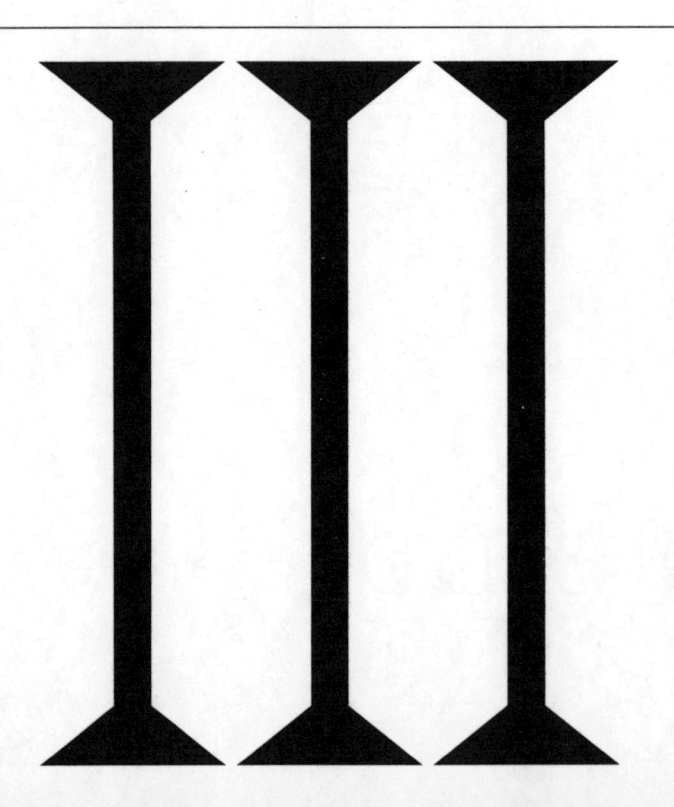

QUINZE ANOS: QUE BELEZA, QUE FRESCOR, QUE MÚSICA! ESPERA-SE O AMOR SEM SABER O QUE É, SIMPLESMENTE PORQUE SE LEU EM UM LIVRO, PORQUE SE SONHOU COM ELE DENTRO DO CORAÇÃO. A PUBERDADE SE desperta, arrepio encantador, igual a uma primavera de flores, flores desabrochadas nos olhos mais úmidos e mais enlanguescidos, nos gestos mais maleáveis e mais acariciadores, nos tons da voz traduzidos o desejo, a prece, a necessidade de possessão.

Assim Lord Lyllian cresceu na velha mansão de Lyllian Castle, na Escócia, pelas noites de outono onde o lago frígido brilhava nas brumas. Até então, conforme narrado na lenda de Narciso, ele vivera em graça e beleza, sem jamais se ter mirado na água das fontes, mas, desde o dia em que as cartas de sua mãe revelaram tudo, estranhas visões assombravam seu sono.

Não era mais a respiração regular, as mãozinhas fechadas do menino adormecido perto dos anjos... O sangue trabalhava ao mesmo tempo que o cérebro. Canções desconhecidas ninavam suas noites, canções para onde voltavam as frases que ele havia lido: "Meu adorado, meu querido, meu escravo, meu amor"...

De vez em quando, ele despertava, ainda no frisson de uma carícia. Com habilidade, fazia a luz brincar sobre seu corpo loiro e confirmava estar só. Assim, certa vez saltou da cama, correu para a frente de um grande espelho psiquê[1] que luzia na sombra, iluminou o cômodo, deixou cair a camisola e, meio sorrindo, meio sonhando, olhou para si com curiosidade.

Em pé, seu corpo juvenil rutilava o quarto. A carne de transparências rosadas, desde o pescoço de magreza encantadora até as panturrilhas esguias e nervosas, tinha timidezes de virgem e provocações de beleza. Ele se achava adorável assim, absolutamente adorável (dizia

---

1 Espelho psiquê é um espelho de corpo inteiro, sustentado por uma estrutura que permite que a superfície refletora seja reversível. Escolheu-se manter o termo original, visto que o autor provavelmente conhecia os desdobramentos da psicanálise então nascente, bem como o mito de "Eros e Psiquê" (nas *Metamorfoses* de Ovídio).

"*lovely*"), de modo que, desperto de seu sono, embevecido por sua juventude e por sua nudez, acariciando com seus dedos ágeis o ventre fusiforme, deu um beijo no espelho como se fosse em si mesmo.

Aos poucos, suas visões se realçaram e realçaram suas carícias. Ele conheceu, por intuição, as primeiras agitações, as primeiras inquietações, os primeiros espasmos. E sua paixão cresceu, solitária e maníaca.

Agora, em todos os espelhos e em todas as vidraças, ele se olhava ao passar como quem vê um amigo, como quem sorri para um irmão. Seus olhos do azul das campânulas se cercavam de sombras malvas. Quando partiu na primavera para passar uma semana na casa do Honorável Syndham, a novidade da paisagem, a presença do velhote que o intimidava, e mais — é preciso confessá-lo —, uma fadiga momentânea de si, refrearam seu vício e lhe restituíram a cor. Mas de pronto retomou, tão monótona e selvagem quanto antes, a sua vida. Seu tutor — no fundo, um homem muito bom —, que lhe admitia todas as suas fantasias, certa noite deixou uns músicos que estavam passando pela região entrarem no castelo. Por mais de uma hora, escutou as canções deles, acometido por um novo frisson, guiado por uma nova cobiça.

Olhava para eles com avidez; tinham lhe garantido que vinham da Boêmia e que boêmios eram seus cantos e violões. De resto, a pele acobreada, os longos cabelos negros e a ressonância aguda da voz deles comprovavam sua origem longínqua. Principalmente um dentre eles, um menino da idade de Renold, que de tão magro dava pena, com sua figura de esqueleto e olhos profundos que ardiam... Ele mimicava danças bárbaras e voluptuosas, soltando, às vezes, um gemido ou um lamento.

Partiram da mesma maneira que vieram, pela estrada principal; Lord Lyllian se sentiu mais sozinho e mais triste, sem amigos, esgotou-se em carícias estéreis até o raiar do dia.

Tanto que, naquelas frias noites de dezembro, a tosse o pegou, uma tosse leve e seca que lhe rasgava o peito ao passar. Mandaram chamar um médico e advertiram o tutor. Este, em caráter extraordinário, largou suas terras e veio cuidar do menino. O médico compreendeu de imediato a causa da doença, ademais, declarou não ser grave, mas que o nobre senhorzinho precisava se distrair.

Tentaram.

A princípio, havia os castelães da vizinhança, aos quais o Honorável conde Syndham apresentou seu pupilo. Organizaram-se reuniões, *tennis parties*, piqueniques, passeios de carro e a cavalo.

Um dos vizinhos mais próximos de Lyllian Castle, M. J. E. Playfair, riquíssimo industrial de Glasgow, fez baixezas para atrair Renold. Tinha uma filha de catorze anos — Lord Lyllian completaria em breve dezesseis — e contava com a fortuna dele e com a beleza dela para acertar as coisas. Edith Playfair tinha o charme ambíguo de todas as jovens inglesas de vestidos curtos, com aqueles longos cachos celebrados por Greenaway.[2] E, para Edith e Renold, solenemente apresentados um ao outro, isso logo se mostrou uma boa ocasião para jogos intermináveis, nos quais Lord Lyllian, mais macho e mais dominador, trocava sorrisos com a namorada-bebê.

Entre os dois apaixonados, um com aspecto de pajem, e a outra de boneca, durante certo tempo aquilo não foi além da conversa fiada e dos gracejos. Depois, em um dia úmido de junho, no qual o odor fresco do feno recém-cortado perfumava a sombra, enquanto brincavam de pega-pega com outras crianças vizinhas, depararam um com o outro, face a face, num celeiro, os olhos reluzindo de maneira estranha. Sem dizer nada, apenas com seus olhares de crianças perversas, aproximaram-se; ela, toda rosada; ele, um pouco trêmulo. Um estalido deixou

---

2   Kate Greenaway (1846-1901), ilustradora e autora inglesa de livros infantis, muito popular nos anos 1880 e 1890.

ambos arfando. Em seguida, já que ninguém viria e se ouviam os gritos das outras crianças brincando ao longe:

— Edith — disse o pequeno, tomando-lhe a mão —, Edith, quer me me beijar...?

E antes que ela pudesse fugir, colocou os braços em volta do pescoço e roçou a bochecha da menininha. Uma deliciosa inquietação passou por ele enquanto Edith retribuía a carícia. No silêncio, os corações batiam, as respirações febris se misturavam. Então Renold se desagarrou, fechou a porta e voltou a passos de lobo.

— De novo!... — cantou ele com um sorriso.

Deslizando, então, por cima do feno perfumado, as mãos curiosas procuravam umas às outras, ao passo que ele fazia cócegas nela com a ponta dos lábios. Os gestos logo ficaram mais precisos, eles se debateram em uma luta encantadora; de repente, ela soltou um grito, um gritinho seguido de um gemido de amor e prazer. E, ao saírem do celeiro, ambos embelezados pelas olheiras da febre, Edith e Renold retornaram a caminho do castelo, devagar, como se ainda não tivessem confessado sua precoce ternura.

Jamais se soube por que — teria o pai suspeitado? A partida era real? — J. E. Playfair partiu oito dias depois, acompanhado de sua filha.

E Lord Lyllian ficou mais neurótico que nunca.

Naquele tempo, chegou a Swingmore, na casa do duque de Cardiff (outro vizinho próximo do campo), o escritor Harold Skilde, que já abalava Londres e Paris com seu talento, com seus gostos e com suas extravagâncias. Após longas viagens pela Itália e pela Grécia, onde ele coletara, como adorador e como poeta, os mitos das religiões pagãs de outrora, havia regressado a seu país, perseguido pela lembrança daquilo que vira e amara.

Bastante grande, gordo e pouco distinto como pessoa, ele tinha no semblante mais ordinário do mundo olhos de mobilidade singular que te revistavam ao passar. Seu nariz de bico de águia contrastava com a boca grossa, de lábios barbeados. Longos cabelos faziam daquele bonachão, confundível com um doméstico, uma espécie de imperador romano que se tornou jornalista.

Os primeiros artigos acolhidos favoravelmente pelas revistas jovens tiveram, logo de início, apenas um sucesso limitado perante a elite. Em seguida, vieram os aplausos de certos artistas *art nouveau*, especialmente de Burne-Jones, que se inspirou em uma das prosas do poeta para pintar um quadro retumbante. Harold Skilde, bastante modesto, viu-se na estrada para o sucesso. A tristeza misteriosa de seus contos, nos quais as descrições pungentíssimas de certos amores eram recorrentes, o além de seus sonhos, e o charme ambíguo de seus heróis conquistaram aos poucos aquele povo do qual Byron fora a criança mimada.

E quando, três anos antes de sua visita à Escócia, o Prince of Wales Theatre havia representado dois atos dele, intitulados *Lysis*, a opinião pública aplaudira tanto os sentimentos refinados que ali se revelaram quanto o talento magistral do autor. A partir de então, Harold Skilde conheceu a glória. Com uma perversidade de predileto, inebriado pelos louvores que brigavam entre si para exaltá-lo, ele lançou ao seu público um desafio após o outro. E foi *O Retrato de Miriam Green*... Um desafio após o outro; inútil esforço. Cada novo lançamento era um novo triunfo para ele.

Entretanto, ele sentia que esse triunfo precário se baseava no esnobismo e no sadismo de seus contemporâneos. Escreveu, a seguir, as peças mais ousadas e os artigos mais bizarros.

Ele sofria em sua consciência de artista e, ao mesmo tempo, gozava ao ver tanta hipocrisia misturada ao seu sucesso. Seus livros eram vendidos na América e na Inglaterra, a tantos milhares que mandou construir um palácio de mármore rosa³ perto de Oxford, uma reprodução única e deliciosa do templo em Paestum. Requisitado por toda a aristocracia do reino, ele respondia às suas festas com outras festas ainda mais belas. Em sua casa, eram servidos jantares que remontavam a Heliogábalo.⁴ Não contente em celebrar Adônis, pregou seu exemplo e viveu cercado de amantes assumidos. Seu vício e seus amores passageiros o tornavam semelhante a um deus, e, a fim de provocá-lo, a velha duquesa de Farnborough brincava com suas maneiras de Augústulo⁵ (grandiosidade contra

---

3   Dois conhecidos dândis do final do século XIX tiveram palácios cor-de-rosa: Robert de Montesquiou e Boni de Castellane.

4   Marco Aurélio Antonino Heliogábalo (203-222), imperador romano da dinastia severa, nascido em Emesa (atual Síria). Propenso a um sentimento religioso idiossincrático, proclamou-se sacerdote-chefe e serviu a um culto monoteísta em veneração ao Sol (o deus Heliogábalo). Durante os séculos XIX e XX, seu mito foi enormemente propagado na pintura, na literatura e no teatro. Inúmeras são as referências, geralmente fantasiosas, à depravação, aos costumes excêntricos e à sexualidade libertária do jovem imperador que, segundo a lenda, após ter sido deposto do poder, morreu assassinado nas cloacas da cidade.

5   Romulus Augustus (c. 461 após 476), que passou a ser conhecido, por derrisão, como "Augustulus", foi imperador de um breve reinado que durou menos de dez meses, quando, em 476, foi deposto pelo patrício Odoacro. Considerado usurpador e marionete, Augustulus marca, historiograficamente, a passagem da Antiguidade para a Idade Média.

natureza),[6] chamando Skilde de "o último César postiço".

A polícia, por admiração, fazia vista grossa. Além disso, seus costumes eram afrontosos, e quando se viu o "Antínoo",[7] o iate de Skilde, descer o rio numa bela noite de regatas com uma tripulação inquietante de jovens escravos, jovens escravos loiros, coroados de flores à moda ática; quando se viu o escritor, reinando entre seus discípulos e admiradores, oferecer a dádiva de um beijo à beleza de Dáfnis, o novo Shakespeare foi saudado com entusiasmo.

Lord Lyllian, até então, só tinha ouvido falar vagamente em Harold Skilde.

Bastou percorrer os jornais de relance para que lhe fosse revelado um nome esquecido muito cedo. Sua jovem curiosidade ainda não fora despertada pela literatura, e seus lindos olhos se fechavam rápido sobre um livro aberto poucas vezes. Aquela foi, portanto, uma apresentação conforme as regras, na qual o duque de Cardiff indicou, com sua indiferença costumeira, o artista ao rapaz.

Harold Skilde acariciou Lord Lyllian com um olhar de admiração, do qual o lorde não fez caso... — o que era um poeta para ele? Em seguida, após as preliminares obsequiosas, Harold Skilde falou e eles jantaram lado a lado.

Renold rapidamente ficou encantado com a sagacidade e com as réplicas de seu vizinho, com certo quê de flerte, entre um comentário malicioso e outro, deixando-lhe claro que sua beleza era apreciada. Em suma, o escritor manifestou seu desejo de visitar Lyllian Castle e seus lagos, e o garoto, com extraordinária solenidade, convidou-o.

---

6 No original, lê-se *grandeur contre nature* (sem hífen), o que causa a ambiguidade: por um lado, entende-se "grandiosidade versus natureza"; por outro, "grandiosidade contranatura" (ou "contranatural").

7 Nome do amante do imperador romano Adriano (76-138).

Quando Harold Skilde chegou dois dias depois, Lord Lyllian o recebeu com a graciosidade bem-disposta de uma linda garotinha. Mostrou-lhe a propriedade; depois, os dois voltaram juntos... E quando veio a noite:

— O senhor gostaria de passar a noite no castelo? — perguntou Lyllian a Skilde.

E Skilde aceitou, encantado com o anfitrião e com a paisagem.

Depois da refeição no salão superior, onde outrora seu pai o observava com olhos melancólicos e indiferentes, Renold propôs um passeio à beira do lago, embora já fosse noite... Ao que parece, há fantasmas que rondam pelas velhas casas. A minha é antiga o suficiente para ter muitos deles... Venha vê-los.[8]

Partiram. A noite embrumada deixava as frias constelações de dezembro perfurarem suas neblinas. Jamais poeta algum se sentira mais emocionado e apaixonado.

Desvelando sua alma àquela jovem alma, ignorante e desamparada, ele perguntou com toda a delicadeza a Renold sobre sua infância e sua vida. Sua voz cantava na sombra, seu coração tremia em seus lábios. E Skilde, que já não acreditava mais em coisa nenhuma da vida, e para quem o amor não passava de um capricho da epiderme, iniciada havia longa data; Skilde compreendeu que amava aquele menino.

Paixão tão forte e tão recente que, nesse primeiro momento, após tê-la descoberto, ele permaneceu em silêncio. Era óbvio que Lord Lyllian não suspeitava de nada e que uma palavra demasiado exata, que uma alusão demasiado direta poderia abalar o adolescente, espantá-lo, impedi-lo, talvez meter-lhe medo; em todo caso, revelar para ele sofrimentos tão misteriosos, abandonos tão culposos...!

---

8 Aqui respeitamos a posição da frase conforme o texto original, considerando a ambiguidade um componente importante do romance.

Skilde sentia aquilo. No entanto, como o amava! Não, o sentimento que o agitava não era o desejo baixo e profano, a necessidade de possuir que transcorre rapidamente, nem mesmo o luxo elegante de corromper. Aquele menino, aquele órfão se tornaria, apesar de sua fortuna e em razão de seu nome, seu jovem companheiro de apoteose e de glória... ao qual ele ensinaria, pouco a pouco, a ler nos corações assim como se lê nos astros.

Ele, Skilde, um educador? Oh, céus. Naquele sentido? Sim. Que os chucros e os imbecis ficassem à vontade para fazer disso um crime seu... Ele se ornaria disso como uma vaidade.

Assim chegaram às confidências quando o diálogo recomeçou. Renold deixou entrever sua solidão, seu abandono mais cruel com o luxo que o cercava, seu tédio... seu tédio por ser jovem e por ainda não viver.

— Mas é o *spleen*![9] Mas é preciso tratar isso, meu senhor, por meio de carícias — Skilde brincou. — Divirta-se! Com o quê exatamente? Ah, veja só, divirta-se atuando. Acredite em mim: é a melhor maneira de se preparar para entrar no mundo.

— Atuando? Como os atores de verdade, nos teatros de verdade?

E Lyllian, que até agora só assistira a duas *féeries*,[10] arregalou olhos surpresos e sorridentes.

— De resto, o senhor tem muitas habilidades. O senhor é (desculpe-me, o senhor parece) maroto como

---

9 Em inglês, *spleen* significa "baço". Com a teoria dos humores, acreditava-se que a bílis negra produzida pelo baço era a causa da melancolia. O termo foi amplamente usado com essa acepção sobretudo a partir do romantismo.

10 Espetáculo ou peça de teatro em que se encenam histórias de fadas — *fairy* (em inglês), *fée* (em francês) — e outros personagens fabulosos em situações sobrenaturais.

um homem casado, perverso como um demônio e lindo como um anjo... Desculpe-me, eu não sabia...

Pois, de fato, Renold o havia interrompido com um gesto.

— Está bem, aceito seus conselhos; para quando é a peça? — ele retomou rápido.

E, sem demora, decidiu-se comunicar o duque de Cardiff, fazer a proclamação oficial e convocar a vizinhança, marcar uma data. No ano novo, fez-se uma pausa. Quanto à peça, Skilde cuidaria dela.

E regressaram naquela noite, sem que o tentador tivesse ousado algo mais.

*

Oito dias depois, Skilde estava de volta com a peça.

Tomou as rédeas, sem trégua, o coração fervilhando de esperança, embriagado pela lembrança daquele jovem pajem, cuja impertinência de mosqueteiro e cuja elegância de grande senhor o perturbaram mais que os *boys* de Regent Street ou que os *bambini* de Messina.

— Vou ler a peça, se me permitir, meu senhor Querido?

E, divertindo-se, sem que Lyllian se ofuscasse, Skilde representou para ele, tamanho era seu dom de evocar com uma palavra e com um gesto; Skilde representou para ele os três atos de seu *Narciso*.

Lyllian aplaudiu. A noite caía diante deles sobre as altas montanhas, e das janelas desvendava o lago inundado de vapores róseos. Toda a Escócia romântica e divinizada palpitava naquele rincão perdido. Com Ivanhoé e Mary Stuart, era o encantamento de tristes princesas trancafiadas em torres, de pastores nômades soprando o berrante, de urzes e de águas tranquilas. E, no entanto, havia bastado um minuto para transformar o cenário de brumas em um cenário de sol e para fazer aparecer ali, tal qual uma radiosa aurora, a doçura loira de uma paisagem grega.

— Muito lindo o seu *Narciso* — afirmou Lyllian, com as orelhas ainda a cantar rimas e palavras.

— E o senhor o encarnaria como se o senhor mesmo, ressuscitado, fosse o filho das ninfas. Na outra noite, o senhor falava comigo sobre certas vezes em que, completamente sozinho e triste por estar assim, beijava sua sombra que tremia nos espelhos: seja Narciso...

— Quero muito, mas já vou avisando que eu serei um desastre... Em que data é a bagunça? — acrescentou Renold com um sorriso. — No ano novo? Ah, sim... Combinado...

— Quanto aos outros papéis, vou distribuí-los nos arredores. Veja... Lady Cragson ficará felicíssima em dar tudo de si em cena com o senhor. E quem mais...?

— Edith Playfair está longe demais! — suspirou o pequeno lorde.

— Edith o quê?

— Nada, uma antiga namorada... minha. A propósito — prosseguiu enquanto Harold Skilde se despedia —, de quem é a peça?

— Minha — disse simplesmente o escritor olhando para Lyllian, que lhe estendia a mão.

— Como assim, sua? Por que não me disse antes? Sua peça é muito boa, Skilde, ela é maravilhosa. Oh, que alegria! E que surpresa também!

— Sim, eu a compus e terminei em uma semana. Bem ou mal, peço desculpas.

— Mas quem poderá ter lhe inspirado tanto assim?... O senhor trabalha como um deus!

— Como alguém que ama o senhor... — murmurou Skilde, pensando apenas em si, esquecendo-se de tudo; e tendo dito isso, agarrou o rapaz com ternura e força inimagináveis; então, antes que Renold pudesse impedi-lo, inclinou-se sobre ele, beijando seu pescoço flexível e morno, e que tinha um cheiro gostoso de leite.

CAPÍTULO IV

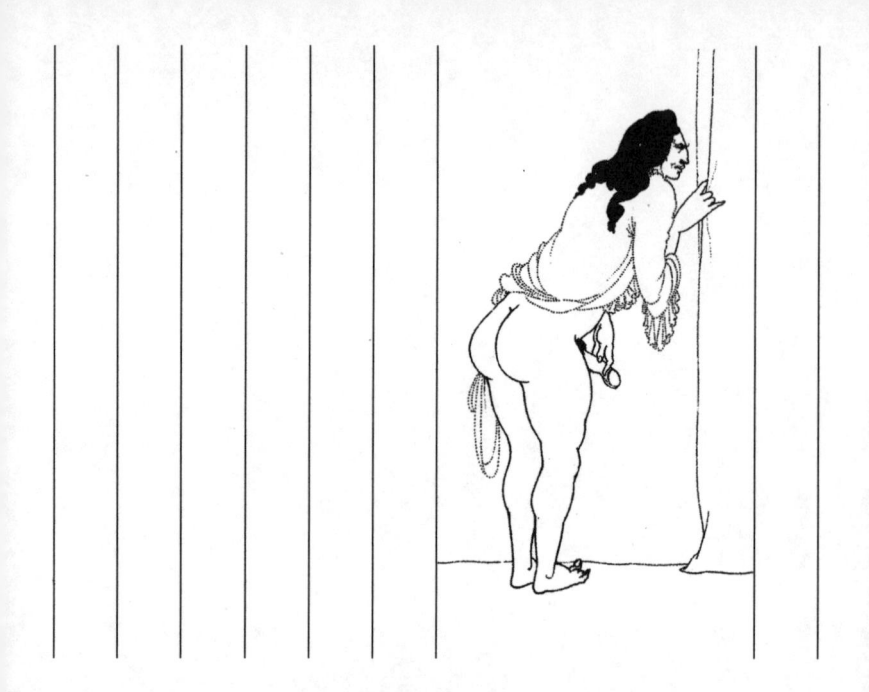

A TÃO DESEJADA ÚLTIMA SEMANA DO ANO HAVIA CHEGADO. EM LYLLIAN CASTLE, TUDO ESTAVA EM DESORDEM. O JOVEM, PLANTADO DE FRENTE PARA OS ESPELHOS, ENSAIAVA SEU PAPEL COMO UM LOUCO E HAVIA SE IDENTIFICADO tanto com Narciso que seus olhos, do azul dos lagos longínquos, foram impactados por seu amor inquietante. A peça deveria ser encenada em Swingmore, na casa do duque de Cardiff, que, pelo que se dizia, tinha improvisado uma encantadora sala de espetáculos. Além disso, o duque havia convidado Lord Lyllian e os outros atores para irem passar aquela semana em sua casa, e quando Renold desceu os degraus da larga escadaria de mármore, dizendo adeus à sua propriedade antes de subir no veículo, teria sido capaz de desdenhar de seu primo, o rei.

Foi recebido em Swingmore pelo próprio Cardiff, famoso em virtude de sua semelhança com o príncipe de Gales. O duque, que desposara uma princesa do mesmo sangue que o seu, mostrava-se particularmente orgulhoso quanto a isso e sequer se dava ao trabalho de desmentir certos boatos desfavoráveis que circulavam a respeito de suas origens.

Mostrou-se infinitamente amável para com o menino, e seus instintos de Borgia foram saciados quando flagrou Skilde olhando para Lord Lyllian. Afeiçoava-se ao vício no mais alto grau, mas temia acima de tudo morrer em pecado. Por isso, costumava frequentar muito a igreja e agia como se fosse o protetor de todas as santas almas da região.

Mostraram a Lord Lyllian o teatro edificado nos laranjais com requintado bom gosto. Apresentaram-no à duquesa, altivíssima e emperiquitada demais para sua idade, que tinha os dentes amarelos como as pérolas de sua família; e depois, a seus futuros colegas de palco.

Lá estava Lady Cragson, idealmente bela e cujos infortúnios familiares eram de conhecimento público. Lord Cragson havia sustentado Mabel Reid, a estrela de Earl's Court, como uma rainha. Ele, que até então se revelara, por causa de todas as suas aventuras, de uma infidelidade exemplar, deixara-se levar tanto e tão bem pela amazona que o patrimônio se afundou. Desde então, uma vez obtida a separação a muito custo, ele se viu em um aperto, vivendo de uma pensão alimentar que a mulher lhe transferia, pois Lady Cragson, fraca e resignada, ainda o amava. Como jamais tivera filhos, ela mantinha em seu coração uma ternura não dita e sempre pronta para despertar. E seus lindos olhos submissos guardavam um rancor oculto. Ela falava como quem soluça, com lágrimas na voz. Perdidamente apaixonada pela poesia e pela música, o canto e os versos a distraíam... Pobre Lady Cragson, infeliz no casamento!

Havia também o Mr. e Mrs. Well, de Kinton, Massachusetts, dois jovens americanos podres de ricos que, cansados de viver em Nova York e Newport com seus desfiles na Fifith Avenue, jantares no Sherry's e banquetes em Waldorf, vieram levar seu *spleen* e seu bilhão, assim, à toa, para um passeio na velha Europa.

Ela, loira, franzina, com aspecto de criança amendrontada, fizera duas voltas ao mundo, uma excursão, afirmava ela, mostrando seus dentinhos brancos. Já ele, um gigante feito para a luta e para a pobreza, ainda mais surpreso que sua mulher por serem ricos e por não fazerem nada. De resto, um gênio indiferente de quem já tinha vivido todas aquelas emoções, com um estômago de quem tem nojo de todas as culinárias. Ele não vivia, ele durava. E, contudo, acumulava, pois era essa a sua paixão. E ainda por cima, que meios de gastar vinte milhões de renda! Ser ocioso até passava, mas era preciso dar a impressão de que se fazia alguma coisa; muitas coisas, na verdade. Por isso, praticava todos os esportes, todos os prazeres e todos os tédios. Caçava, pescava, remava, jogava golfe e tênis como um maníaco, possuía quatro automóveis, dois estábulos de corrida, estava em seu quinto balão dirigível, adestrava cavalos em liberdade e atuava em peças. Ademais, sua mulher e ele mantinham, de sua volta ao mundo, os ares de quem estava numa eterna viagem.

Havia, ainda, Percy Cardwell Blonton, o filho caçula de Sir Richard Blonton, o riquíssimo produtor cervejeiro da cidade, dono de propriedades situadas a quatro milhas dali. Percy Cardwell, *habitué* do Prince's e do Saint-James, o Percy, que podia ser encontrado às dez da noite, jantando de fraque no Carlton ou no Delmonico, com uma orquídea na lapela, o monóculo parafusado no olho para ficar igual a Chamberlain,[1] o pequeno arrivista, e que, depois de comer, passava as noites percorrendo uma espelunca seguida de outra, acompanhado de Skilde ou do pianista Spilka — "Só para olhar", como ele dizia.

Outros convidados atiradores de tetrazes completavam a lista.

Os ensaios começaram imediatamente e Skilde, mesmo sem poupar as instruções, ficou encantado com as reais capacidades do rapaz. Com destreza surpreendente, Renold se deslocava no palco com sua túnica transparente de semideus, sem que a revelação de sua beleza juvenil pudesse lhe causar a mínima vergonha ou o mínimo constrangimento. Terminados os ensaios, ele ia se despir numa pequena sala, especialmente arrumada para ele; deixava, de maneira provocante, suas musselinas deslizarem até o chão, adornando com gestos conhecedores e doces seu corpo harmonioso. Permanecia imóvel defronte um espelho psiquê que refletia seu sorriso, um espelho psiquê um pouco parecido com o que tinha em casa, e observava ardentemente o jovem pajem, muito zombeteiro e muito sedutor, plantado diante de seus olhos.

À véspera do ano-novo, enquanto ele se entregava dessa maneira a gozos refinados, deram uma batida de leve à porta, que cedeu. Skilde entrou antes que Renold, para sua surpresa, pudesse cobrir-se ou gritar. Foi invadido por um grande frisson e mordido por beijos, até então desconhecidos, da nuca aos calcanhares. Quando recobrou os sentidos, Skilde havia partido. Renold

---

1 Joseph Chamberlain (1836-1914) foi um político inglês. Foi representado em uma estátua erguida em sua homenagem, em que tem uma orquídea na lapela.

Monrose, Lord Lyllian, se deixara violentar como uma linda mulher...

Não guardou senão rancor de Harold Skilde, pois atuou no dia seguinte como um segundo Garrick.[2] Em seu papel meigo e misterioso de Narciso, teve tanta naturalidade e jovialidade no diálogo em que a ninfa lhe confessa seu deplorável e torturante amor, tanta delicadeza e pudor, que os mais avisados aplaudiram no meio da cena.

E quando, na cena à beira da fonte, ele reconheceu sua evidente beleza a ponto de beijar a si mesmo, foi ovacionado pela sala inteira, arrebatada. Todo comovido, detendo na mãozinha um ramo de murta antiga, curvou-se à frente do palco. Rosas caíram a seus pés. Essa era a homenagem do autor. De volta a seu camarim, recebeu de novo os elogios universais. Sem se dar ao trabalho de tirar seu peplo angelical de deusa, Lady Cragson veio parabenizá-lo, olhando para ele com seus eternos olhões tristes. O duque de Cardiff agradeceu-lhe calorosamente e acrescentou que a duquesa teve a audácia de manifestar seu interesse.

Harold Skilde finalmente chegou no instante em que todos estavam falando. Desculpou-se por ter de fazer algumas observações em meio a seus elogios, assim disse, apoiado pelo olhar aprovador e perverso do velho duque.

— A única coisa que lhe faltou — começou ele, assim que todos foram embora —, e o senhor teria obtido sucesso completo; a única coisa que faltou foi seu beijo...

— Em quem?

— Em si mesmo, quando se debruçou sobre o rio para ver na água o reflexo de seus olhos.

— Verdade; como é que se beija, então?

---

[2] David Garrick (1717-1779), ator, dramaturgo e produtor teatral inglês que redefiniu o mundo teatral no século XVIII, tendo se tornado famoso por seu papel em *Ricardo III*, de William Shakespeare.

Harold Skilde, sem responder, pegou a fina cabeça que sorria para ele com um tom malicioso. Por um instante, teve prazer ao sentir palpitar o corpinho tépido, tão bem feito para as carícias; em seguida, com seu ardor transtornado, encobriu o pescoço delicado, as orelhas diminutas e róseas, as bochechas ambaradas e os lábios que se ofereciam em afagos apaixonados, ao passo que, arrepiado de febre e de prazer, Lord Lyllian, arqueado de frente para o espelho, via a si mesmo empalidecer — embevecido de perversidade, ironia e amor.

☦

Naquela mesma noite, quando Renold, deliciosamente lânguido em sua camisola, ia se deitar e uma voz feminina, meio sufocada pelo medo, perguntou "Posso entrar?", ele abriu a porta. Era Lady Cragson.

— Oh, desculpe-me; não sei o que estou fazendo! Sou louca, a bem da verdade...

Ela se aproximou do lindíssimo rapaz na penumbra com seus olhos claros velados por cílios de veludo.

— Perdoe-me... — disse. — Eu o amo...

— Shhh! — respondeu ele, fechando os lábios dela.

E conforme ele pensava em todos os tipos de loucuras romanescas e encantadoras, Lord Lyllian, semivirgem, amou-a mais do que Skilde naquela noite...

☦

Agora, não passava uma semana sem que Harold Skilde, Lady Cragson e outros vizinhos viessem a Lyllian Castle para visitar Renold. Organizavam-se festas e encontros em quase todos os lugares, de modo que era possível jurar que o diabo estivesse presente naquela terra dos diabos.

Lord Lyllian se transformava rápido ao contato com tantas emoções novas. Estava na idade em que os meninos mudam de natureza e de ideias — paparicado por uns, criticado por outros —; de fato, ele tinha tudo para se sair bem, e logo se tornou um menino mimado. Sua reserva e sua modéstia de antes desapareceram. Seu sorriso também, seu jovem e ingênuo sorriso dos primeiros anos. Skilde, independentemente de tudo isso, penetrava em sua mente com mil paradoxos que explanava triunfalmente com sua eloquência habitual. Sua alma de devasso *blasé* jorrava por cima de Lord Lyllian, que assim se tornou *blasé* sem quase ter vivido.

Certas vezes, em seus frissons de misticismo e arte, o escritor levava seu jovem amigo em longos passeios pelas montanhas, revelava-lhe a serenidade majestosa de um pico, a doçura tranquila de um rio, a religião dos crepúsculos... a beleza calma da terra; depois regressavam, os olhos cheios da vertigem das altitudes.

Sentavam-se em um dos altos salões da mansão: Skilde debruçado sobre um livro perto de uma lâmpada velada e Renold na penumbra, assombrado por esperanças e lembranças. E Skilde lia para ele os poetas imortais. Lyllian conheceu também o magnífico Shakespeare, o rabugento Pope e Milton, tão resignado... Escutou cantarem os ritmos que fizeram Byron enfebrecer e Tennyson se embriagar. E logo também chegou a vez de Sheridan, que passou com uma gargalhada, Swift com um sermão, Dickens com uma lágrima. Mas, certas vezes, o jogo virava e se tornava mais grave. Espirituoso como um ocioso de ideias, sem ter guardado nada do passado a não ser sua passagem, perdidamente desdenhador dos homens e de seus preconceitos, Harold Skilde falava aos trancos. Declarava seu ódio pelos hipócritas e tartufos, então aproveitava para ousar tudo com bravura pantagruélica; declarava também sua admiração pela natureza e por suas obras, mas acabava admirando sem restrições coisas demais.

De tal modo o menino, pego por esse turbilhão, despertado pelo sopro potente dos grandes poetas, encantados pela mente engenhosa do outro, foi moldado por Skilde como cera pelo fogo.

Harold Skilde encontrara até então apenas homenzinhos, mais disponíveis para a venda que para o amor — "o vício inglês".[3] Sentira por Lord Lyllian uma paixão muito estranha e de todo nova, o que agradava a seu orgulho. O nome do seu jovem amigo, sua fortuna, sua raça, ainda melhores do que a sua beleza, e também sua inteligência, o exasperaram à primeira vista. Depois, na casa daquele homem aparentemente incapaz de amar, o amor se declarou ardoroso, absoluto, dominador. Ele quis fazer de Lyllian criação sua. E Lyllian submeteu-se, ou pareceu se submeter, a isso. Quis dar-lhe uma educação de cabotino e de cocota. Não demorou para que Lyllian se tornasse ambos: fez aparições no palco em papéis femininos. Atuou como cortesã grega e como burlesca[4] moderna. Entusiasmou-se pela França por causa do Moulin Rouge e por Paris por causa do Boulevard. Em sua vida costumeira, confundindo o que devia ser dito com o gesto que devia ser feito, tornou-se um perfeito Delobelle,[5] egoísta e mentiroso.

Cinco meses se passaram assim.

O inverno havia sucedido ao outono, a primavera havia expulsado o inverno. Numa manhã, Harold Skilde entrou despreocupadamente na alcova do pequeno lorde segurando um livro.

---

3   No original, le *vice anglais*: "o vício inglês". Os franceses atribuíam aos ingleses as práticas do sadomasoquismo, da flagelação e da sodomia, consideradas viciosas.

4   *Cascadeuse*, no original: ator que atua em papel cômico, improvisado e bufo. Em um sentido anacrônico, significa pessoa de vida desregrada. No sentido atual, o termo *cascadeur* significa "dublê".

5   Personagem de *Fromont jeune et Risler aîné* [*Fromont, caçula, e Risler, o mais velho*], de Alphonse Daudet (1874).

— Meu útimo romance, *Ísis*: ele é dedicado a você, Ganimedes...

Lyllian pegou o livro, folheou-o e leu, em uma página aberta ao acaso, uma descrição tão impressionante e tão exata que não pôde conter seu empalidecimento.

— Mas... É de mim que você está falando aqui...

— Isso mesmo, é você... Que sucesso fará, meu senhor, quando todos aqueles chucros o reconhecerem. Ah, vou tirar tanto proveito com lindas histórias de máscaras![6]

— Isso é muito ruim, senhor Skilde — observou Lyllian. — O senhor não deveria agir assim.

— E por que não?

— Porque eu não pertenço a ninguém senão a mim mesmo, e porque o senhor me roubou. Sim, o senhor me roubou tudo: minha natureza, minha silhueta, meus pensamentos, minha alma! O que diria de alguém que arrombaria um móvel, ávido por revistar gavetas, arrancar os segredos, as cartas, os perfumes, as rendas, e que, depois, passearia com um troféu na mão?... Por que, então, com ou sem razão, o senhor me levou a confessar meus sonhos mais íntimos, minhas lembranças de menino, meus desejos juvenis? O senhor me fazia acreditar que era por interesse para me acalmar, para preservar, para me curar...?

— Não somente o escondi, como também o curei. Palavra, o senhor está levando as coisas para um lado trágico! Eu o escondi e também o curei... e digo mais... É verdade: fiz um livro! Para nós, literatos, a vida é um eterno campo de batalha no qual, tão curiosos, às vezes tão devotados quanto os médicos, nós espiamos para tratar os doentes e os moribundos. O senhor estava doente,

---

6 Publicada em 1900, *Histoires de masques* [*Histórias de máscaras*] é o título de uma coletânea de contos de Jean Lorrain (1855-1906). O personagem Jean d'Alsace é inspirado no escritor.

apesar de muito jovem, e me interessava mais que qualquer outro exatamente por isso. Cumpri meu dever para com o senhor e lhe mostrei meu agradecimento com a consagração de uma obra nova...

— Sim... O senhor fez um livro!... Ah, mas que belo motivo... Negócios são negócios, não é mesmo? O senhor só vê carreira por onde olha... Sou realmente jovem, como o senhor diz, mas já vivi o bastante para me enojar com o que vejo. Uma obra nova! Ei-vos aqui reconfortados, senhores poetas. Enforcaram os bandoleiros de estradas; os bandoleiros de almas são reverenciados. Que tal uma amostra psicológica? Pois então, pegue-a. Escancare suas taras exageradas e, na falta das suas qualidades, as suas chagas. Retrate homens ou mulheres de modo tão cativante que todos e todas possam reconhecê-los e, quando a infâmia deles tiver se tornado pública, quando forem desmascarados e devastados, daí, então, o senhor se tornará um herói, um grande homem...! Agora repita para mim que o senhor me ama, repita-o, vamos, meu caro. Sim, o senhor me ama... só para escrever isso mais tarde; o senhor me ama para a descrição futura, de maneira tão fria como se estivesse criando um papel!... Até porque, meu querido — continuou Lord Lyllian com sarcasmo —, sou melhor ator do que o senhor...!

— Comédia ou tragédia, para mim tanto faz! Agora que tenho ao senhor aí nessas páginas; sua pessoinha impertinente e graciosa dançando no meio desses garranchos negros como se ela fosse importunada por moscas vivas que a venceram... O senhor é meu, renda-se. E, para o seu consolo, meu caro senhor que não é meu amante, vou lhe propor algo importante...

— O quê?

— Uma viagem...

— Para longe?

— Para a Grécia. Uma viagem na luminosa e indolente Grécia. Iremos de Cíclade em Cíclade, de lembrança em lembrança. Venha, fujamos deste país de sombras e de fumaça onde não se respira nem azul do céu nem claridade. Ah, meu pobre menino, a quem fui desvelar a vida! Tanto mistério e tanto ideal se mesclavam à minha paixão que eu não acreditava estar fazendo mal ao senhor iniciando-o em meu melancólico amor. Agora, ao senti-lo aqui, à mercê de todas as tentações, de todas as tristezas, de todos os remorsos, face a face com a sombra; isso me assusta e me desorienta. Já que o senhor mesmo é como uma imagem viva dos deuses abolidos, dos mitos desaparecidos, já que eu acreditei ver no senhor aquilo que adoro em sonhos, venha, deixemos essas terras brumosas onde Adônis jamais viveria.

Partamos rumo ao sol casto, ao oriente triunfal, ao oriente voluptuoso e claro, iluminado de ouro! Agora mesmo, eu estava observando esse céu de abril, o pobre céu da Escócia que, de tão pálido, ainda não entreabriu seus brotos. Lá tudo desperta e tudo canta!

É uma ardorosa ressurreição. E o senhor sabe que lá floresce uma planta mais esplêndida do que em qualquer outro lugar. A Grécia é a única que a possui: a glória.

O senhor verá as ruínas exíguas dos templos antigos preencherem o mundo com seus naufrágios de mármore. Pisará na terra que deu à luz Sócrates e Sófocles, Ésquilo e Eurípedes. As abelhas douradas que pregam peças nos oleandros outrora voltearam sobre os lábios de Platão. É verdade que os descendentes deles são um pouco espalhafatosos... Mas viveremos do passado, inebriando-nos de história, reviveremos as lendas; as lendas serão nossas irmãs. Reencontraremos cantores pelas estradas, cantores cujas vozes ainda vibram no céu. De passagem em Veneza, será a vez de Musset; margeando Citera, Chopin chorará seu sonho e, mais longe, será a musa errante de Byron.

Oh, veja só, meu adorado, partir com o senhor para a Grécia loira, para a Grécia heroica e fabulosa... para as ilhas de luxúria onde se desejaria morrer...

CAPÍTULO V

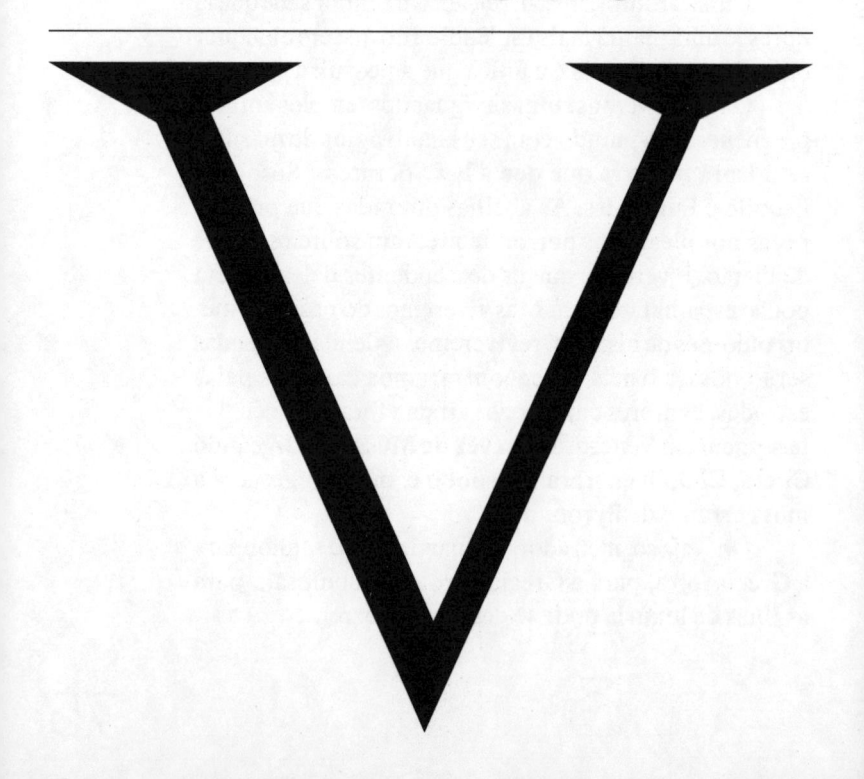

"TENHO MUITO RECEIO DE ESTAR FAZENDO MAL EM LHE ESCREVER, AINDA QUE A DISTÂNCIA QUE MANTENHO DO SENHOR, RENOLD, ME SEJA UMA DESCULPA ASSIM COMO ME É UM SOFRIMENTO. AINDA SE LEMBRA DA menina que conheceu quando era um garoto? O senhor achava seus olhos lindos, mas não ousava dizer isso para ela; Edith? Guardei todas essas lembranças e outras mais. Acontece que Edith já se tornou mulher adulta e não brinca mais de boneca. Como ignoro seu paradeiro e o que foi feito do senhor, escrevo estas palavras à graça de Deus, envio-as à sorte. Aguardarei, sem nutrir muitas esperanças, uma resposta de sua parte. Aqui está meu endereço. Segui meu pai pela Espanha. O sol me dá esta ilusão: acreditar que perto dele não estou longe demais do senhor..."

No cais de Nápoles, onde o paquete acabava de fazer escala, Renold apalpava, febril, o envelope todo manchado de selos postais, o envelope que havia viajado durante tanto tempo para encontrá-lo. Ele trazia, de fato, a marca de sua passagem por Lyllian Castle, aonde, a princípio, fora endereçado; depois por Londres, onde a casa que tinha em Hanover Square o havia reexpedido a Marselha; e de Marselha para Nápoles. A fina caligrafia da moça, amolecida pela umidade, já datava de uns quinze dias; e aquela impressão que Renold sentiu com o pensamento distante da namoradinha de antigamente foi de todo particular... Então, ela lembrava de si dessa maneira... A linda Edith de doces lábios!

Harold Skilde havia se distanciado por um instante enquanto Renold abria suas cartas. Voltava triunfante, seguido por um *ragazzo* minúsculo e moreno que arrastava uma enorme cesta de laranjas da Sicília. Viu Lord Lyllian pensativo, deliciosamente comovido com aquelas linhas inesperadas e, enciumado embora não ousasse confessá-lo, aproximou-se:

— Bilhetinhos de amor, nada mal, suponho...
— Sim, mas não do seu sexo.
— É ainda mais grave!
— E mais bem escrito.
— O senhor está, meu pequeno querido...
— Em se tratando de mau humor, estou em pé de

igualdade com o senhor...

Resignado, Skilde subiu a bordo para deixar suas laranjas e depois partiu novamente, visto que a escala durava um dia inteiro, para rever suas queridas igrejas; e sobretudo — e se possível — sua deliciosa ilha de Capri, tão amada por ele e por Supp, o grande industrial alemão.

Renold o viu se afastar. Permaneceu sozinho no meio da multidão barulhenta dos *facchini*[1] e dos mendigos perambulando ao seu redor, oferecendo com gritos agudos polvos cozidos, romãs, laranjas e cartões-postais. Ele os mandava embora com um gesto frouxo. Oh! Ficar a sós com ela... como antigamente.

Sentiu um grande desgosto por sua vida atual, um grande desejo de terminar e recomeçar melhor. Ficar a sós com ela... falar com ela, escrever para ela, com a alma transfigurada por aquela cidade maravilhosa que o sol de dezembro revestia de musselinas pálidas, de ametistas veladas!

Sem prestar atenção, como que extasiado, lembrou-se da última frase da carta: "O sol me dá esta ilusão: acreditar que perto dele não estou longe demais do senhor...".

Meiga e cândida confissão de menina, que, para não lhe dizer com todas as letras que o amava, lembrava-o dos tempos, já distantes, em que ele a amara... como um garoto.

Edith! Através dela, a felicidade sinalizava para ele, talvez, e talvez também sinalizasse os destinos de ambos? Que lindos sonhos eles não viriam a realizar, aqueles príncipes que ainda não haviam completado vinte anos? Até então apenas se entreviram e, num mesmo gesto, uniram seus lábios. Amar Edith — juntar-se a Edith —; sim, o dever e a salvação estavam do lado de lá! Ele não pensaria em mais nada além dela e expulsaria de sua mente qualquer pensamento ruim. Adeus, sonhos

---

1   *Facchino*, em italiano, é a pessoa encarregada de transportar bagagens e cargas nas estações, portos etc.

doentios, graças enlanguecidas, estrofes efeminadas e acariciadoras que ele cantava para seu corpo! Doravante, ele seria o macho, o lindo machinho nervoso e dominador. E, quando viesse a idade de dizer a sério seus caprichos...

Oh! Mas quando Lord Lyllian deu alguns passos à frente, percebeu, frágil e triste, sua imagem no reflexo de uma vidraça qualquer. Que dó! Considerou seu corpo muito esguio de colegial, sua cabecinha impertinente e pálida, de olhos sensuais, e com tamanhas olheiras! Nem mesmo uma sombra loira em volta dos lábios que, de vez em quando, descobriam, num semissorriso, dentes pequeninos de cachorrinho... Ser um macho, justo ele, com uma silhueta daquelas? Ora essa! — e ele acreditou ter ouvido a voz estridente de Skilde — "Até mesmo o bom Deus teria titubeado...".

Um pouco decepcionado, mas resignado ao seu destino — já que ele não era o de todo mundo — Lord Lyllian seguiu o *corso* que subia para a cidade, escondendo-se um pouco para beijar a carta.

IV

CAPÍTULO VI

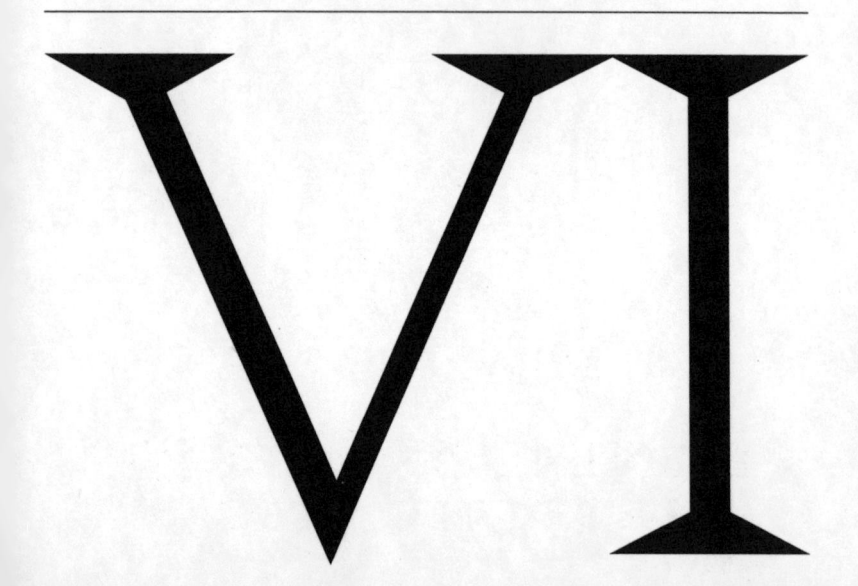

"CLARO QUE RECEBI, SENHORITA EDITH, CLARO QUE RECEBI A SUA CARTA, MINHA ADORADA... ADIVINHE ONDE? AGORA É A SUA VEZ DE ME OLHAR DE LONGE COM SEUS LINDOS OLHOS INQUIETOS.

Ainda não adivinhou? Dê-me seus lábios, estamos vizinhos ao sol! Ah! Estou falando demais, não faço quase nenhuma confissão. Porém, que surpresa...! Enfim, foi em Nápoles que sua carta me foi entregue. Reconheci-a de imediato, como se havia muito tempo eu soubesse que a receberia. Estava no cais, o paquete havia acabado de chegar, em escala de uma noite. O sol desbotava. Eu devo ter lido igual a um míope, com os olhos tão perto da fina caligrafia que, ao fim, eu a percorria com beijos. Oh! Senti um calor no coração, pois, veja só, até então eu estava tão solitário! Obrigado pela fresca lembrança, obrigado pela fiel amizade.

"Amizade? Será que você me ama? Só por causa de antes... Pois a senhorita me amou noutro tempo, no feno perfumado, onde brincávamos de esconde-esconde. A senhorita deixou suas bonecas de lado, pelo que me disse? Eu teria tão facilmente sido a sua! Mas, atordoado que sou, eu falo e falo sem lhe contar minhas histórias. E Deus sabe quantas eu teria para contar!

"Primeiro, sobre minha viagem. Vou para a Grécia, para o Oriente, lá longe. A senhorita alguma vez já se imaginou na Grécia, minha pequenina? Oleandros e paisagens bucólicas, um jardim todo florido onde Teócrito andaria nas nuvens.[1] Platão, num gesto claro, mostra a seus discípulos os bosquedos de Academos; Aristófanes zomba do velho Homero, o mar Egeu reluzindo de longe, a Acrópole erguendo sua glória ao sol... defronte o Olimpo, em pleno *frisson* com seus deuses.

"Foi assim que cheguei a Malta, que eu havia imaginado terra luminosa e doce, e de onde encaminharei essas linhas.

---

1   No original, lê-se o termo *muser* ("andar de papo para o ar", "levar a vida na flauta", "andar com a cabeça nas nuvens"). Nesse sentido, pode-se também usar o verbo *musarder*. Já no jargão da caça, bastante presente no romance, *muser* significa "entrar no cio", sobretudo os cervídeos.

"Frases de massa italiana, diria aquela bendita peste do senhor Skilde, de quem a senhorita conhecerá apenas a má reputação. Ele é meu companheiro de viagem. Escreve e impede os outros de falar. Monopoliza a malícia. Senhorita, eu a adoro. Sabia que, depois de ler seu bilhete, eu me lembro de ter saído para visitar a cidade, que estava banhada por um crepúsculo místico de ouro e de prata? Oh, os perfumes misturados de flores, de frutos, de carícia e de mulheres! Eu estava com os nervos à flor da pele. Um pouco melancólico também. Pensava na *darling* Edith. Acredite-me se quiser, e mesmo se não quiser: de passagem, as lindas napolitanas me olhavam (minha presunção), e, a cada vez que uma delas me sorria, eu reconhecia o sorriso da senhorita (minha loucura)! Tudo isso foi tão inebriante e tão misterioso que, no dia seguinte, logo que o sol raiou, eu já estava de pé para ver mais uma vez a cidade, para saudar Nápoles ainda adormecida.

"O barco partiu na bruma empoeirada de ciano e sol. A cidade, tomando a forma de um anfiteatro, ganhava na indecisão da manhã o aspecto de um imenso circo de mármore nu, erguido de frente para o mar. O Vesúvio, sobressaindo-se com seu brio de cinzas, refletia seu corpo sobre o golfo. Costeamos Capri, que nos observava com suas grandes *villas* langorosas e seus bosques de laranjeiras. Ah, pequena, cruel amada, como meus lábios teriam pressionado seus belos olhos... Mas o desejo, a febre que eu tinha de escrever mais sobre isso já passou. Agora mesmo, tenho sob meus olhos a visão bem clara e constante do rasto que me leva para longe da senhorita, a visão daquelas marolas brancas que nos separam sob um mesmo céu. Talvez eu tome o caminho de volta via Espanha. Até mais ver, minha criancinha querida, adeus, minha amada bonequinha. Ame-me como se ama quando se é muito amado."

‡

Renold subiu pelas vielas estreitas e calcetadas de Valeta, cercadas de casas à maneira italiana ou dos poucos palácios maravilhosos que sobraram dos tempos dos cavaleiros. Despachou sua carta quase escondendo-se, perseguido de perto ou de longe por Harold Skilde. Agora, ele respirava e, com a alegria de um aluno cabulador, admirava a festa do sol naquela manhã maltesa.

Alcançou o topo da cidade, acima da baía brilhante do porto, onde os navios, ao partir, deixavam para trás fumaças azuis a flutuar. Um barulho metálico e sonoro subia do arsenal. Bandeiras sobre os tetos dos edifícios flutuavam, bandeiras estreladas com a cruz de São Jorge. Um perfume oriental e uma lascívia feliz já banhavam o horizonte, o mar, a cidade. Seguindo o *post office* no qual ele havia parado, uma avenida florida como um terraço de largas palmeiras verdes desvendava uma vista de encher os olhos. Lyllian seguiu o parapeito de mármore e, apoiado sobre os cotovelos, divertiu-se desvendando as ruas que tinha percorrido na cidade baixa, os cais, os molhes perto de onde seu paquete fazia escala.

Ele evocou Harold Skilde, a insistência quase deliciosa — o escritor tinha tanto encanto na voz e nos olhos —, insistência pela qual lhe pedira que o acompanhasse. Eles vinham falando havia tanto tempo, desde Marselha e desde Nápoles, sobre a maravilhosa Malta! Não pertenceria ela a uma outra era, quimérica por seus heróis, santa por seus mártires?

As noites na escada do portaló, frouxamente estendida sobre os *rockings*; eles tinham sonhado tanto com ela, com seu cortejo de paladinos e piratas, de cavaleiros e de janíçaros! Mas Lyllian, logo ao chegar, jurou uma única coisa a si mesmo: levar pessoalmente sua carta para Edith, escapar, recolher-se, pensar em sua pequena ausente querida. E Skilde, conhecendo seu caráter de menino mimado, não insistiu...

O tempo estava mormacento e ameno. Por todos os lados de Valeta, os jardins multicoloridos que guarneciam as colinas pareciam grandes lagartos sobre um muro oriental. Bosques de laranjeiras, cedros, murtas e bosquedos inebriantes de oleandros escalavam a colina até os pés do rapaz. Um barulhinho de tamancas o fez voltar-se para trás. Na luz, uma camponesa passou, montada num minúsculo jumento pardo que desaparecia debaixo de dois fardos de romãs. A moça era bela, sorria preguiçosamente com olhos imensos. Uma bandana mal-ajambrada despontava na cabeça, enquadrando o rosto moreno e as orelhas, das quais pendiam dois longos ganchos de ouro. Uma casaquinha de linho vermelho e um avental com bordados desbotados por cima de uma saia de indiana tornavam-na desejável, apesar daquela casca agreste, como um belo fruto selvagem.

Lyllian a viu passar montada em seu asno, tranquila; olhou para ela por tanto tempo que seus olhos puderam percebê-la, percorrendo sem pressa a estrada toda em flor. Quando ela desapareceu em uma esquina do caminho, ele suspirou — desejo, arrependimento, lassidão; o que importa? — e, pela segunda vez, sentiu um desgosto por sua vida e por sua juventude desperdiçada com curiosidades inúteis e malsãs. Para se distrair e expulsar as ideias que o assombravam, ele retomou o passeio, que agora havia se tornado endurecido e silencioso. Garotos seminus brincando de pula-cabra esbarraram em suas pernas. E o *"Get away, boys!"* que o pequeno lorde soltou com desdém inspirou aos fedelhos um terror salutar, e a Lyllian a satisfação de uma autoridade bem preservada.

O sol brilhava agora com todo o seu fulgor, e clarões fosforescentes dançavam sobre o mar. Apesar da estação, pairava um ar dormente e pesado. Uma tempestade próxima, um vento vindo da África abatia os homens e as coisas. Lyllian havia chegado ao fim de seu passeio. Os balaústres brancos paravam ali.

Mais ao longe, os jardins abriam suas trilhas sombreadas a quem quer que se achegasse, seus abrigos calmos entre os velhos muros eriçados de cactos. Abruptamente, ele teve o desejo infantil de atravessá-los, de voltar descendo até o porto dessa maneira e, saltando por cima de uma cerca de roseiras e aloés, encontrou-se nos bosques de laranjeiras. Oh, o cheiro ao mesmo tempo inebriante e leve, o aroma de sol e de carícia flutuando entre os galhos sombrios, espetados de frutos dourados! Ao passar, Lyllian colhia alguns deles, profundamente comovido pelo frescor da folhagem. Insetos zuniam e, cá e lá, a luz do céu azul marmoreava a relva.

Lyllian desacelerou seus passos. Seiva escorria daquelas árvores. Para quê deixá-las, voltar à cidade, ao porto, de onde ele reconhecia os rumores, voltar à vida, a Skilde, à realidade de sua viagem que o arrastava para o Oriente e para longe de Edith...? Edith também gostaria de vir para debaixo dos bosques de laranjeiras. Em algum lugar na barulhenta Sevilha, com seus sinos e guizos, em algum lugar na dourada Barcelona, em alguma Granada mourisca com seus muxarabis brancos, ela estaria pensando nele, falando com Lyllian dentro dos mistérios de um jardim...

E, sentando-se sobre o gramado morno, protegido e embalado por um domo que fremia sombras e odores, Lord Lyllian, no oblívio das horas, pôs-se a sonhar... e adormeceu em seus sonhos, meigamente...

☦

Ao despertar, a cabeça pesada por causa dos aromas que tinha respirado enquanto dormia, a noite caía sobre a colina e sobre o mar. Custava a reconhecer o porto, que, na confusão de seus fogos multicoloridos, parecia um réptil ocelado de clarões. Longas feridas róseas sangravam o sol poente, e a bruma começava a esconder os horizontes. Lyllian descobriu as primeiras estrelas pálidas em um céu cada vez mais sombrio. Sacudiu-se, desceu a pequena trilha de arbustos entre duas cercas de laranjeiras e já estava nas primeiras casas da cidade baixa e no cais. Ao chegar a bordo, foi recebido pela ironia de Harold Skilde:

— Veja só quem está aí, como vai?

— Adormeci lá no alto, debaixo das laranjeiras.

— Preparado para a noite, assim espero. Já deve estar sabendo que não partiremos antes das nove horas de amanhã. Não tem carvão, estão esfregando os porões. Vamos nos esquentar em outro lugar. Achei um birbante[2] soberbo que se dispôs a ser nosso guia. Ele nos levará aos lugares certos.

— Se lá estão os seus prazeres mesquinhos...

Depois do jantar, o birbante mencionado se apresentou: um marotão barbudo, da tez olivácea dos malteses; quanto ao mais, um perfeito cavalheiro em suas maneiras, a não ser pelos diamantes comprometedores na gravata e nos dedos.

— Ele prometeu que vou sair lucrando. O resto são aventuras.

Com um jeito decidido, o maltês fez um sinal para eles. Seguiram-no, atravessaram um dédalo de ruas que subiam e desciam no lombo do asno com apoio, até finalmente pararem em uma casa que não chamava a atenção.

— Por aqui, *Eccellenza*. Podem entrar.

Esgueiraram-se por um longo corredor estreito, em que a escuridão fétida tinha exatamente a cor e o odor locais. Bruscamente, um jato de luz, uma mesa branca, uma família tomando sopa, uma sopa fumegante no meio dos talheres. O pai, de cabelos brancos — bem uma cara de quem crê em Deus Pai como princípio —, levantou-se com toda a graciosidade do mundo. Mostrou a esposa exuberante e maquiada, a avó limpando seus óculos com ares de resignação, duas meninas (a mais nova tinha doze anos), um garotinho de olhos trêmulos que sorria para os recém-chegados, e disse com um gesto imperial:

---

2 Termo italiano que significa "patife", "velhaco", "delinquente", "mequetrefe".

— Nobre estrangeiro, pode escolher. Minha casa é sua casa.

— Pensão de família! — cochichou Skilde, entretido...

— O senhor pode ficar com quem mais gostar — confirmou o birbante, com ares de grande protetor.

E, passando ao redor da mesa, ele fez cócegas em uma das meninas, atiçou a outra.

Lord Lyllian permanecia calado. A matrona tirou uma rosa artificial que adornava seus cabelos gordurosos e lançou-a ao rapaz. Mas Renold não prestou atenção, deixando a flor cair no tapete. Então, Skilde se aproximou do guia:

— Fico com a pequena e o irmão. Mas você também vem junto!

O velho, que já havia sido avisado pelo birbante, concordou e deu o seu preço. Depois, no momento em que todos desapareceram pelos quartos discretos, ele deteve Skilde misteriosamente:

— Ela é virgem — disse, apontando para a filha —; não faça amor com força demais!

CAPÍTULO VII

DOIS DIAS DEPOIS, ELES DESEMBARCARAM NO PIREU. ASSIM QUISERA LYLLIAN, QUE ESTAVA RESERVANDO PARA MAIS TARDE, O FAMOSO PÉRIPLO DE CICLADE EM CICLADE. O BARCO DEIXAVA PARA TRÁS JUNTO COM

Cerigo a lembrança renascente de Citera.[1] Citera... Agora, não passava de uma ilhota deserta, corroída pelas ondas, queimada pelo sol; como uma dor imensa flutuava sobre aquele escolho. Adeus, praias encantadas, nas quais, a seu bel-prazer, a imaginação dos poetas e o encantamento dos pintores situaram o triunfo do amor. O fim dos idílios e das éclogas ao som dos pífaros e dos tambores, o fim dos cantos alegres, das bacantes coroadas de ouro, das mulheres macedônias sorrindo para dançar; o fim dos perfumes queimando seus aromas azuis sobre tripés de bronze, o fim do mistério, o fim dos beijos! Os cortejos extravagantes e majestosos se dissiparam. De tudo aquilo, não restava senão a melancolia das coisas mortas.

Atenas causou uma impressão semelhante em Lyllian e em Skilde. No primeiro dia, pelo menos. Sob um céu nublado, visitaram o Partenon, as ruínas do Templo da Vitória, as ruínas do Estádio. As pedras augustas, douradas pelo sol, pareciam abrandar-se naquele horizonte de brumas. E, no entanto, pessoas de tamanho renome viveram entre aquelas estreitas fronteiras de mármore a ponto de o escritor e o rapaz serem tomados por uma sensação de estupor e feitiço. No dia seguinte e nos dias sucessivos, eles se separaram e experimentaram aquele encanto infinito que se tem nas viagens ao descobrir tesouros para si mesmo e de modo egoísta. Só se viam por obrigação, durante as horas das refeições, quando se sentavam a uma mesa comunitária no grande saguão de vidro do hotel. Uma noite, Harold Skilde retornou muito agitado, gesticulando com entusiasmo:

— Tenho uma surpresa, *my lord*, caso tenha a bondade de se prestar a...

— Diga, meu caro.

— Primeiro: Lady Cragson está completamente divorciada. Ela virá aqui amanhã para vê-lo.

---

1 Cerigo e Citera são dois nomes para a mesma ilha, local a que se atribui o nascimento de Vênus.

— Pfft!

— Ela está em seu iate no Pireu, com um monte de amigos, entre eles Jean d'Alsace, que vou apresentar ao senhor. Segundo...

— São duas surpresas, então?

— Sim, caríssimo. Como eu estava dizendo... Ah, sim!... Segundo: para receber e celebrar Lady Cragson com a devida alegria, improvisei uma hora de música, de poesia e de dança à luz do luar. O senhor será o Adônis conforme pintado pelas mitologias pagãs. Para entretê--lo, teremos lindas bacantes, se desejar. Encontrei garotos para serem seus escravos e, dessa maneira, bastará um gesto para compormos um triunfo e revivermos os mitos mais estranhos, os mais belos e os mais delicados. Lady Cragson admirará o senhor, que, talvez, não resistirá... Ela o visualizará tão nu quanto na cama dela, tão ardente quanto nos lábios dela. E eu, enquanto amador, vou só ficar apreciando.[2] Aceita?

— Aceito, sim e não... — arriscou-se Lyllian com voz fraca. — Onde isso acontecerá? E quando? A luz do luar é necessária. Além do quê, as pessoas se intrometem em tudo. E se inventarem um escândalo? E as testemunhas e o resto?...

Mas Harold Skilde conseguiu convencer Renold. A cena se passaria à beira-mar, em um dos mais belos jardins adjacentes ao Pireu. O cenário teria como fundo as colunas desmoronadas de um antigo templo dedicado a Zeus; como teto, o céu imenso, todo constelado de estrelas; e, salvo os raros eleitos que assistiriam ao triunfo, as únicas testemunhas seriam as ondas. E tudo isso... na Grécia, a terra mãe!... E, imagine só, os figurinos, os ensaios, a disposição das danças e das mímicas... E também Jean d'Alsace e Lady Cragson!

---

2 O verbo *muser* (vide nota 1, cap. VI) é novamente empregado aqui.

☦

Tendo organizado as coisas dessa maneira, durante duas semanas, dobraram-se as atividades, a febre e os ensaios. E a noite aguardada chegou:

☦

A lua se levantou numa apoteose, inundando de clarões místicos, como reflexos trêmulos de opala, o mar lambendo a base dos rochedos, os jardins azuis e as casas brancas destacando-se sobre o veludo longínquo dos horizontes.

A decoração era exatamente aquela anunciada por Skilde, estranha naquela noite clara pela abundância de flores e de estrelas, encantadora pela doçura de um céu oriental com suas brisas carregadas de perfume. As ruínas do templo de Zeus, cercadas de murtas e loureiros, evocavam as religiões antigas, geratrizes de obras-primas.

E o silêncio pairava sobre tudo isso, uma imobilidade hierática, perturbada apenas pelo lamento das ondas e pelo barulho do vento nas folhas.

De repente, um pífaro preludiou e a noite se preencheu de harmonia e de ternura. Outra flauta respondeu; era, naqueles bosques, a evocação dos idílios passados, a doçura das éclogas em que viviam os pastores. Depois, um arpejo ainda mais longínquo e, de imediato, derretendo-se no bálsamo de cada bosque, misturando-se aos odores aromáticos e embriagantes daquela flora já asiática, surgiu um único acorde, barulhos de asas e de vozes humanas: a prece cantante de Adônis...

Então, bruscas como um grito de vitória, trompas soaram, trombetas alegres retiniram: o sinal do cortejo. De todos os pontos do parque, por trás das ruínas tingidas de aurora, no meio das laranjeiras, dos loureiros, das oliveiras e das murtas, uma aclamação tilintou, mesclada aos fogos das tochas, às chamas dos rojões.

E o cortejo avançou.

Dançarinas de Lesbos, flexíveis, morenas e lascivas, com gorjeiras cinzeladas de pérolas; dançarinas que se reviravam golpeando seus címbalos abriam caminho para um velhote coroado com um ramo de louro verde, as bagas rubras se ensanguentavam em seus cabelos e as espáduas estavam cobertas por uma veste de púrpura semelhante à de um Baco indiano.

Atrás dele, um garoto negro segurava horizontalmente, como uma patena de libações, uma longa cruz de cedro rosa, apertada por um laço dourado. Cercando o velhote com seus jogos e gritos, pequenos escravos sármatas, efebos de olhos aumentados pelo *khol*, as unhas pintadas de azul, trocavam entre si carícias e olhares, adorações e beijos. Alguns carregavam pesadas guirlandas de lírios que eles despetalavam com um gesto de indiferença.

E os pés descalços pisavam menos no chão que sobre uma messe de pétalas, nacaradas como suas carnes. Outros, de torso curvado para trás, seguravam sobre a cabeça copas de prata onde queimavam essências... E flores e perfumes deixavam a alma ligeira deles flutuar ao redor do baluarte de nácar, no qual, entre as musselinas trêmulas, as sedas fastuosas e os bordados de ouro, repousava, pálido e langoroso, Lord Lyllian, em sua nudez divina.

Sátiros, ninfas, efebos e virgens perseguiam uns ao outros, misturando suas vozes; um infantil Mercúrio foragido do Olimpo brandia seu caduceu com fragilidade; poetas de quinze anos balançavam incensários cinzelados perto do triunfador e dedicavam-lhe hinos.

E o cortejo seguiu sua lenta marcha pelo parque ornado de árvores inúteis e soberbas, alcançou as margens azuis do mar, depois subiu, retomando o caminho em direção à estrada, e parou diante das ruínas do templo de Zeus.

Então, transfigurado, Lyllian desceu de seu trono. Cravado de joias como um ídolo precioso, as mãos cobertas de anéis pesados, com um cinto de ourivesaria em volta dos quadris e que cobria seu sexo, ele subiu os degraus de mármore, os degraus destruídos, outrora beijados pelos lábios dos adoradores.

Ereto, descobriu seu corpo diante dos olhares da multidão, estendeu os braços como se a abençoasse e ofereceu-se, vivo, ao seu fervor... Um único rouquido saiu de todos os peitos, sublevou todos os rostos.

Misteriosamente, os fogos se distanciaram e, formando em volta de Adônis uma coroa de luz, sombras começaram a se mover por todos os lados do parque, a caminhar rumo às ruínas. Os raros eleitos que assistiam à cena tremiam de admiração e de desejo junto aos outros. A loira Lady Cragson, infeliz no casamento, dardejava olhares perdidos a Lyllian. Jean d'Alsace roía as unhas e fustigava: "A carne dessas senhoras está passada". A princesa Krapouchkine, viciosa como uma almeia,[3] apesar de sua cara de rã obesa, olhava de soslaio, detalhando a admirável compleição do jovem inglês com a tranquilidade de uma especialista.

E, como Harold Skilde agregava valor ao cenário, o instante inesquecível, Lady Cragson inclinou-se sobre ele:

— Será que não podemos vê-lo de pertinho?

Após um sorriso afirmativo de Skilde, Lady Cragson lançou-se ao longo da trilha que subia para o templo. As virgens, os efebos, os sátiros e as ninfas agora rodeavam as colunas desmoronadas e lançavam perfumes e flores. A tépida noite da Grécia pairava sobre tudo isso, e a brisa marinha trazia, das longínquas Cíclades, aromas inebriantes e suaves. As liras respondiam à música dos pífaros, que ainda tocavam à surdina. Lyllian, mais imóvel e mais hierático do que nunca, observava o céu com olhos enigmáticos de amante.

De súbito, apareceu um vulto preto, rompendo a linha clara do cortejo. Era Lady Cragson. Com a confiança

---

3   Dançarina oriental (termo derivado do árabe).

dos tímidos levada ao extremo, galgou os degraus de mármore e chegou ao lugar de onde Adônis continuava a sorrir, sem ver... Antes que alguém a pudesse impedir, lançou-se, agarrando os joelhos do garoto sedutor.

— Eu te amo — disse, muito baixinho e muito rápido —, eu te quero... Quero você por inteiro, suas pernas finas e seu tronco flexível como um colar... Eu quero te possuir como antes possuí...!

Mas ele permanecia mudo, igual a uma estátua... Ela o beijava agora com os lábios fartos, agarrava seus pés gráceis, seus tornozelos nacarados, suas coxas nervosas, seu ventre de adolescente, que a sombra quase manchava de loiro...

— Eu te quero... — ela repetia com voz cândida e ao mesmo tempo ardente!

Os figurantes, com a prontidão costumeira de sua classe, retomaram as danças e os jogos.

Entretanto, a imobilidade de Lyllian lhe conferia um aspecto estranho, quase assustador... Aquela mulher chafurdada sobre seu corpo, aquela turba de adoradores de aluguel e o cenário grandioso impressionavam como uma obra-prima artificial que jamais se encontrará de novo.

A suplicante repetia:

— Eu te quero, eu te amo.

Os efebos começaram a se prostrar diante do adolescente, oferecendo-lhe, em derradeiro sacrifício, um cordeiro que degolaram com um longo gládio de ferro. O sangue jorrava sobre o mármore, respingando no peito de Renold.

Lady Cragson, alucinada, recuou...

— Você não quer saber de mim...? Não me ama? Diga-me, Renold, você não me ama mais...? Eu só tinha você no mundo... Sonhava com você como quem sonha com Deus!... Pelo menos me dê seus lábios... um único e longo beijo!...

Lá atrás, escondidos, os outros observavam, ofegantes...

— Deixem — murmurou d'Alsace —, que por isso ninguém esperava...

— Um único e longo beijo...! — Ela quis cercá-lo, acariciá-lo, ganhar sua boca. Porém, abandonando sua imobilidade com um gesto, Lord Lyllian rechaçou-a com tanta força que ela quase bateu na pedra.

Então, pálida como uma morta, descabelada, os olhos cheios de lágrimas, daquelas lágrimas que não se estancam mais, por um instante ela permaneceu atordoada e sem entender... As lantejoulas de seu vestido faiscavam sob a luz das tochas... Então, de repente, pegou a faca. Com um golpe preciso, abriu o peito.

Ouviram-se gritos de horror, seguidos da debandada apavorada de todos aqueles mercenários que ficaram com medo.

Lyllian atirou-se sobre a ferida, arrancou os tules, as rendas, tentou enfaixar a chaga, estancar o sangue. Harold Skilde e Jean d'Alsace acorreram. A princesa Krapouchkine, respirando igual a uma foca, gemia com um sotaque de caviar:

— Mais isso, uma fatalidade, como alguém deixa uma pessoa fazer uma coisa dessas...

Veio a escuridão total em seguida das iluminações. Tochas fumegavam, meio extintas na relva. Skilde pegou uma delas, fez a chama reacender e encontrou Lady Cragson deitada ao pé de um loureiro com ramos embalsamantes. Ela agonizava com um sorriso melancólico e doloroso.

Skilde descobriu o peito ensanguentado. Nada a fazer. A pulsação baixava a cada segundo. Um barulho de goteira acompanhava a respiração. Lyllian beijava a mulher inerte...

— Mas, sim, eu te amava... Eu lhe recusei meus lábios instantes atrás porque as estrelas estavam falando comigo... Agora, eu os entrego a você para sempre...

— Para sempre? — ela balbuciou, feliz.

— Isso é horrível! — confirmou Skilde. — Não se

pode deixá-la assim, desse jeito! Ela só podia estar louca! E todos aqueles rufiões foram embora! Ela pode falecer a qualquer momento... Vamos procurar socorro!

— Eu também vou — disse a princesa.

Eles partiram; seus passos se distanciaram, rangendo pelo cascalho do caminho. Depois, o silêncio... A noite...

☦

— Que linda, que requinte foi a festa de agora há pouco — roufenhou Lady Cragson, arquejante. — Você se lembra? Já faz tanto tempo... a festa... Ah, sim, a festa...

Arrasado, Renold agora revisitava o cortejo fastuoso, os mínimos detalhes, as músicas, as luzes que o inebriaram. Para onde tinha ido tudo aquilo? Havia bastado um gesto para que tudo desaparecesse; oh, esse deserto, essa sombra, esse silêncio!

— Como foi lindo! — continuou ela, acariciando-o com seus olhos de escrava. — Que volúpia! Iremos para longe, para bem longe... viajar... ao seu encontro... para nos amarmos... não é?... Sempre!

Um fluxo de sangue a sufocou. Ela desabou nos braços de Lyllian. Estava morta.

CAPÍTULO VIII

A apresentação no teatro Drury Lane havia acabado de terminar. O sucesso de Ellen Sherry em *The Gay Parisienne*,[1] adaptação bastante medíocre de uma peça francesa de muitos séculos atrás, foi morno. A multidão compacta transbordava pelas portas de saída; as mulheres friorentas, cobertas de peles ou de casacos claros, procuravam seus lacaios e subiam em seus veículos; os homens partiam rumo a Piccadilly para tomar ar fresco, com um charuto entre os lábios.

Garotinhos de cabelos amarelos, nariz sujo, enfiados em velhas casacas grandes demais para eles, anunciavam os jornais noturnos aos gritos. Cocheiros passavam rente à calçada enlameada e estalavam chicotes, oferecendo transporte. Os últimos ônibus, entupidos de pessoas encapotadas, passavam pelo nevoeiro. Reclames iluminados reluziam nos tetos. E, entre dois *policemen*, uma bêbada de cabeça soberbamente coberta por um chapéu de plumas cambaleava urrando:

---

1 *The Gay Parisienne* [*A parisiense alegre*], também conhecida como *The Girl from Paris* [*A garota de Paris*], é uma peça musical de dois atos em formato de comédia de costumes, com libreto de George Dance. Estreou no teatro Duke of York, em Londres, e ficou em cartaz entre março e abril de 1896. O enredo envolve um quiproquó amoroso: o senhor Honeycomb, pudico quando em sua Inglaterra natal, costuma "se soltar" quando está em Paris. Ali se envolve em um caso extraconjugal com a senhorita Julie Bon-Bon, a tal "parisiense alegre".

— *John Brown's baby has a pimple on his back... on his back!...*²

Lord Lyllian, Lord Carnavagh e George Elliott Fitz Roy acabavam de deixar as escadarias de Drury Lane quando quase trombaram com ela.

— Que pata-choca! — resmungou Renold, desviando-se. — Afinal de contas, para onde estamos indo? Aquela Sherry estava maçante. Que plano mirabolante: uma atriz que sempre representou Shakespeare querer fazer loucuras a essa altura da vida. É preciso envelhecer com dignidade!

— Mas tem que saber viver — disse Fitz Roy. — Desde que ela começou a mostrar os tornozelos, a fazer caras e bocas e a desafinar, o velho Duncan ficou louco por ela.

— Ela me deu uma fome... Que acham de jantar no Carlton?

— Ainda não — replicou Lord Carnavagh. — Mas que alma de dispéptico a sua! Está jovem demais para isso, querubim. Viu, que tal fazermos uma visita à Yarmouth? Estão sabendo que ela reformou completamente suas instalações? Seguiu os conselhos do famoso Skilde e abandonou os fumatórios de ópio. Agora, está promovendo sessões de éter e clorofórmio. Um dos meus amigos do *Indian Civil Service* me contou maravilhas sobre isso.

---

2   Corruptela de um verso da cançoneta "John Brown's Body", popular durante a Guerra Civil estadunidense (1861-1865). Neste caso, a personagem cantarola uma corruptela de outra corruptela, a saber, da cantiga "John Brown's Baby", na qual se lê: *"John Brown's baby had a cold upon his chest."* ("O bebê de John Brown pegou um resfriado no peito"). Aqui, a personagem bêbada diz, modificando a letra: "O bebê de John Brown tem uma espinha (*pimple*) nas costas". Em gíria, *pimple* pode significar algo como "pentelho" ou "cacete". (Traduções livres.)

Cômodos discretos, sofás macios, lindas indianinhas, como no Ceilão... De resto, basta que Skilde...

— O senhor é um de seus fervorosos discípulos? — gracejou Fitz Roy. — Se isso for durar para o senhor como durou para Lyllian...

— Meu querido — exclamou Lyllian —, não tenho mérito algum nisso. Deixei-o porque, graças a ele, vivi histórias absurdas na Grécia. Minha viagem foi brochante.[3] Azar o meu, sorte a dele. Aliás, vocês acreditam que ele me escreve, eu respondo e que, apesar de tudo, estamos brigados de morte?

— De morte... desde Lady Cragson?

— Cale-se, é pior a emenda que o soneto. As cartas dele são deliciosas. Ele me conta besteiras com a mais linda despreocupação do mundo. Quem sabe, uma noite dessas, eu não as leia para vocês? Respondo para ele com frases prontas como as de um tabelião, que não dizem nada e querem dizer tudo. Então, ele se excita e eu me distancio mais...

— Mas como foi acontecer essa briga entre vocês? — Carnavagh se arriscou a perguntar.

— Oh, simples assim, coisas de mulher... Foi lá nos arredores de Atenas. No dia seguinte, cenas, gritos, tapas, insultos; ele fez o lindo favor de querer me envenenar. (É esse mesmo o caminho para ir à casa da Yarmouth, né?)

— Envenenar?

— Um nadinha: duas pílulas que ele havia trocado, quinina ou atropina. Infelizmente deixei cair uma bolota no meu copo, a água se decompôs e não bebi... Enfim, como acabei de dizer, se rompi com ele, não foi nenhum mérito meu. Até porque ele se expõe demais, e isso ainda vai acabar mal. Olhem só para essa miserável ruiva, que

---

3   *Finir en queue de boudin*, no original, um jogo com o som das palavras na expressão *"finir en eau de boudin"* ("acabar mal", "gorar") e a palavra *queue* ("pinto" ou "rabo").

lindos olhos verdes, *by Jove*... Parecem duas esmeraldas...

— Ela está olhando para o senhor; está interessado?

— Oh, não, basta! Mas eu amo esses olhos que se entregam, esses desejos que se confessam. Eu compreenderia...

— Ó, cuidado, mais beberrões aí.

— Que nada, já faz tempo que esses aí deixaram de ser como Sileno...[4] Eu compreenderia uma terra onde as pessoas que se desejam, em uma bela noite morna ou em uma imunda noite brumosa como essa, propõem isso uma à outra sem rodeios: "Eu te quero, você me quer. Tudo certo, então...?". A resposta poderia ser: "Não dá...". O título: "Negociando o colchão"...

— Bem — complementou Fitz Roy —, existem muitas pessoas que têm suas estátuas nas cidades do reino e que não fizeram aquela descoberta. Invenção genial do mais manifesto altruísmo, um dízimo humano. Aí está o Jinny's Bar; estamos quase chegando na Yarmouth.

— Um dízimo humano?

— Ora, sim, essas entregas em espécie. Por exemplo, haveria epidermes resistentes.

— Até parece! Encontrariam substitutos e substitutas. Além do mais, para nós isso traria uma variação da mentira e da hipocrisia. Pode tocar a campainha, chegamos!

Uma porta honesta e de família na Edward Street. Desde quando entraram nessa rua, no máximo um ou dois bares, com suas frentes chamativas, quebraram a fileira de casas, todas elas parecidas, com as mesmas escadarias, as mesmas fachadas, os mesmos jardins. Lyllian tocou mais uma vez a campainha depois de Lord Carnavagh, e passos abafados sobre tapetes espessos se aproximaram. Em seguida, abriu-se um postigo na cara dos visitantes e a porta da casa se abriu. Foram apanhados por um bafo de ar quente, violentamente perfumado.

---

4   Personagem da mitologia grega, representado sempre bêbado e acompanhando Dionísio.

Entraram em uma espécie de saguão com reposteiros japoneses, entre os quais a Yarmouth, parecida com um bolinho amanhecido maquiado, sorria chocalhando um molho de chaves. De imediato, ela reconheceu Fitz Roy.

— Meu belo lorde, quanta gentileza sua ter me trazido tanta gente. O que posso ter o prazer de oferecer aos senhores? Duas garotinhas ideais, novas, ariscas, que mordem como pintinhos. — E, se aproximando: — Um *messenger-boy*, o antigo protegido do Duque... Ficaram sabendo? Em todo caso, os quartos são deliciosos... estofados... Dá para fazer de tudo... Ninguém ouve...

Enquanto isso, Lord Lyllian e Lord Carnavagh examinavam o cômodo.

Vozes chegavam até eles, mas de longe, como se estivessem debaixo da terra, e distinguiam-se as entoações de *God Save the Queen*.

— Nada não, *my lord*. Se for a favor. Quero conhecer as novidades dessa velharia.

— O senhor sempre adorou as curiosidades...

— Eu coleciono bibelôs.

— O infinito de uma sensação, a eternidade num minuto...

— Ela é tão velha... Por assim dizer, é um minuto na eternidade para mim... É possível sustentar isso.

E, enquanto Fitz Roy voltava em direção aos dois lordes, triunfalmente, segurando o menu do jantar nos dedos, Lord Lyllian, brincalhão como um anjo e perverso como um demônio, aproximou-se da *landlady*...

— Senhora, escute, será que me concederia o prazer...?

— Como não, meu belo senhor?... Mas é coquete mesmo, esse menino! — exagerou ela, afetada.

— Então, para mim é uma grande emoção pedir que a senhora... venha jantar conosco... Eu gostaria de lhe falar... Eu gostei da senhora... — E ele passou seu cartão para ela. A outra leu, às escondidas.

— Venha, sim?

Então ela levantou uma tapeçaria de parede, fez

um sinal para que todos a seguissem e, quase dando um beijo, soprou:

— Sim, meu querido — disse —, e para o senhor vai ser de graça.

✝

Um diazinho sujo escoava pelas cortinas grossas... Já devia ser tarde, pois, com o *fog* londrino, um diazinho sujo atravessando as cortinas equivale ao sol do meio-dia. Lyllian, completamente atordoado, com a boca queimando de sede e de febre, esfregou os olhos igual a uma criança com sono. A matrona, corpulenta e esbranquiçada, roncava em paz. Lyllian olhou ao seu redor, viu aquela luz na janela, lembrou-se bruscamente de sua noitada, reconheceu o quarto, a cama... a velha. Oh, a velha!

Deu um pulo, como quem acaba de sentir nojo de um réptil. Puxou os tecidos, abriu pela metade a veneziana que dava para o jardinzinho da Edward Street.

As pessoas passavam, atarefadas. Uma vendedora de leite parou à frente; casas em formato de pão de especiarias, barulho, nevoeiro, cartazes, fedores... Londres... Ele se virou e avistou, na claridade incerta do dia, a alcova com aquele corpo obeso, avariado de gordura ruim e de maquiagem ruim. A mulher dormia, e as rugas da idade, que nada era capaz de esconder, faziam caretas, soçobrando para dentro de suas carnes flácidas, de sua boca desdentada, rindo daquele pobre rosto desguarnecido. Vieram à mente de Lyllian os gritinhos de pomba apaixonada, as caras pudicas de virgem perfurada, as comoções, os beijos dela. Sentiu-se vagamente emporcalhado em todo o seu ser. E o que ela havia contado naquele jantar, em que o clorofórmio não passava de um truque, já que havia sido trocado por gim?

Ela lhe falara sobre Skilde; Skilde, aquela assombração implacável que sempre cruzava o seu caminho.

E depois veio a embriaguez; a cafetina esqueceu seus deveres, largou suas chaves, abriu sua caixa. "Me dê beijos, meu querido! Eu me caso com você e fico rica... rica, sabe...? Já conheci porcos o bastante em minha casa. Agora quero ser uma *lady*... muito respeitável... me ame... Teu hálito é cheiroso... Quero ser uma lady e ser recebida pela rainha..."

Por fim, ela voltara a falar de Skilde: o seu melhor cliente, mas realmente muito cara de pau, publicitário demais. Ainda vai acabar indo para o xilindró... A lei é a lei... Dá para fazer tudo o que se quer, desde que seja às escondidas. Aqui é ótimo, as paredes são estofadas. Dá para violar mulheres... Me viole, vai! Ao ouvir isso, Lyllian, apesar do gim, caiu na risada. Mas aquele Skilde partiu de novo pela manhã, mais chapado que nunca, e subiu num *cab* com seus *boys* e suas meninas menores de idade... Por certo, ele ainda vai acabar no xilindró... E então ela rolou debaixo da mesa.

Entretido tentando salvá-la, Lyllian levou a egéria[5] até o quarto, despiu-a, jogou-a nua e bêbada sobre os lençóis, e depois a possuiu assim, maravilhado em estar prostituindo a própria carne, adoravelmente jovem, àquelas ruínas... E eram espasmos e cacarejos; ah, que vergonha! Ah, que terror!

Ele desviou a cabeça; seus olhares se voltaram para a rua... Barulho, nevoeiro, fedores... Londres...

Que cidade mais abjeta...! O diabo que carregasse aquela residência que ele possuía; aquela Hanover Square, praça aristocrática e pacata; aquelas festanças reprimidas, em que se flerta raramente, e aquelas *garden parties*, nas quais se flerta muito; aquelas ceias no Savoy; aqueles jantares no Carlton; aquelas noites na casa de Yarmouth. Que cidade mais abjeta, cheia de brumas, pudores, vícios... e vapores.

---

5   Ninfa ou mulher que inspira os homens na mitologia grega.

O que ele estava fazendo em um lugar desses? Fizera uma parada ali, automaticamente, quando voltara das terras helênicas, para esquecer, para se distrair. Suas terras na Escócia eram tão ermas! Lá ressuscitaria a infortunada Lady Cragson, com a lembrança repulsiva de Harold Skilde. Mas hoje, para quê? Sem amor, sem amigos. Ele estava livre como o vento. Gibson, seu inventariante, depositava-lhe regularmente as rendas. Ele as podia dispensar ao deus-dará. Seria melhor partir.

Os roncos continuavam. Então, silenciosamente, ele se vestiu de novo. Do nada, alguém bateu à porta. Um engano, com certeza. Lyllian não abriu a boca... Bateram de novo. Era necessário abrir a porta, talvez alguém precisasse falar com a Yarmouth. Ele destrancou o ferrolho, muito envergonhado.

— Um telegrama para... a senhora — disse a *maid*, completamente cômica com seu pequeno rendado de couve-flor na cabeça.

— Ela está dormindo.

— Tem que acordar. Parece coisa importante.

— Está bem, eu cuido disso.

Quando a *maid* foi embora, Lyllian foi até a cama e chamou:

— Mary, Mary...

E como ela continuava dormindo, ele a chacoalhou.

A outra, atônita, arrancada de seus sonhos, arregalou os olhos e, de modo instintivo, puxou as cobertas de seda para cima de seus seios inúteis.

— Oh! Querido, meu querido, já vai embora, vai me abandonar... Venha cá me beijar mais um pouco, venha me beijar...

— Trata-se exatamente disso. Aí está um telegrama, e parece urgente...

— Um telegrama? Dê cá, meu amor.

Abriu o envelope, tentou ler, mas o dia fumacento e seus olhos inchados a impediam.

— Leia para mim, querido...

Perplexo, Lyllian recusou...

— Não tem importância, leia para mim.

Ele foi até a janela.

— É algum velho *gentleman* com muita vontade de rir? — disse a alcoviteira.

Mas, subitamente, Renold empalideceu, sua voz mudou, e ele disse:

— É que... É que Skilde acaba de ser preso, a casa dele está sendo revistada, e a senhora faria bem em liquidar o bordel... Até mais ver, minha cara — acrescentou, jogando cinco guinéus sobre a mesa.

Duas horas depois, ele estava em Charing Cross pegando o trem para Dover.

CAPÍTULO

IX

"DA PRISÃO, ONDE ME JOGARAM COM OS FALSÁRIOS, COM OS LADRÕES, COM OS MISERÁVEIS, É COM DOR QUE LHE ESCREVO, COMO SE O SENHOR PENSASSE EM MIM, COMO SE AINDA ME AMASSE... SEM RECORDAR-ME, pequeno, os bons ensinamentos que eu lhe dava sobre a ingratidão, a infâmia e a covardia dos homens.

"A prisão...! Na verdade, ouso olhar para essas linhas lançadas às pressas sobre o papel numa febre misturada com medo, com persuasão e com amor; ai! E ouso escrever-lhe!

"A prisão!... Daqui, sem titubear, pude datar minha carta e nela situar os meus sonhos mais ternos e os mais tristes, sonhos em que o senhor aparece para mim, apesar de meu naufrágio e de minha ruína, loiro como as madonas e até mais indulgente que elas. A prisão: oh, lembranças, pesadelos, vertigem! Todos os insultos e todos os vermes, todas as imundícies do calabouço! Apesar disso, e o senhor há de acreditar, sofri tanto, sofri tanto que agora suporto minha tortura sem arrependimento e sem pesar, orgulhosamente. Desperto-me pela manhã, com a consciência leve de remorsos, exaurido por aquela terrível derrocada que, ao despedaçar meu destino, despedaçou também minhas ilusões e minhas últimas crenças. Tenho apenas um enorme buraco no coração, uma ferida escancarada, profunda, repleta de trevas. E, no caos dessa ferida, em algum lugar, repousa meu passado sepulto.

"Antigamente, eu acreditava saber das coisas, reconhecer meus semelhantes, analisar as suas mais secretas e mais íntimas sensações: quimeras! Acreditava gozar da vida até o paroxismo e até o satanismo, ao qual fui conduzido pelo medo e pela aversão a meus contemporâneos: quimeras! Acreditava me agarrar à glória como se agarram as belas éguas selvagens, domadas pelo punho aferrado à crina! Acreditava dominar o mundo, forçar esse conviva hipócrita a escutar a minha voz, a princípio confusa e, depois, distinta, entre os rumores; minha voz que construía para ele a narrativa fiel de sua vergonha e de sua sujeira. Quimeras...!

"Eu, pobre desvairado, acreditava ter, enfim, conhecido a embriaguez do triunfo em suas euforias mais empolgadas, em suas exaltações mais puras! Quimeras, quimeras...

Oh, isso mesmo, quimeras! Ao meu redor, desde a derrota, hoje elas jazem de asas quebradas. Permaneço face a face com a atroz e divina verdade. Fim das miragens, fim das mentiras: a prisão... Está bem, eu me conformo. Abaixo as máscaras! Os juízes não me metem medo. Acusam-me de ter corrompido os jovens, de ter manchado a infância com meu exemplo e meus escritos. Conheço toda a burrice, toda a crueldade e toda a vindita que avivam as acusações. A eles dedico o desprezo da posteridade.

"Pois o poeta que descreve com sua pluma as sânies morais de sua época assemelha-se ao médico que, com o bisturi, vasculha e desnuda as chagas dos doentes. Ambos são sanguinolentos, ambos implacáveis, ambos úteis. Não se pode condená-los. A revelação continua sendo a primeira necessidade para a cura. Comédia! Histriões vulgares e tristes: odeiam-me por serem podres e recuam diante de sua sânie.

"Eis por que estilhaçam o espelho que refletia sua feiura. Eis porque perseguem o médico que sondava sua ferida e o escritor que notava suas hipocrisias; jogaram-me no presídio por causa disso, na esperança de escapar de seu próprio cemitério, amaldiçoando meus costumes por não serem iguais aos deles, sem pensar que Adônis, adorado e depois perseguido pelo mundo afora, permanecerá para sempre uma aurora eterna!

"Eu evoco, lá, bem longe, em certo país tropical, suntuoso e morno, em certa Índia misteriosa à beira de um rio sagrado aquelas torres massivas e fúnebres, aquelas Torres do Silêncio, onde cadáveres parecidos comigo aguardam, inertes, o olho desorbitado por um ricto de desprezo, a bicada do abutre calvo, do abutre que plana sobre a vala comum, sobre as vítimas!

"Ah, Renold, quão mesquinha é a vingança. Como eu deploro aqueles homens que serão esquecidos! Apesar da infâmia deles, como os detesto; já o senhor... como o amo!

"Quando penso naquelas lembranças cantando em minha cabeça desgarrada das carícias longínquas; quando me lembro de nossas festas e de nossos delírios, de nossos êxtases, de nossas juras; quando revejo aqueles instantes em que minha alma se tornava bela e pura, tal qual uma irmã para seus olhos; quando minha memória vibra com a cor de um olhar, com a doçura de um de seus antigos sorrisos; quando penso nisso tudo, tenho a sensação, *my lord*, de ter uma faca enfiada no peito.

"Oh, aquele fantasma trágico que eu mesmo, espectro e dor, ressuscito por vezes em meus sonhos: aquele fantasma sanguinolento no litoral ateniense. O senhor ainda pranteia Lady Cragson? Não hei de ter a chance de uma morte tão bela, de semelhante agonia, extasiada e lânguida, diante da nudez do senhor...

"Vou-me embora, abandonado por todos, inclusive pelo senhor, porque o mérito do sonho não nos é reconhecido; lamentam-me, sem que ninguém queira dizê-lo; sentem minha falta, sem que ninguém possa confessá-lo; caluniam-me tanto que, mais tarde, outras gerações condenarão a minha; detestam-me tanto que estou nocauteado, no fundo de um cárcere, pela tristeza, pela aflição e pelo tédio. Minha única esperança reside no nada, e meu único amor na morte. Na morte que adorei e que celebrei como fim do sofrimento, como descanso e como volúpia! Que imensa e vingadora ela é diante da besta humana.

"Espero por ela, tal qual uma noiva encantadora, eterna, e cujo beijo letárgico aplaca para sempre. Espero a morte com calma...

"E, no entanto, que revolta e que cólera! Sim, quando comparo minhas glórias e meus crimes em minha própria consciência, parece-me que as primeiras apagaram os segundos e os redimiram. Ah, por que essas pessoas me aplaudiam, se eu as envenenava? Por que não permaneci sendo o que eu deveria ter sido: um medíocre, um inglório, um desconhecido, sem talento, sem sucesso? O sucesso me embriagou; o orgulho me venceu. E cometi o erro de estar sozinho!

"Pois, se o senhor soubesse como vivi, em que febre, em que tormento! Juventude, ingenuidade, descanso, felicidade, inocência; queimei tudo, arruinei tudo, perdi tudo no braseiro do mundo, movido por não sei qual ardor selvagem! E o que restou? É possível pedir para alguém que jogou sua vida no fogo que se preocupe com alguma impertinência, com algum preconceito ou com algum código? Imbecis e tartufos! Então vocês não sabem que quanto mais profundas são as quedas, mais altos e mais potentes são os voos rumo ao céu?

"O céu!... Já quase não o enxergo mais, senão de muito longe... Mal posso enxergá-lo por trás das grades. O céu que eu tanto amava, o céu e suas luzes, seus pássaros, suas canções, o céu, essa pátria dos poetas, não ilumina mais meus desejos nem meus olhares. Então, são os abatimentos das derrotas, as trevas, o fracasso da sombra, o torpor das solidões, a nostalgia por cima dessas paredes, por cima desses tetos, de um cantinho bem pequenino de livre céu azul! Oh, misericórdia! Misericórdia! Pense em mim, deplore-me, perdoe-me, mande um sinal... A beleza sorri para a dor, e sua juventude seria a divina consoladora de meu infortúnio... Uma carta, uma só! Diga-me que está vivo! Meu Renold, meu Renold! As palavras que murmurei com um beijo ao seu ouvido, as frases de langor e de adoração que cantei para o senhor ainda devem vibrar em seu coração... Que sua aurora venha refrescar minha noite!

"Não é o senhor a ave que passa de revoada, a brisa cheirosa que se eleva, o sonho estrelado que me acalanta; não é o alto-mar, a atmosfera, a liberdade?

"Que fim levou o senhor? Fiquei sabendo, pouco tempo após meu suplício, que havia partido para terras desconhecidas, para litorais onde não o encontrarão.

"Depois, uma última pessoa de confiança pôde me escrever, me acalmar e me dar seu endereço em Veneza, cidade que visitei pela primeira vez quando tinha a sua idade, bela e decaída como uma rainha no túmulo. Veneza! Todo um murmúrio de lagunas e de águas mortas, de ternuras defuntas, de preces em vielas...

"Que o senhor possa se embriagar por aquele encanto maléfico dela, por aquele veneno que destila entre suas pedras, que dá febre e genialidade. Veneza... Veneza... Oh, arrependimentos... Oh, torturas... *My lord,* que o senhor seja feliz aí!"

Lyllian, com um ar de decepção, amassou a carta que havia acabado de percorrer. Skilde era passado, a viagem, as loucuras, a fuga, a derrocada e, agora, o *hard labour*; Skilde era passado! Amassou a carta, decepcionado por ela não conter uma nuance mais estranha e mais *patética*, já que ela vinha de uma prisão. Por um momento, a ideia melancólica de um velho amigo muito infeliz, de um artista caluniado, de um homem martirizado passou pelo cérebro do menino. Mas e daí? Para quê sofrer? Para quê se lembrar? Ele responderia em poucas linhas, só isso.

E, abrindo a cortina de rendas que lhe escondia a laguna, Lyllian observou à face dele morrer o sol. O crepúsculo incendiava a Giudecca, o Lido, a entrada do Grande Canal, a *Riva degli Schiavoni* com suas casas róseas, os edifícios da aduana e a Fortuna de ouro. Uma poeira cintilante cobria o mar e a terra, conferindo à noite próxima a doçura de um mistério, a carícia de um adeus. Em momentos como aquele, Skilde teria gostado de viver seus poemas, de descer a corrente das marés, deitado de olhos fechados em alguma barca, cercado de perfumes, música e flores... Skilde teria gostado disso...! De repente, passos, uma porta aberta e depois uma voz:

— Bom dia, meu príncipe... Melancólico, pelo que posso ver. O senhor está com um "aperto no peito"?

— Francamente, d'Alsace, não lhe falta topete! Entrar aqui como se fosse a casa da sogra...

— Muito *Sans Souci*,[1] eu vinha de passagem constatar o adultério. Está tudo bem desde ontem à noite?

— Sim, tomei um tônico, me deu dor de cabeça. Mas agora estou melhor.

---

1   Idem no original. Significa "despreocupado".

— Já sei: Nossa Senhora da Cantárida e do Kola.[2] A propósito, se ontem o senhor não tivesse ficado bêbado igual aos seus ancestrais, Feanès queria matá-lo.

— Não pode ser. Então ele não gostou do banho que tomou? Vou mandar alguém trazer notícias dele — acrescentou Lyllian com uma risada brincalhona. — E a mulher dele, aquela abóbora?

— Não sei... Ontem, *my lord*, ela não achou as uvas do senhor verdes demais.[3] Mas trago babados maravilhosos: o velho russo de ontem, calvo igual a uma bola de bilhar e enrugado igual a uma maçã, aquele coitado do Skotieff, está chocado.

— Oh, meu Deus! Serão seus dentes de leite?

— Não, é a sua última paixoneta: o senhor, meu pequeno; com seus ares de tudo ou nada, o senhor lhe enervou o sistema a tal ponto que ele me tomou como confidente...

— Ah, e daí...

— E daí ele me perguntou se eu daria um jeito de...

— Como assim? Ele tomou o senhor por um agente de empregos ou por um abrigo noturno?

— Por ambos... O que se deve dizer a ele? — suspirou. — O que se deve dar a ele? Peculiar, meu caro, esse pequeno lorde é peculiar... Pode acontecer?

— Oh, d'Alsace...! Espero de verdade que tenha dito "não".

— Não fale assim. O senhor espera o contrário. Mas se acalme. Eu respondi a ele em normando. *Chi lo*

---

2 Ambos eram estimulantes populares na Europa do século XIX. A cantárida é um afrodisíaco de uso tópico, proveniente de besouros da família Meloidae desde a Antiguidade. A noz de kola, especiaria africana que contém cafeína, era utilizada na fabricação de bebidas gasosas.

3 Referência à fábula "A raposa e as uvas", de Jean de la Fontaine (1621-1695).

sa,⁴ meu príncipe? Continue tentando.

— Às mil maravilhas... E ele vai tentar?

— Se ele vai?! Fui encarregado de convidar o senhor hoje à noite. Ele está organizando uma serenata em sua homenagem. Ele sai correndo pelas *calle* e pelos *traghetti* igual a um desembestado em busca de lindas raparigas e de bons cantores. Porque, assim ele me sussurrou, "com lindas raparigas e bons com cantores ele vai se excitar".

— Que delícia! Mas se eu me recusar, d'Alsace, o que o seu velho vai dizer?

— Ele vai armar sua barraca em outro lugar.

— Então ele tem afilhados por toda parte?

— Vamos, Jovem Cólera, vai?! Encontro marcado no café Quadri às seis. O único produto de exportação ali será d'Herserange.

— Ah, é, ele também?

— Oh, o senhor bem sabe, ele não é de dar tanto medo. Cara de rã e alma de poodle. O Sabá da princesa.

— *Andiamo*, combinado, então! Avise o Skotieff. Vou me preparar para hoje à noite. Esses russos adoram uma pimenta. Prometo ao senhor que servirei em boa quantia.

E, enquanto d'Alsace saía, um barulho de vozes surpresas e entretidas ressoou no corredor do hotel. D'Alsace reapareceu, seguido de d'Herserange.

— Foi só falar no nosso diplomata... Aqui está ele, *monseigneur*. Vou deixá-lo com o senhor enquanto ele for menor de idade, tome cuidado.

Dando uma risada, o último raio do sol nimbava de ouro a cabeleira do rapaz; dando uma risada, Lyllian viu o senhor d'Herserange avançar, pomposo como Sesóstris⁵ — com a seriedade de um ministro em exercício

---

4   "Quem sabe?", em italiano. (Tradução livre.)

5   Sesóstris I, faraó da XII dinastia do Egito, governou por trinta e quatro anos. Considera-se que o auge das artes e da literatura do Egito antigo ocorreu durante o seu reinado.

e o rosto de uma velha cocota, ambos aposentados das relações internacionais. O senhor d'Herserange disse:

— *My lord*, como vai o senhor?

— Muito pior que o senhor, aposto...

— O que, nesse caso, significa estar bem. Desculpe-me pelo incômodo. Talvez o senhor esteja de saída, o tempo está tão agradável lá fora... — E deu uma tossidela, constrangido. — Desculpe-me. Soube pelo príncipe Skotieff que hoje à noite terei a honra e também o prazer de jantar com o senhor... — acrescentou revirando seus olhões de vigário concupiscente. — E vim até aqui para ter notícias do charmoso Adônis de ontem.

— Sou eu quem deve se desculpar, senhor; naquela outra noite, devo ter causado a impressão de uma tempestade. Meus trajes não estavam de seu agrado?

— Ora... claro que não, *my lord*... Pelo contrário.

Lyllian desatou a rir.

— É verdade, perdoe-me, eu mal estava trajado. Talvez o senhor tenha ficado ruborizado.

— Eu estava admirando.

— Ah, mas o senhor sabe — retomou o jovem inglês. —, não tenho o costume de passear sempre junto aos anjos. Por pouco não fui ver della Robbia de gondoleiro. O senhor acredita?

— E o senhor optou pelo julgamento de Páris e pelo pomo de Vênus.

— Escolhi a pera de Apolo. Veja, meu uniforme de gondoleiro ainda está aqui, me caiu muito bem. Tire suas próprias conclusões.

E, juntando os gestos às palavras, em um segundo Lyllian vestiu a blusa ondulada, o cinto escarlate e a boina esbelta dos birbantes. Ficou muito atraente. A pressão clara do cinto moldava a cintura flexível e o tornava mais desejável. A garganta nua e frágil mostrava, em linhas admiráveis pelo frescor, os vincos da cabeça juvenil e orgulhosa. E, terminando sua silhueta num fuso flexível, suas coxas nervosas e suas pernas finas apareciam por debaixo do tecido da calça apertada, que revelava até o sexo. D'Herserange olhava para aquilo hipnotizado. Era muito claro: naquele homem, travava-se uma luta terrível entre o coelho à solta e o coelho de estimação. O vencedor era o bode.

Levantou-se, muito teso, com tremores na voz: "Meu Deus, como o senhor fica encantador assim!". Lyllian, provocantemente, foi se apoiar na janela aberta que dava para o crepúsculo e para o mar. O dia havia desaparecido e ainda não era noite. Uma incerteza refinada pairava, mesclada à poesia triste das noites. Os matizes já não tinham sua realidade habitual. E assim, o aspecto de Lyllian, sob a boina dos gondoleiros, era de um nácar translúcido e de uma cor malva inquietante, ao passo que o pescoço, vívido esmalte, se iluminava de clarões púrpuros, reflexos do poente em chamas.

— Como o senhor é lindo... É compreensível que o amem... Ouvi o senhor d'Alsace contar a sua história. O senhor deve ser lamentado e amado... O senhor della Robbia me falou de Skilde, o grande poeta, seu amigo... Desculpe-me — acrescentou ele, receoso de ter cometido uma gafe, mas logo foi tranquilizado por um gesto. — O senhor Skilde, o grande poeta, seu amigo... De vez em quando lhe ocorre pensar nele?

— Jamais — respondeu Lyllian na sombra.

Ignorante, d'Herserange não percebeu a chama cruel de seus olhos.

— Então, o senhor teria a bondade me conceder uma graça...?

— Apresse-se, vou me vestir.

— Será que posso... será que posso beijá-lo...?!

— Mas... mas... Está bem, vá em frente!

Ele lhe estendeu automaticamente a carne tépida, o pescoço adorável e fino. E d'Herserange, extasiado, avançou lábios tímidos e respeitosos e beijou-o como um louco.

— Pronto, já chega, não é, meu caro?

— Obrigado, meu querido amorzinho, meu adorado, meu único efebo! Oh, sua pele cheira a morango, a madeira, a primavera, a feno em flor!

— Sim, claro, à flor da pele. Agora chega de floreios. Quanto ao feno, vá lá fora comê-lo rapidinho e me deixe a sós. Até daqui a pouco, taciturno diplomata. — E, com ares de indiferença: — Se o senhor gostou de mim, diga-o para Skotieff, então. Ele, o jovem príncipe, o premiará...

☦

Enfim, livre! A noite caiu por completo e, no quarto sombrio, onde apenas um grande espelho reluz, de súbito Lyllian se sente tomado por uma nostalgia intensa, por uma grande necessidade de amor. O que encontrou até agora? Egoístas cativados tão somente por sua beleza, tão somente por sua juventude, que o moldaram à imagem deles, transmitiram-lhe os vícios e os desejos, os remorsos e os rancores!

Desgraça! Oh, encontrar aquele ou aquela que virá sem segundas intenções, sem planos ordinários, com um gesto simples, com um sorriso apenas... A vida não é apenas sofrimento, ora essa! Pode ser uma alegria! Quando se tem tudo, quando nada falta para realizar a própria felicidade — e até mesmo a dos outros — é impossível não fazer, ao menos uma vez, uma parada no paraíso.

Aproximando-se a passos de lobo, como se a lua pudesse vê-lo, aproximando-se do espelho que reflete a sombra e a silhueta fina de Lyllian, ele observa com inquietude, e com um pouco de interesse também, essa linda imagem de um pequeno fauno que foge das ninfas...

Mas, ah! É preciso se aprontar para hoje à noite, escolher qual camisa leve e qual colete de seda vai usar... e, de repente, voltando a si, frívolo e gracioso, ele dá uma pirueta e esquece...

CAPÍTULO X

O JANTAR SE ENCERRAVA EM MEIO A PROTESTOS SONOROS DO PRÍNCIPE SKOTIEFF E GESTOS DESORDENADOS DE JEAN D'ALSACE. — ESTOU DIZENDO — REPETIA O CRONISTA —, A DUQUESA d'Halbstein, cujo falecimento suscita tanto alvoroço, se envenenou, de fato... Contaram um monte de coisas sobre a morte dela; aquelas histórias sentimentais que fazem as *lorettes*[1] chorarem e aquelas histórias maldosas que fazem os lorenos[2] estremecerem. Quiseram fazê-la passar por uma mística descabelada, pela discípula adorada do Sar Baladin,[3] desapontada com a realidade da vida. A duquesa, de maneira muito prosaica, se envenenou porque tinha um câncer na língua. Morreu por não poder mais beijar.

— Beijar o senhor, talvez — ironizou o príncipe.

— Seria a primeira mulher da minha vida!

— E se eu ousasse titubear diante de suas afirmações? E se, conhecendo o duque d'Halbstein, como conheço, eu insinuasse que algo completamente diferente aconteceu? Um envenenamento, concordo, mas com certeza não foi suicídio. Retome as coisas. Monte o cenário de novo, dê vida aos personagens desse drama apaixonante.

— Disso você entende bem, meu príncipe...

— Sim, é uma satisfação para mim. Coleciono dramas como quem coleciona leques ou pantufas. Isso distrai mais ainda. Anime os personagens. Ele, pequeno, raquítico, o peito coberto de escapulários, muito pio e muito mentiroso, muito enamorado e muito ciumento, jurando pela Virgem Santa que vai matar a mulher à primeira traição.

---

1 Mulheres que trabalhavam no bairro Notre-Dame-de-Lorette, em Paris, e frequentavam a vida noturna da região.

2 Jogo de palavras entre *lorette* e (Jean) Lorrain (1855-1906), escritor que serviu de inspiração para a personagem Jean d'Alsace, num intercâmbio de referências à região franco-alemã Alsácia-Lorena.

3 Trocadilho com o nome do escritor e líder rosacruciano Joséphin "Sar" Péladan (1858-1918).

— Chegou no ponto — interrompeu Lyllian. — Na sua opinião, o duque prometeu e manteve a promessa?

— Ainda não. Não é isso que estou dizendo. No entanto, coloque à frente dessa múmia de Otelo a duquesa que, considerando suas origens eslavas, mantinha um temperamento de imperatriz ou de cantineira. Vejam só a camareira de Catarina II, desposando-se graças à Companhia de Jesus, notada pelo duque nas paróquias em vista, nos confessionais valorizados, nas mesas de comunhão. Era atriz já desde então, atriz de primeira categoria. Depois, o casamento e a lua de mel. O encantamento do pobre d'Halbstein, que saía do colo da Igreja para se refugiar no colo de sua esposa, embrutecido pelas solicitações, idiotizado pelas rezas e indulgências.

— Nada disso explica o frasco de clorofórmio aberto em cima de uma mesa e ao lado da cama, a duquesa, deitada e rígida, os membros revirados, a tranca interna do quarto do duque ainda fechada.

— Ah, faça-me o favor! — casquinou o príncipe. — Bem se vê que o senhor nunca detestou ninguém com toda a força. Ama-se como se odeia, ressuscita-se como se mata... Enfim, deixemos para lá. Já no primeiro ano de casamento, a duquesa, cansada dos escapulários impotentes do marido, passa a procurar outros. Primeiro um, depois dois, três amantes. O duque não está a par de nada. Isso dura quatro anos. Nasce uma filha, que morre logo depois. Outra criança, desta vez um menino, vem ao mundo em perfeita saúde. E ninguém se espanta com o fato de ele se parecer com o senhor de X... e o senhor de X era o amante de serviço. Pois bem. Ao fim do quarto ano, em dezembro passado, o duque parte à caça, deixando a duquesa sozinha com o filho na cidade, na imensa e suntuosa mansão da rua de Varenne.

— Escute o que está dizendo, príncipe — arriscou Lyllian —, e veja como isso que o senhor está contando impressiona o senhor d'Herserange. Ele não abriu a boca desde o começo da historieta. Fica olhando para nós com olhos de homem da vida...⁴

— Opa! Talvez o senhor diplomata tenha feito parte da guarda da desonra.

— Ora, cale-se; ele se lembra — praguejou d'Alsace.

— A sogra, duquesa da viúva, que execrava a nora como quem execra alguém que não dá a mínima para a progenitura, bem nessa hora...

— Sim, sabemos. Sirva-nos o Faubourg...

— ... chega bem nessa hora, espiona a donzela durante uma semana, faz o duque voltar à surdina, esconde-o num armário e prepara uma cilada.

— Que horror... Santa Cilada!⁵

— Encontro. O amante encarregado, que, naquela noite, era o primeiro cocheiro, agarra a duquesa na sombra. De repente, um barulho de portas, barulhos de vozes, luzes, tudo está cercado. Lá está a velha viúva, tonitruante, indignada, fazendo justiça, e o duque d'Halbstein aparece saindo de dentro de um armário, derrotado, lívido, parecendo um feto trágico, os olhos secos, o punho tenso.

— Chegamos ao quinto ato; *bravo* ao ator amador! Tome cá um pouco mais desse uísque, ele é ótimo.

— Naturalmente, em uma cena frenética, o cocheiro bate em retirada. A duquesa, de joelhos, implora por seu perdão, beija miseravelmente o vestido da velha.

---

4   *Homme de joie*, jogo de palavras com a expressão *fille de joie* ("prostituta", literalmente: "menina de alegria").

5   No original, *piège* ("cilada") rima com *Sainte-Siège*, a "Santa-Sé".

— Vejam só, vestidos... Como no *Barba Azul*.[6]

— E o marido só a poupa do divórcio por causa do filho, e do escândalo por causa do nome; é o *modus cocuendi*.[7]

— O senhor se esqueceu do clorofórmio, Skotieff.

— Já chego lá. Depois dessa imagem do duque que pintei, vocês acham mesmo que ele está suficientemente vingado? De jeito nenhum! O que o teria vingado seria o divórcio, e ele não fazia questão. Tão somente o divórcio o afastaria daquela mulher que ele detestava e que havia manchado sua honra... Tão somente o divórcio ou a morte... Porém, a Igreja proíbe o divórcio...

Um silêncio se instaurou em volta do extraordinário contador de histórias, o príncipe... Escutavam-no. Ele retomou, acariciando seus anéis, dizendo:

— Para o homem habilidoso, e todas as vinganças fazem homens assim, basta escolher.

— O quê? Mais vale o modo de se vingar do que aquilo que se vinga...?

— Não. O modo de eliminar: por asfixia, veneno, doenças contagiosas que se inoculam.

— Ora essa!

— Pois sim, como a vacina. Entre tudo isso, o duque parecia preferir o veneno, porque prolonga a agonia e, ao mesmo tempo, a torna mais cruel. Ele poderia ter escolhi-

---

6   Conto de Charles Perrault (1628-1703) que compõe os *Contos da Mamãe Gansa* (1697). A alusão aos vestidos remete à passagem em que a esposa do violento Barba Azul entra em um quarto à sua revelia. Assustada com o que vê, ela deixa cair da porta a chave, que fica manchada de sangue. Como é uma chave mágica, as manchas de sangue não saem de sua roupa, e Barba Azul se dará conta do ocorrido.

7   "Modo de cornificar", em latim, um trocadilho com a expressão *modus operandi*. (Tradução livre.)

do um veneno lento, quase impossível de ser descoberto e analisado, que fizesse com que o falecimento parecesse natural, e a autópsia fosse inútil. Continuando... Ele quis um veneno rápido, seguro e elegante.

— Um refinado, esse Sganarelle.[8]

— Um refinado... ele quis um veneno de mulher bonita. A morfina, muito trivial... Além do quê, de fato, demasiado democrática, não é nenhuma novidade. A morfina não está mais na moda.

— Donde o clorofórmio... A hipótese é interessante. Mas como o senhor explica a tranca...

— Muito simples. A duquesa, nervosa e maníaca, sempre levava consigo um frasco de sais. Ele substituiu o clorofórmio por vinagre durante o dia. De noite, ele veio bater à porta da duquesa, que, na hora, barrou o acesso. Talvez ela até tivesse um idílio planejado para aquela noite. E não é que um serviçal apaixonado se atirou para cima daquela morta...?

— Ah, que esplêndida emoção! — murmurou Lyllian, sonhador...

— Também, ela deve ter respirado seus sais por muito tempo. Um nadinha de clorofórmio, quando digerido, mata... E foi esse o seu fim...

— Pois bem, meu príncipe, o senhor matou a charada. Supera Edgar Poe; vou tomar a duquesa emprestada do senhor para minha primeira crônica. Agora, venha escutar a serenata. Estamos no cemitério ao luar, Desdêmona e César Bórgia. Verdade verdadeira — acrescentou, designando Renold —, esse menino ainda vai achar que somos uns monstros...

— Ou máscaras — fustigou Lyllian, enquanto saíam de Quadri na Praça São Marcos.

Era uma noite de tepidez calma e, apesar da brisa vinda do sul, os astros cintilavam com aquele brilho es-

---

8   *Esganarelo* ou *O cornudo imaginário* (1660), peça de Molière (1622-1673).

tranho que faz acreditar que as estrelas estão bem perto, e o céu muito longe. Os raios lunares inundavam as velhas *Procuratie*[9] em palácios denteados como mitras, a basílica dourada tal qual uma mesquita e pintada como um ícone e, com exceção da sombra azul do campanário e das bibliotecas, as lájeas de mármore na praça luziam como uma aleia de túmulos.

Lord Lyllian teve a impressão de estar respirando, de repente, um ar mais salutar, uma atmosfera melhor para a alma e mais doce para o coração. Assim, por vezes, reconhece-se a benigna pureza da natureza perante a tristeza viciosa dos homens. E Lyllian, de escutar todos eles babando com refinamento sobre uma mulher morta, havia ressentido a tristeza desses vícios. Mas a ilusão de Lord Lyllian durou pouco. O príncipe Skotieff vinha se aproximando dele a passinhos, mais saltitante do que de costume...

— Ah, *my lord*... — balbuciou, subitamente surpreso. — Essa história lhe agradou? Contei-a para o senhor. Enquanto eu falava, fiquei olhando para seus olhos, para seus belos olhos de inocente perversidade... — Ele ia ganhando coragem. — Eu amei uma mulher ao ponto da loucura.

— A duquesa d'Halbstein?

— Oh, o que o leva a acreditar nisso?...

— O senhor dizia tantas infâmias a esse respeito.

— Não, não foi ela... Eu dizia que amava aquela mulher ao ponto da loucura... Não é... Bem... Bem... eu lhe dava joias, joias... tantas quantas ela quisesse... Oh, ela se parecia com o senhor!..

— Ela também morreu? — interrogou Lyllian, zombeteiro...

---

9   *Procuratie Vecchie, Procuratie Nuove* e *Procuratie Nuovissime*, construídos entre 1514 e 1815, são três edifícios erguidos de maneira interligada na Praça São Marco, em Veneza.

— Não, está velha... e se parecia com o senhor. Agora mesmo, ao olhar para seus olhos, revi os dela. Veja, aqui estão os cantores e a gôndola... Lindo, não é?... Então — ele continuou, tomando o silêncio de Renold por uma afirmação —, eu... eu amo o senhor como a amo... Oh, Renold Lyllian, eu o amo.

— "Lord Renold Lyllian", por favor, meu príncipe...

O russo recompôs-se, insistindo em seguida:

— Eu o amo; diga-me que o senhor me ama... Isso é amor?

— Mais que isso: asco!

E, enquanto as guitarras se acordavam com os mandolins e uma voz de mulher preludiava a eterna Santa Luzia, Lord Lyllian, com os dedos de Jean d'Alsace, subiu à gôndola, da maneira mais galante do mundo.

CAPÍTULO XI

NA MANHÃ SEGUINTE, ACORDOU DE PÉSSIMO HUMOR, ACHANDO QUE TINHA ADORADORES DEMAIS EM VENEZA. A PUREZA DO CÉU ILUMINANDO SEU QUARTO, O FRESCOR DAQUELE JOVEM SOL, JÁ ANUNCIADO pela primavera, restituiu-lhe sua alegria habitual. As histórias da véspera, esquecidas por um instante enquanto ele olhava para a baía, delimitada no horizonte pela linha azul do Lido, voltaram-lhe à mente quando, em pé diante do espelho alto que brilhava entre as janelas, ali fez benevolamente uma reflexão a sua nudez loira, na qual a virilidade se acusava cada vez mais.

— Droga! Estou virando um homem... — pensou; e, porque adorava dizer "droga" e um monte de lindas gírias vulgares, sorriu ao se ver.

Alguém bateu à porta. Pulou de volta para a cama e, com sua permissão, um valete lhe entregou uma carta. Era do senhor d'Herserange. De novo? O que esse diabo de diplomata ainda queria? Com um olhar, leu: "Encontrei o endereço da cantorazinha da qual o senhor gostou ontem à noite. Venha à minha casa por volta das seis horas. Vamos jantar juntos. Eu o levarei até ela".

E, como num sonho, de repente, a silhueta da menina que ele havia escutado na noite anterior na gôndola apareceu para ele. Ele se lembrava... Quando todos subiram na barca, ela estava à dianteira, travestida em uma fantasia vagabunda de pajem florentino, deixando seu corpo mais magro, mais enfermiço; e seu rosto mais irreal e mais sensual.

Um tanto ou quanto vadia de cabaré, à primeira vista. Em seguida, eis que, debaixo dos raios vaporosos da lua, debaixo dos fogos incertos das estrelas, no meio daquele cenário ultrapassado e charmoso, composto de palácios em ruínas e de ruínas sobre a água, ela surgiu como a encarnação apaixonada da Veneza heroica de outrora. A princípio, não deu lá muito ouvido a ela. Jean d'Alsace, ao lado dele, ficou melancólico e falastrão, evocando em longas frases as apoteoses de Ticiano, as glórias de Veronese, os milagres de Perugino.

Além do mais, ela cantava romanças banais que se ouvem em todos os hotéis e em todos os cais da Itália. De repente, uma música mais ingênua havia preludiado estrofes antigas; devia ser a de um Pergolese ou a de um Verbosa, tão doce, tão simples! Os remadores pararam de remar e a barca deslizava por cima da água dormente. Marolas lambiam as bordas da gôndola com um barulho úmido de lábios. Aos poucos, as conversas cessaram e todo mundo se calou, inclusive Jean d'Alsace.

À dianteira, a pequena continuava, com a cabeça em direção ao céu, extasiada com a própria voz, pelos acordes de uma esbelta guitarra cigana que a acompanhava. E, como Lord Lyllian olhava para ela, viu-a fixando suas pupilas nele. Nos clarões do farol, ele já não via mais nada além daquelas joias de carícia e de nácar.

Até o fim do passeio noturno, quer ela cantasse, quer ela se sentasse, os olhos misteriosos não se alarmaram com o rosto que os havia tentado. E Lyllian abandonava-se deliciosamente àquela volúpia muda, àquele abraço distante, contido até nos desejos mais ardentes, na confissão de um único olhar. Ah, o travestimento dela era patético; em compensação, a voz suave, solitária, uma voz que ama! Num momento, o senhor d'Herserange, igualmente perturbado pela poesia do grande canal, arriscava um "Eu te amo", enquanto o príncipe Skotieff brincava com um lenço perfumado...

— Trate de conseguir essa jovem para mim... — murmurou Renold em resposta, ao ouvido do diplomata.

E d'Herserange, igual a um cãozinho, obedeceu.

— Venha à minha casa por volta das seis horas. Vamos jantar juntos. Eu o levarei até ela.

☦

Os períodos da manhã e da tarde causaram-lhe a impressão de uma demora assustadora até ele ser recebido no Palazzo Vendramin pelo diplomata com aspecto bem-disposto.

— Então é verdade, o senhor a descobriu? Que vigarista!

— Por Deus, garanto que foi muito simples. Pedi para marcarmos um encontro como se fosse comigo, e ela aceitou. É requintada, fala francês.

— Seu velho sátiro charmoso! A ideia é ótima. Chega até a ser excelente. Sabe o que ela me inspira? O senhor vai contentar essa criança sentimental. A única graça que o senhor vai se dignar a me conceder será ver a mercadoria, antes e depois, para eu comprovar a excelência do método. Tudo bem, né?

Esse "tudo bem, né?" literalmente embruteceu o senhor d'Herserange, que revirou os olhos esbugalhados sem compreender onde Lord Lyllian queria chegar. Decerto ele não tivera surpresas desse tipo com seus chinesinhos! Nem no Japão, tampouco na Turquia. Tudo se passava da maneira mais calma e mais comportada do mundo. Agora, aqui? Seria uma armadilha, uma nova cilada? Meio tranquilizado, lançou um olhar oblíquo em direção ao seu jovem inglês.

— Falando muitíssimo a sério, o senhor permitiria que se eu ficasse de *voyeur*?

O homenzarrão ventripotente à maneira dos budas que vira em suas viagens deu um pulo ao ouvir a proposta.

— Ora, de jeito nenhum! Não gosto dessa pequena, mas gosto menos ainda dessa sua proposta! Falei com ela para agradar ao senhor, só por isso. Não gosto dela, não a acho bonita. E se quiser mesmo saber a minha opinião, acho a mulher feia.

Oh, como ele tinha horror "àquela mulher" e a todas as mulheres; seu ódio contra elas, sua raiva de impotente e de mal constituído tomavam proporções exageradas, podiam ser lidos em seu rosto glabro, apesar do bigode, glabro e inchado de eunuco.

— Ah, vai! Deixe-me olhar! Além do mais, o senhor não gosta da mulher: só lhe peço isso. Acaricie-a com respeito. Olharei apenas para o senhor, ela ficará longe. Mas estou certo de que o senhor, sendo artista e poeta, saberá ressuscitar com um gesto (!) o que há de mais puro nas academias gregas...

E Lyllian insinuava aquilo com sua voz melodiosa, com sua voz insistente, com sua voz interior. O outro amolecia...

— Bom, pode ser! Se o senhor se comportar no jantar. Mas que ideia mais bizarra, meu Deus! Enfim, se o senhor faz tanta questão!

Se ele fazia questão? Lyllian deleitava-se por antecipação: D'Herserange fantasiado de Adão! Toda a empáfia do homem, aquele diplomata de respeito, a máscara do farrista jansenista, tudo desmascarado de uma vez! Que esplêndida caricatura, que monstro maravilhoso!

— Está prometido? — Lyllian insistiu.

— E será mantido — suspirou d'Herserange com a resignação de Luís XVI.

✝

— Deus, que fedor! — disse Lyllian penetrando o antro ao qual d'Herserange o havia conduzido. — Todo esse trabalho de me fazer percorrer os *canaletti* mais mal-afamados para se enfurnar aqui?

— Espere, bichinho selvagem...

— Bichinho selvagem? O senhor tem uns modos de chamar as pessoas.

— Por nomes de pássaros. Na China, não se diz "meu querido", diz-se...

— Psiu... Ouço passos, onde o senhor vai me esconder?...

— O senhor realmente faz questão?

— Assim como faço questão dos meus dentes da frente... Aqui, atrás do biombo. O senhor bem sabe: use todo o seu poder de sedução!

— Farei isso, pensando em seus olhos — arrulhou o velho.

E, enquanto Lyllian se escondia, a moça veneziana entrou desculpando-se ao senhor estrangeiro...

— Minha amiga que canta comigo na barca me parou. Eu tinha deixado a porta aberta, o senhor entrou.

— E eu amo a senhorita! — exclamou D'Herserange, afetado. — Entrei como outrora Romeu na casa de Julieta.

"Sem varanda...", pensou Lyllian.

— Como Dante na casa de Beatriz, como Petrarca na casa de Laura... como, nas lendas, Amadis na casa de Eliane.

"Como cliente na casa da piranha", redarguiu, à parte, o pequeno lorde.

— A senhorita sabe que jamais Veneza me pareceu tão bela quanto agora, com seu sorriso...?

A mocinha se aproximara de seu admirador fortuito mendigando uma carícia, oferecendo os lábios. Mas o diplomata, mais reservado que nunca, continuava seu discurso exaltado...

— Eu daria o mundo por um beijo seu...

— Vai ter que pensar em mim — murmurou Renold, pasmado, atrás de seu biombo.

Mas eis que, subitamente — seria para brincar com fogo, ilusão ou estratagema? —, o senhor d'Herserange aproximou-se da veneziana cujo corpo morno e flexível palpitava contra o seu.

— Ela se esqueceu de mim, grosseiramente — disse Lyllian, despeitado.

D'Herserange, então, veio até a moça, segurando-a lentamente pelos punhos brancos, apesar dos sóis e das misérias, dos jejuns e da pele ressecada, e beijou-os, enfim, com uma satisfação explícita. Seus olhões brilhantes tornaram-se alucinados de desejo. Que lhe importava sua aversão pelas mulheres, suas resistências e seus vícios? Ali havia carne fresca, carne de moçoila que o faria lembrar da do jovem inglês.

No entanto, a cantora cedia às carícias, em seus olhares felizes e sensuais, sem segundas intenções, sem arrependimento algum. Até porque ela seria bem paga! De repente, as bocas se fundiram e, com uma experiência de dar inveja a Lyllian, ele passeou os lábios por todo o entorno do pescoço fino, por trás das orelhas delicadas, trêmulas e nacaradas, pela base da garganta levemente descoberta pelo corpete decotado.

— A ressurreição de São Lázaro — arriscou, impacientado, o jovem lorde.

Agora, com precauções inimagináveis, o senhor d'Herserange a despia. Não foi tão feliz quanto nas preliminares. Suas mãos desastradas, desacostumadas às coisas femininas, puxavam sem encontrar, esfregavam sem abrir. Ela o ajudava fazendo biquinhos travessos, com ares de quem diz: "Coitado desse velho!". E, por mais que o pobre velho contrito se esforçasse ao máximo... ele esperava que Vênus fosse Vênus.

Ela se tornou Vênus. Lyllian, trêmulo, esquecendo-se da mais elementar prudência, havia avançado, rastejando até perto da alcova. Ali, ele poderia destrinchar o corpo admiravelmente juvenil da pequena, juvenil a ponto de ser quase o de um jovem amor. Um perfume que emanava da roupa íntima, da pobre roupinha íntima que ela tirara, subia à cabeça, um perfume almiscarado de belo animal. Mas o êxtase de Renold não durou muito. O senhor D'Herserange, de camisola e cueca, caminhava até a cama fazendo caras de vigário galanteador...

— Você não tem o topete, tiozão gorducho!

Um grito de espanto, agudo como o de um pássaro, um estarrecimento, um trovão e um sorriso. Era Lyllian, saltando para fora de seu esconderijo, plantando-se de frente para o diplomata e protegendo a cama.

Realmente, existem casos em que o homem tem ares de pato. Jamais alguém chegara ao paroxismo atingido pelo senhor D'Herserange. Ele, o senhor D'Herserange, de cueca, bem quando estava prestes — que horror! — a concluir sua ginástica com uma mulher! Ele, pego no flagra por aquele diabo de moleque que ele adorava e temia. O senhor d'Herserange transparecia tudo isso através de sua cara de coitado e pose de galo derrotado.

Cruzou as mãos sobre a aba de sua camisola, parecendo-se com a estátua trágica da Fatalidade.

Aterrorizada, a mulher escondeu a cabeça debaixo dos lençóis. Lord Lyllian, justiceiro zombeteiro, mantinha-se em silêncio.

— Ora, meu amiguinho... — balbuciou D'Herserange.

— Sim, sim, meu belo senhor; baixar a máscara o aborrece? Compreendo. Um homem tão respeitável e tão notável. O senhor não gosta que se vejam as suas fraquezas, as suas pequenas covardias, as suas besteiras? Pois se trata mesmo de uma besteira, eu estava aqui. Deus sabe que o senhor havia sido avisado. Faz juras tão belas, diz frases tão lindas! É impossível desacreditar no senhor: eu o vi. Sob o pretexto de um joguinho, o senhor consentiu, não foi?, em acarinhar essa moça; e depois, fio a fio, a sua agulha quis picar. Se eu não tivesse vindo resgatá-la, o senhor teria enrolado a moça! Ah, dragão de virtude, cenobita de castidade, cavaleiro de mortificação, então o senhor ama as mulheres! Mas nunca olhou para si mesmo.

"Peço que se olhe neste espelho, veja essa testa grossa e afundada, essas narinas de búfalo e de chucro, essa boca rasgada por lábios gordurosos, igual a uma rosca de couro. Pois bem, eu lhe dou minha palavra: em matéria de mulheres, o senhor não terá essa aqui, porque ela é linda demais, fina demais e delicada demais para um reles patão como o senhor. Vamos, desinfete..."

Pálido como um defunto, sem compreender, o senhor d'Herserange olhava para Lyllian, também muito pálido.

— Desinfete, e já! — disse Renold, pontuando as sílabas e apontando para a porta...

Instaurou-se um silêncio assustador. De súbito, o amor do diplomata pelo pequeno lorde se transformou em ódio, ódio intenso. Um sentimento até então desconhecido — o ciúme — despertou dentro dele, perante aquela encantadora presa oferecida ao vencedor, e que continuava escondida, palpitante, no fundo da cama.

— Não vai me obedecer?

— O senhor é louco?

— Louco o bastante para colocá-lo porta afora! — E Renold, catando em um só gesto as vestimentas espalhadas do senhor d'Herserange, abriu a porta e jogou-as no velho corredor sombrio pelo qual tinham entrado.

— Vá, junte-as.

Depois, quando o senhor D'Herserange, de punhos fechados, chorando de cólera e de vergonha, o ameaçou, ele o agarrou com uma força descomunal, dobrou-o debaixo de si e, na frente da cantora apavorada, administrou um tapa magistral no traseiro do cônsul. D'Herserange, apertado pelos dois joelhos nervosos de Lyllian, aprisionado como num torno, tentava desvencilhar-se em vão, rosnava a sua raiva.

— Adeus, amável senhor, passar bem! — E botou-o para fora com um pontapé.

☦

— Como ele era ordinário para você, minha querida! — murmurou Lyllian, voltando para perto da cama. — Mas como você foi me esquecer...!? — E, descobrindo o corpo da garota sorridente e amorosa, numa carícia ágil, ele lhe esquentou os seios.

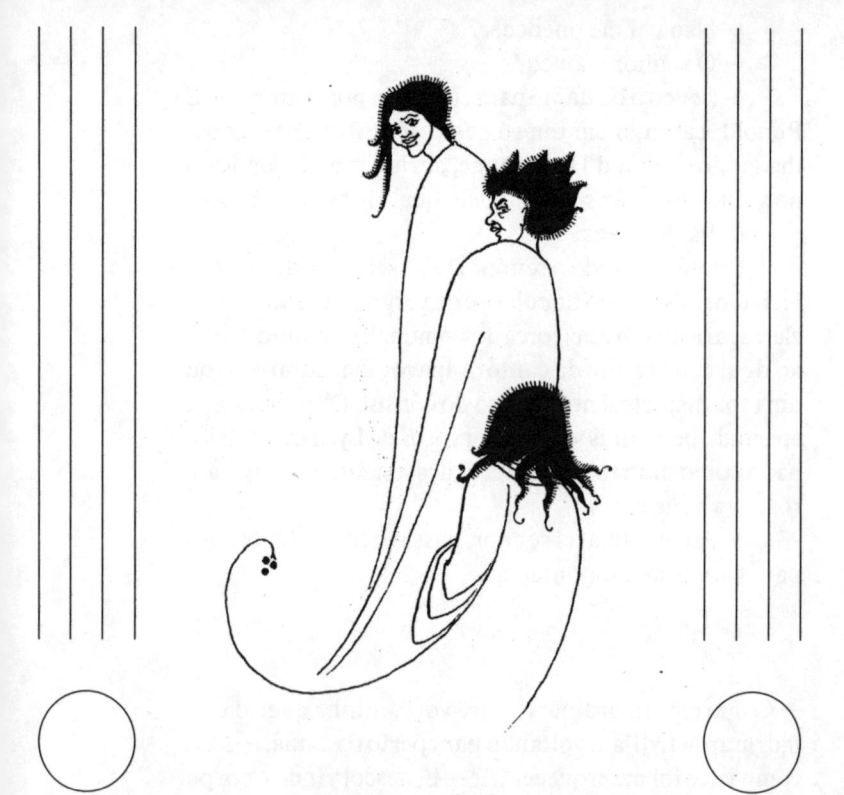

CAPÍTULO XII

— ESTOU ENTEDIADO... — DIZIA RENOLD, ACARICIANDO OS CABELOS COM SUA MÃO FINA DE MULHER, CARREGADA DE ANÉIS... — E VOCÊS ME COMPREENDEM... — PROSSEGUIU COM OLHOS GOZADORES. — AGORA SÓ CONVIVO COM pessoas como vocês!

— Tão adorável! — respondeu o outro, *half and half*, um tal de Pol Chignon, pintor, poeta e pensador. — O senhor, no entanto, deixou aquelas pessoas em Veneza. Foi embora dali, pelo que me disseram, de maneira um pouco precipitada!

— Sim, eu me mudei por medo dos outros inquilinos. Primeiro vim a Florença, acreditando encontrar flores, mulheres, lendas. O que vi foi uma cidade seca, um rio constipado, um sol bebendo tudo como uma esponja. Além do quê, a bem da verdade eu sentia repulsa na alma, repulsa pelos homens, pelas coisas, pela vida. Segui viajando por Roma, por Nápoles, desejoso do mesmo ideal, do mesmo repouso e do mesmo esquecimento. Tanto uns quanto outros me escaparam. Os fantoches mascarados que eu acreditava ter abandonado me perseguiam pelos países, pelas cidades. Como uma ressurreição atroz, como se eu estivesse alucinando, eles apareciam para mim com caras diferentes, máscaras mudadas... os mesmos monstros.

— Um pouco de água com açúcar? Quanta eloquência! O ódio o torna impetuoso, *my lord*.

— O ódio, sim, porque os odeio, odeio todos eles e vocês, na mesma medida.

"Aliás, vocês têm fixação por eles, não é? Vocês vêm me ver, me examinar como se eu protagonizasse um escândalo ou como se fosse um caso patológico. É quase um quinto ato. Sei da minha atual reputação, meu caro; e se me oponho a isso, um simples sorriso que seja, é um sorriso de desprezo, um gesto que significa: 'Não estou nem aí...'.

"Olhem para cá, prezados senhores: Lord Lyllian! Sim, conhecem-no bem, é aquele inglês de vinte anos, vicioso como um Heliogábalo de conselho judiciário. Heliogábalo, ele? Ora essa! Isso o lisonjeia... Vocês querem dizer o irmão emancipado de Messalina ou a própria Messalina, no estilo de Loubet. E mexericos e fingimentos. Curiosidades. Tanto que os senhores têm ares de palhaços brigando por uma palavra sagaz.

"Os senhores farejam minhas taras, mas estimam minha juventude. Aplaudem minhas vergonhas, mas desejam meus olhos, como se meus olhos fossem os seus. Como se minha juventude estivesse à disposição de vocês. Protagonista de um escândalo, caso patológico?

"Na verdade, as duas coisas. *Indeed, my boy*. Escândalo, escândalo? Ora, todos vocês são apaixonados por escândalos...!

"Agora, ouçam-me. Vocês acreditam, ó meus bons meninos, que nasci com aqueles sentimentos e que a criança solitária, o pequeno órfão da Escócia, carregava essa natureza dentro si por via hereditária? Sabem o que me formou assim? Foram os senhores, foi o mundo, foi a chucrice contemporânea. Foram aqueles — acabei de mencioná-los — que, ao ver em mim uma presa fácil, pularam para cima de uma criança, de seu nome, de seu dinheiro, de seu corpo, de sua alma. Diziam: 'Olhe!' e, de uma só vez, mostraram-lhe todos os horrores humanos e sobre-humanos. Diziam: 'Aja!' e o menino entendeu o gesto provocador deles como um gesto de depravação, de vergonha, de remorso; remorso, aliás, sufocado rápido demais. Diziam: 'Ame!' e a voz deles se misturava ao ruído gracioso das mentiras, ao ruído surdo das covardias, ao ruído estridente dos crimes.

"E logo mais vão dizer a ele: 'Morra!'... E", acrescentou Lyllian com uma expressão melancólica —, "estarão dizendo pela primeira vez a verdade. Graças aos homens que são meus irmãos, aprendi a vida, a triste vida, com o que ela tem de mais triste. Não me restou nenhuma ilusão. Sou um velhote no corpo de uma criança e, por trás deste rosto que alguns olham com caras de amor, por trás deste rosto jaz um cadáver, um cadáver igual aos não identificados, encontrados pela manhã nos bairros mal-afamados, apunhalados ao lado de um muro.

"É o fim da esperança, o fim da alegria, o fim da

saúde... estou falando daquela saúde divina, da mente e do coração. Tudo está estragado, tudo está perdido, tudo está acabado. Acusam-me, enfim, de ter vícios. Ora, tenho tão somente os vícios de meus acusadores!"

— Mas eu acreditava — interrompeu Chignon, com um tom de superioridade —, eu acreditava que o senhor fosse como eu, um diletante do mal... O pecado é tão belo: carícias, mordidas, feridas, amantes...

— Sim, eu sei, sangue, volúpia e morte. Isso já foi mais bem escrito do que o senhor jamais poderia sonhar expressar. Ah, diletante do mal: um belo título, de fato, para esconder seus desejos, seus instintos, suas luxúrias, todos os vermezinhos por aí. Tenha, então, ó pensador, a coragem de exibi-los. Não tenha pudores ridículos de sacristão virtuoso. Seja crápula à minha maneira. Eu me visto de infâmia como um casaco solar.

— Que só cai bem no senhor...

— Faça-me o favor... Realmente, há elegância em fazer mal ou simplesmente em dançar às avessas das valsas ordinárias. Eu nado contra a corrente. As ideias do presente não me agradam; assim seja, vou dar uma mudada nelas... Acontece que eu... eu me deixei levar. Aquele piparote me deu nos nervos. Resumindo (olhem o sol sobre a Catânia, ao longe, toda cor-de-rosa), eu me vejo reduzido a conhecê-los na Sicília, sob recomendação de um antigo amigo de festas que me escreve sendo sarcástico: "Será o melhor procurador do mundo".

— O senhor é muitíssimo amável, Lord Renold Lyllian. A bem da verdade, minha única qualidade é não me mostrar suscetível. Agora mesmo, o senhor se recusava a ser um diletante do vício, ou melhor dizendo, "da impertinência". Nem por isso estimo que minha polidez permaneça sendo uma marca de burrice e de boa educação.

— Eu ia mesmo avisar sobre essa falta de amor-próprio. Conheci o senhor oito dias atrás e, desde a primeira vez em que o vi, o senhor mantém o mesmo sorriso formal, o mesmo respeito protetor, a mesma prestatividade. Jantamos juntos todas as noites; o senhor me mostrou os arcanos de suas pinturas e, como só compreendi pouca coisa, garantiu-me que eram obras-primas. O senhor leu para mim versos, cuja tradução eu gostaria de ter entendido em francês, ao que respondeu: "Eles são divinos". Nesse meio tempo, o senhor me proporcionou reflexões profundas o suficiente para serem obscuras o bastante, e eu me curvei perante a admiração que o senhor dava a elas... O senhor me foi desagradável logo no primeiro dia, desagradável por causa desse seu caráter que seu bolso deixou liso. Tentei fazê-lo entender isso, e estou tentando até hoje. Mesmo assim, o senhor se ligou a mim. Com qual expectativa, não sei; com qual objetivo, ignoro. O senhor me era e ainda me é antipático e, contudo, o senhor me diverte. Sua obstinação tem sagacidade. Sua empáfia não é estúpida e sua flexibilidade, inclusive, é uma casa de tolerância... Ela é tolerada!

Pol Chignon, um pouco confuso, levantou-se, com dignidade.

— Senhor... — começou.

Lord Lyllian o conteve com um trejeito encantador.

— Ora, vamos, perdoem-me — murmurou. — Todos nós temos a mesma idade, era só uma piada... A propósito, vocês vêm? Para o jantar? Convido-os de novo hoje à noite.

CAPÍTULO XIII

... HÁ NOITES EM QUE POR TI EU SINTO UM ARDOR
QUAL UMA HÓSTIA, PURA E SEDOSA, EM QUE MINHA PAIXÃO DOLOROSA PELOS TEUS OLHOS AZUIS É UM LOUVOR.

EM QUE MEU SONHO A TI SE INCLINA

Iluminado, doce lampejo,
E mal te dá um beijo,
E mal roça tua pele branquinha...

Em que te tornas, pequeno amante,
Menos que um irmão, mais que um amigo,
Lindo Deus a quem farei meu pedido,
Um rei gentil por um instante:

Nessas noites, minhas ternas missivas
Têm a dor de meus tormentos
Guardados na ponta dos teus dedos,
E meu coração: punhado de cinzas,

Como, no claro jardim, um buquê
Onde meu sonho a passeio passa
Com a soberana graça
Dos sorrisos de desdém...

Mas, certas noites, em desejo atroz,
Minha alma muda e te quero loucamente,
Áspero desejo fustiga meu sangue quente
Vem de anjos maus uma voz.

E é Eros que te mataria

☦

— O que achou? — disse Lord Lyllian, espetando violetas brancas em sua lapela. Ele tinha lido os versos de uma carta recém-aberta que tinha em mãos, e d'Herserange, abstendo-se de interrompê-lo, admirava-o com seus mesmos olhos inchados e lascivos...
— O que achou? O senhor não diz nada... Eu me dou ao trabalho de lhe ler essas rimas, que devem ter vindo ao mundo a duras penas. O senhor me olha como se eu

fosse um número de vestiário. Palavra, meu caro, de tanto querer rejuvenescer, o senhor chegou até a infância.

— Desculpe-me, Renold... São versos muito belos, muito lindos, e muito dignos do senhor.

— Não vai me perguntar de quem são? Logo o senhor, raposa velha, um ardiloso, um sinuoso de peso? Conhece meu caráter, *my behaviour*, como se define isso em Londres. Se perguntasse, eu não responderia, mas justamente porque não me perguntou, vou dizê-lo.

"São de um pequeno sueco, Axel Ansen, que conheci aqui no hotel, por acaso. O senhor bem se lembra do dia em que a marquesa Della Maria Perdita dava seu baile à fantasia...

"Eu havia me inspirado no retrato do arquiduque Walfgang, pintado por Latour,[1] que está exposto na National Gallery. Minha fantasia ficou pronta da noite para o dia... Imagine o senhor: uma calça *rhingrave*[2] bordada, que achei em um velho antiquário, das melhores famílias, daqueles que ainda têm crocodilos pendurados no teto; uma *rhingrave* da mais terna e indecisa nuance; cor de aurora, com passamanes rosa e prata; a calça e o colete de um azul de bisavó; saltos galantes com largas argolas de topázio cobrindo os calçados. Uma pitadinha de pó sobre a peruca loira e, não estou brincando, fiquei parecendo um pajenzinho muito lindo. Na hora de ir para o baile, eu me envolvi, nem bem nem mal, num grande casaco veneziano e, quando estava prestes a chegar ao veículo, no último corredor — paf! —, dou de cara com o sueco...

"O senhor o conhece... Vinte e dois anos, magro, loiro, uma expressão ao mesmo tempo tímida e trocista, gestos maneirados e uma voz feita para recitar versos.

---

1 Henri Fantin-Latour (1836-1904), pintor francês de naturezas-mortas e autorretratos.

2 Espécie de calça-saiote bufante na parte superior.

Ele é sueco, dos tempos de Fersen e do rei Gustave; vem do Norte, mas de onde há sol."

— Minha nossa, a causa dele já está ganha.

— O senhor está achando que sou rodado?

— Por pouco não é a Passagem dos Príncipes.[3]

— Obrigado, pode deixar para os outros. Eu descrevi a silhueta como faria um agente que nem mesmo é de costumes.[4] Quanto à sua vida, aos seus hábitos...

— Ele passa no bosque de laranjeira.

— Que piada.

— A menos que ele os regue com um monte de coquetéis extraordinários...

— Enfim, eu trombo com meu Ansen. Ele vinha andando de cabeça inclinada, olhando para o chão. É o jeitinho dele... Um menino que surrupiaria docinhos... Surpresa... Desculpas... Ele ficou me olhando com uns olhos... Pude senti-los atrás de mim, fixados no pequeno lorde que ia embora, vestido de frufru de seda, como uma linda mulher... No dia seguinte, eu tinha em mãos uma carta sua, pedindo desculpas, de novo. E digo mais, as relações no hotel se dão como uma troca de odores dentro de uma despensa. Entre um movimento e outro no jogo, começaram uns cumprimentos durante as refeições aqui, uns apertos de mão no jardim acolá, um dedinho de licor juntos no terraço. Eu já estava percebendo onde aquele menino bonzinho pretendia chegar, mas ele não tinha coragem. Ele havia conservado seu ar de timidez e perdido seu ar de troça. Certa noite, o senhor deve ter notado que essas coisas são praticadas à noite, assim como os crimes, ele se ofereceu para dar uma volta comigo até

---

3 Passagem parisiense onde havia restaurantes frequentados pela alta sociedade da época. Alegava-se que ali ocorria também prostituição masculina.

4 Agente de polícia responsável pelos delitos e atentados à moral e aos bons costumes.

o mar. Dava para ver o Etna, ao que parecia, vomitando suas fumaças vermelhas no horizonte dourado...

"Dito e feito: ele me levou quase até a beira do mar. Fiquei emocionado, de um jeito sentimental e estúpido. Era como se ele tivesse feito em mim uma transfusão de sua alma, aquele diabo de menino. De início, e pela primeira vez, eu havia despertado um jovem desejo, o que é muito mais lisonjeador, sinto muito, do que erguer um monumento público como o senhor faz. Em seguida, sei lá, o crepúsculo, a estranheza do espetáculo verdadeiramente maravilhoso, com o mar iluminado por aquela erupção distante, o perfume também, o perfume inebriante das flores orientais...

"Ele me levou até a margem. Ondinhas morriam ali com um barulho muito suave. Pareciam até a carícia de um beijo...

"Então, abriu a boca... Disse coisas tocantes e simples para mim, evocou seu país, as caras visões sepultas nas brumas do Norte, nos lagos melancólicos, nas florestas misteriosas, nas cidades perdidas sob a neve, todo um cenário ingênuo de lenda escandinava que ele teve de abandonar para ir ao encontro do sol. Ordens médicas. Era preciso cumpri-las, a despeito da tristeza de seus velhos pais, a despeito da inconveniência que aquilo representava às finanças deles, a despeito de seu próprio pesar por ter de largar tudo...

"Ele havia chegado nessas terras atravessando a Itália em curtas etapas, até chegar à Sicília, onde o clima deveria curá-lo...

"Mas ele estava muito sozinho e se entediava muitas vezes, sem poder encontrar uma alma compadecida, alguém que o compreendesse e que o amparasse nas horas nebulosas... Por isso, ele ficou tão contente, oh, mas tão contente em ter me conhecido! De imediato, simpatizou comigo, desde o instante em que nos cruzamos num corredor por acaso. Ele amara tanto alguém parecido comigo (é a mesma desculpa de sempre) que me pedia para ter a bondade de acabar sendo seu amigo durante minha estada... de passear com ele algumas vezes durante o crepúsculo... aqueles crepúsculos em que ele achava que ia morrer de solidão!

"Eu não sabia o que responder. Nunca ninguém havia falado comigo dessa maneira (o senhor me entende, D'Herserange), com tanta delicadeza, tanto desejo respeitoso. Eu me sentia muito feliz e muito lascivo, e meu sangue fluía num ritmo morno que me deixava cor-de-rosa... Pela primeira vez, tive a impressão de amar alguém. Skilde me assombrara, Edith fora esquecida, Skotieff me enojara e o senhor teria me enfastiado. Levei meu olhos até Axel Ansen...

"Ele me mirava, imóvel... Naquele momento, inesperadamente, uma longa rajada de chamas iluminou o mar, e, com um tremor em todo o chão, a cratera no horizonte voltou a arder. Naquele clarão ensanguentado, vi duas lágrimas fartas brilhando nos olhos de meu amigo. Devagarzinho, virei a cabeça. Estávamos a sós. As pessoas do hotel haviam sido levadas para o alto do terraço branco para ver melhor o Etna.

"Oh, aquelas lágrimas em seus olhos!... Ninguém ao nosso redor... Então, peguei em sua mão e apertei-a com todas as minhas forças, dizendo-lhe: *I'll be your friend...* Eu serei seu amigo!'. Aos poucos, o abraço passou a ser mais suave, e mais acariciante também. Ele, por sua vez, olhava para o entorno e depois, na medida em que nossas mãos se abandonavam, me puxou até ele como numa carícia mística... 'Permita-me beijá-lo', murmurou com a voz tão fraquinha que parecia muito longínqua. Sem responder, estendi meu rosto para ele... Hesitou por um minuto, e esse minuto foi tão delicioso que ainda guardo a lembrança fremente. Então, seu bigodinho fino, uma penugem loira de colegial, relou em mim, e senti algo vivo e sedoso roçando em minha pele... O primeiro beijo dele...

"Naquela noite, voltamos tão comovidos e tão castos como se tivéssemos acabado de rezar em uma igreja."

... Há noites em que por ti eu sinto um ardor
Qual uma hóstia, pura e sedosa...

— E ele continua a adorá-lo desde a erupção?
— Mais do que nunca. Até que foi bem divertido, porque, com sua natureza fria de escandinavo, ele não quis me revelar seus gostos, seu ideal, já de primeira. Foi preciso que eu o questionasse e que eu o decifrasse. Então, fazendo caras de criança, ele confessou seus desejos e sonhos para mim. Estudou Letras em Uppsala por cinco anos. O célebre Evelius foi seu professor de grego e, inspirado por ele, Ansen tornou-se diletante e erudito. Lá redigiu um trabalho sobre as lendas de Lysilla, cuja recepção foi muito favorável... Ele até chega a dizer que sou uma encarnação dessas lendas... Depois, foi pego de surpresa pela doença, em pleno labor, em pleno sucesso. Sua energia se viu comprometida, e seu talento, já robusto, "miniaturizado" por ela. De erudito, tornou-se poeta, algo, meu caro, bastante raro, tanto no Norte como em qualquer lugar, um poeta de ideias...

"Um dia depois desse que contei ao senhor, ele não apareceu, como se tivesse vergonha de me reencontrar. Na manhã do outro dia, recebi flores e versos. E agora, a cada aurora, as flores expressam a ternura para mim, e as rimas me cantam o pensamento dele."

— O senhor logo terá bastantes...
— Por quê? Eu gosto de mudanças... é verdade. Mas também gosto de voltar aos meus antigos pecados. E disso o senhor entende. Certamente não se esqueceu da noite que tivemos o privilégio de passar na casa daquela pequena passarinha de Veneza. Talvez deva guardar rancor de mim por isso... Que seja... Pois adivinhe quem eu encontro, quinze dias atrás, no saguão do meu hotel? O senhor d'Herserange, do nada, que eu acreditava estar

com o diabo, a menos que ele estivesse com Deus...

— O senhor tem esta graça. O fato é que eu me entediava em Veneza, prefiro a Sicília e as impertinências do senhor à laguna sem seus olhos. Deixei della Robbia pilotar Jean d'Alsace pelos lugares infames.

— Para onde ele se dirige como ao sacerdócio.

— E tenho o prazer de admirar o senhor neste momento, tão encantador como sempre.

— Espere só até nós sairmos, sim? À luz do sol, o senhor me dirá se ainda sou jovem. Falar de juventude aos vinte anos, que desgraça! Foi preciso que eu a jogasse aos quatro ventos. Vamos pela estrada de Princoli a Catânia. Ela é divina, com seus mirantes que dão para o mar, seus cactos e suas palmeiras-doum.

E, quando se levantavam para ir embora, um doméstico trouxe a Lord Lyllian um ramalhete perfumado de rosas e narcisos, seguido de uma carta que Renold jogou sobre uma mesa sem sequer abri-la.

— Que Anjo! — murmurou, sorrindo...

CAPÍTULO

XIV

— O SEU PATRÃO ESTÁ MESMO TÃO DOENTE COMO ESTÃO DIZENDO? — PERGUNTOU LORD LYLLIAN. O EMPREGADO TINHA ACABADO DE SAIR DO QUARTO DE AXEL ANSEN E, APESAR DA PORTA TRANCADA, ATRAVESSANDO a parede fina do hotel, a tosse do doente ressoava, seca e dilacerante.

— O senhor Ansen teve uma noite ruim, *my lord*. Nem tanto pela maldita bronquite que apanhou quando ficou no jardim até tarde da noite, mas, principalmente, por aquelas ideias que ele tem... Pois é, o patrão acredita em ideias, sabe? Daí, não há nada que fazer.

— Que ideias?

— Eu não saberia dizer, *my lord*. Coisas bizarras, como ele gosta. Do nada, grita que vai morrer, que está tudo acabado, que não lhe resta mais nada no mundo. E é uma pena, *my lord*, pois sua velha mãe, uma senhora muito respeitável, o adora, *my lord*; ela jamais se consolaria se ele partisse de verdade. Em seguida, ele fica assim, em silêncio por duas, três horas durante a noite, e depois, recomeça... Isso o excita, o senhor entende, *my lord*? Isso faz o sangue circular, e o médico teme as congestões... o delírio... sem contar as síncopes frequentes.

E, para terminar, o valete acrescentou, com ares de resignação:

— Ah, pode-se dizer que ele nos deu trabalho!

— Está bem; avise Ansen que vim saber se ele estava melhor. Até amanhã.

E Lord Lyllian, trêmulo, afastou-se, desceu até o jardim e foi até o pequeno terraço, entre as palmeiras e os loureiros, onde lentamente se descobria o mar. Sentou-se em um banco, no mesmo que Ansen e ele haviam escolhido para conversar. Pobre Ansen! E Lyllian lembrava-se com angústia, quase com um terror supersticioso, da noite que o homem acabara de mencionar. Aquela maldita bronquite que o senhor apanhou por ter ficado até tarde no jardim... Já fazia quinze dias que Axel, levemente indisposto na véspera, havia pedido para marcar um encontro com ele no crepúsculo... Ao chegar, Lyllian logo notou a extraordinária palidez do amigo, e o brilho de seus olhos cintilava na sombra, como se tivesse chorado. Axel tremelicava e sorria ao mesmo tempo para reconfortar Renold. Quanta gentileza sua ter vindo, foi preciso cancelar aquele passeio de barco programado. Assim como ele, Ansen era grato a Renold por ter sido um pouquinho amado, por ter ouvido coisas de êxtase e de amor nos clarões das estrelas... E, de novo, Ansen voltou a tremelicar.

— Escute, seria melhor voltar para casa... Talvez o senhor não tenha se recuperado completamente da indisposição de ontem... Vamos voltar, vou ao seu quarto com você...

Mas ele protestou, garantindo a Lyllian que nunca estivera doente e que estava se sentindo muito bem naquela noite, não cabendo em si de alegria em rever seu amigo.

— E, além disso, voltar... recebê-lo em meu quartinho humilde... De jeito nenhum! Olhe como é bonito aqui... Essas penumbras movediças das ondas, essas sombras dançantes da noite... e mais as luzes da costa irisando entre os ramos... Lá em cima, o senhor sentiria falta desse cenário...

Ficaram, então; Renold, mais emocionado do que de costume, não sei por qual pressentimento de algum perigo obscuro; Axel Ansen, exaltado de entusiasmo, mais melancólico e passional que na véspera...

Numa noite de tristeza e de esperança grandiosa
Onde a alma de Nero palpitará no ar
Partiremos nós dois em direção ao céu azul e rosa
Diante de um pôr do sol sobre o mar!

Jogos repletos de êxtase e de sonhos místicos
Recordaremos as histórias de antão
Onde pastores passavam rezando aos lírios:
E relíquias nossos beijos de adeus parecerão

Perfumes estrangeiros acalentarão a partida
E tornarão mais vago, mais incerto, até mesmo

E somente "Te amo" nos diremos
Pois nosso único amor são nossas olhadas em vida

Depois serás tão jovem, ó fiel amante,
Que os pássaros de Deus seguirão teu caminho
E reconhecendo teu sorriso longínquo
Estenderão o fremir de suas asas sobre ti;

E, então, virão abrir nossos jazigos,
Após terem vibrado os últimos gritos de festa,
Encontrarão mesclados às cinzas do poeta
Teu coração sempre vivo e teus olhos lindos.

Um horrível acesso sufocou o rapaz, e Renold, muito inquieto, agora mandou que voltassem. No entanto, um sopro morno havia se elevado, vindo do mar e de além-mar. Eram exalações enervantes e almiscaradas, como uma fragrância demasiado forte de mimosa mesclada ao odor das ondas. Axel Ansen, embriagado por seus versos, respirava em deleite e olhava para a lua límpida e rosa que se elevara no Oriente com pupilas magnéticas.

— Nunca havíamos vivido uma noite como aquela — repetia a si mesmo, como em um sonho... — E subitamente se dirigiu a Renold: — Veja que bela está a doce Febe! Parece que foi vestir-se de pérolas no Oriente esta noite para nos sorrir mais docemente. Na minha terra, ela é tão pálida e distante que eu a via como uma estrangeira, como um astro alto demais para mim.

"No meu país, eu falava com as estrelas quando estava triste ou com febre; falava com as estrelas, que voltavam a mim seus olhos aplacadores... Mas a lua parecia morta, e eu me desviava dela. Mas, agora, olhe para ela. Parece um belo rosto a nos contemplar com um ar melancólico... Não é mais o planeta extinto que se aquece nos fogos solares. É outro sol, é um mundo independente e vivaz que só parece adorável aos poetas e aos loucos, às crianças e aos apaixonados...!"

Pela segunda vez, interrompeu sua fala, exausto, com olhos esmaecidos, a boca seca e a respiração ofegante; e, assumindo um tom de intimidade, continuou:

— Ouça, tive uma ideia ridícula e encantadora, uma ideia que vai te fazer rir com esse seu lindo sorriso que eu conheço... Quero te beijar neste minuto de recolhimento e de silêncio... Veja só, é quase religioso... As grandes aves voam lá longe, nas trevas... Não voltaremos a ver essa calma e essa beleza... Ah, estremeça, estremeça mais... Quero que nos noivemos às estrelas!

Murmurou isso de maneira tão terna, tão estranha, que Renold esqueceu a inocência das palavras... Estendeu então a boca para ele... De novo, precipitadamente, um acesso atroz sacudiu o pobre Ansen, que levou aos lábios um lenço de seda. E, quando se beijaram, Lyllian sentiu atravessar a carícia o gosto insípido do sangue...

☦

No dia seguinte, a doença se manifestou, e o estado vinha se agravando havia uma semana, piorando de modo angustiante... Agora, Ansen ofegava e restavam pouquíssimas esperanças de que se restabeleceria... apesar do clima, apesar do sol faiscante, do céu nimbado pela luz e pela vida, assim como outros são velados pela tristeza e pela bruma. Lyllian pensava em todas essas coisas quando d'Herserange surgiu com um largo sorriso estampado em sua cara de arauto.

— Ah, o senhor está sabendo? Tenho uma boa notícia para lhe dar!

— O quê?

— Skilde, o grande poeta Skilde, que o senhor deve conhecer, foi agraciado!

— Não é possível!

— Acabo de ler no jornal. Tome cá, veja com seus próprios olhos.

Ele estendeu a Lyllian o último *Times*.

— É verdade mesmo! *Why, the deuce, didn't he tell me this? Why didn't he even write...?* — E Lyllian se surpreendeu...

— Acredita que eu nem sequer desconfiava? Já faz três meses que recebi uma carta dele em Veneza. Ele só me escreveu sobre prisão e tortura. Se hoje está livre...

— Isso não o deixa mais alegre?

— Por Deus, claro que estou muito contente por ele. Mas parei de frequentá-lo. Por motivos de força maior, digamos assim. Veja, mesmo antes de sua prisão, após termos voltado da Grécia, cada um ficou no seu canto, eu me recusei a encontrá-lo.

— Mas agora... Ele deve ter sofrido tanto...

— Sofrido? Por ele se dizer um homem cerebral...? Não acredite nisso. E então ele está acabado, arruinado. Vocês, do continente, não sabem o que é a Inglaterra... Enquanto Harold Skilde não havia sido capturado pela *police*, as pessoas o achavam encantador, espirituoso, delicioso. Cruzei com ele certa noite no Savoy; ele estava beijando a mão da duquesa de Sheffield, depois de ter feito uma entrada escandalosa acompanhado por dois namoradinhos.

"Eu jamais serei capaz de superar Skilde, imbatível em sua insolência. E não é só isso, ele tem o acinte da alta nobreza. Em Londres, aceitava-se tudo, quer por reverência, quer por esnobismo. Hoje, ele está preso, foi julgado e condenado... Podem libertá-lo milhares de vezes, ainda assim ele será para sempre um homem acabado...!"

— Um homem acabado... — repetiu Lord Lyllian, escandindo suas palavras, enquanto os belos olhos azuis ganhavam o tom cruel do aço.

Então, de repente, d'Herserange, que o escutava, compreendeu o instinto perverso e egoísta, um egoísmo odioso, que constituía a quase totalidade do caráter de Renold.

Nesse ínterim, um empregado acorreu até eles.

— *My lord* — disse muito rápido e em voz alta —, é o senhor Ansen, ele está se sentindo melhor. Pediu para eu comunicar ao senhor que deseja vê-lo... O quarto em que o senhor Ansen está hospedado é o 32.

Lord Renold Lyllian, sem responder, partiu naquele mesmo instante. E d'Herserange teve a impressão de que esse lindo menino, até mesmo lindo demais, a passos dançantes e leves, estava indo ao encontro da desgraça...

CAPÍTULO XV

TODO ESBAFORIDO DE TANTO CORRER, ENCANTADOR E CORADO, RENOLD FOI PEGO POR UM ODOR PERSISTENTE E DOCE, COMO O RANÇO DE FLORES MURCHAS, LOGO AO ENTRAR NO QUARTO DE SEU AMIGO.

— O que houve?

Por que mandou me chamar? Sabe que estou muito contente em vê-lo? Bom dia... Oh, como o senhor está mudado...!

Não teve coragem de continuar. As palavras estancaram em seus lábios. Pela visão assustadoramente pálida e moribunda de Axel Ansen, ele soube, de uma vez, da verdade.

O infeliz, entretanto, sorria ou tentava sorrir, estendendo a Lyllian sua mão esquelética. Na penumbra clara das persianas fechadas, a desordem do quarto dos doentes, privados de cuidados e de ternura, dos doentes que agonizam longe de sua terra e longe dos seus. Ampolas espalhadas por toda parte. Luzindo a baixa flama, vacilante e amarela, um lampião ardia ao lado do leito. Era uma mistura de tristeza e de miséria. De fora, gritos de alegria, gritos de criança que haviam sido abandonadas às rosas, às rosas que também tinham sido esquecidas ao sol...

— Oh, como o senhor está mudado!

Na figura emaciada do sueco se preservara, contudo, o seu aspecto juvenil. Naquela transparência loira, tão loira que parecia neve quase sem matizes, apenas os olhos se mantinham ardentes e velados. Os olhares de Ansen evocavam o primeiro encontro, a simpatia repentina, os desejos calados de ambos. Também foi fantasmática como um sonho a lembrança daquela noitada de estrelas, do beijo ensanguentado, das litanias de amor, já cortadas pelos estertores...

— O senhor já sabe que estou me sentindo melhor... Ah, desejei tanto vê-lo! É o que torna minha solidão duplamente triste... As boas conversas de antigamente com o senhor... E pensar que o conheço há pouco mais de dois meses; tenho a impressão de conhecê-lo desde sempre.

— Mas o senhor vai se curar, Axel, daí nós vamos retomar nossos passeios, nossas fantasias, nossos diálogos. Sabe a mimosa que arrancamos da terra para florear o meu quarto com as gotas douradas de suas pétalas? E não é que ela voltou a crescer, ainda mais bela? Ontem, quando passei ali por perto, seu perfume me deixou embriagado. As flores ressuscitam. Os doentes são como flores...

— Então realmente acredita...
— Se acredito? Tenho certeza!
— Em todo caso, obrigado por me dizer isso, Renold. Não tem ideia do quanto sonhei em vê-lo durante esses últimos dias. Fico muito sozinho aqui, como o senhor deve saber, apesar de Beppina, minha cuidadora que vem de Palermo, ser uma mulher muito justa e dedicada. Ela havia acabado de se tornar mãe quando foi chamada para o serviço. Deixou o filho para complementar seu ganha-pão. E, com a emoção ainda fresca de quem acabou de cantar sobre o berço, ela me consola da melhor maneira possível, em dialeto regional, aquele dialeto perfumado de laranjas e de luz.

"Se o senhor a visse com minhas ampolas, minhas infusões... Ela tira de letra, como ninguém... E a sua expressão de alegria, quando chega com uma carta da Suécia...? *Ecco, della madre...*! Que sorriso largo e bondoso... Ela me faz mais bem do que as drogas do médico..."

Ele parou, exaurido, tornando-se subitamente mais pálido que um lençol, os olhos átonos, o nariz pinçado. Uma respiração curta assobiava entre seus lábios. Lyllian, com a aparência mais transtornada do que gostaria de demonstrar, sentou-se perto da cama e tomou a mão enfraquecida que jazia na penumbra...

— O médico... — continuou Ansen —... o médico não entende nada do meu caso. Sempre me repete: repouso, calma, não pense em nada, esqueça o passado, esqueça sobretudo o futuro... Os brônquios estão melhorando. O que não está são os nervos, são os sonhos; e toda vez ele vai embora me dizendo...

— Mas o seu médico é excelente.
— Ele vai embora me dizendo: "Pare de pensar nisso,

expulse essas imaginações perversas...". Bem sei o que quer dizer com "imaginações perversas"...

— E continua...

— Mas, ora, ele não pode me impedir, quando estou aqui, sozinho neste quarto de persianas fechadas (é mais uma de suas ordens, como se o sol fosse causar a minha morte), de escutar o verão, a alegria e a vida cantando no jardim claro; de evocar o momento em que recomeçarei bem devagarinho a conter um pouco desse verão, dessa alegria e dessa vida em minha alma afortunada, e sonhar com o senhor. Oh, deixe-me dizer ao senhor, felicidade de toda a minha felicidade...

Naquele instante, Beppina entrou no quarto. Cumprimentou Lord Lyllian com um breve aceno e aproximou-se da cama com uma infusão:

— Beba — murmurou ela, com a voz suave das mamães que ninam seus pequenos.

— Como você está cheirosa, Beppina! Está vindo do pequeno bosque de limoeiros que sobe a colina. Sabe qual é, ao lado do hotel...

— Ah, sim, venho de lá. Veja só, *mio*, a hora da colheita já está chegando. A colheita deste ano vai ser maravilhosa. Belos frutos que quebram os galhos de tão pesados. E um perfume! Mas — e acrescentou com um olhar malicioso — não é aquele perfume que exalava do seu quarto quando entrei... Trouxe aqui uma coisinha para você...

Ela vasculhou no bolso:

— *Ecco, della madre!* — exclamou triunfalmente, entregando a Ansen um papel selado.

— Um telegrama! Não ia me entregar? Posso? — balbuciava Ansen, completamente vermelho de alegria...

E com seus dedos ineptos, esmorecidos pela febre, abriu o papel fino.

— Oh, meu Deus, Renold, como vou me alegrar! Tome, leia com seus próprios olhos; diga-me se não estou enganado. Aqui é escuro demais para ler... Beppina, abra as janelas, levante as venezianas... O sol precisa entrar para o meu amigo querido ler melhor. Mesmo sem distinguir muita coisa, já entendi... Vem de mamãe; vou ler suas cartas até durante a noite, com meus lábios! Oh, meu Deus, Renold, mamãe vem ficar comigo...!

— É verdade: "Chegarei amanhã à noite. Carinhosamente, Mamãe Elsa". Mamãe Elsa!

Renold, também inteiramente reconfortado pelo prazer de Ansen, devolveu-lhe o telegrama. Sua mãe ia chegar... Mamãe Elsa! Que lindo nome, tão doce de pronunciar, melodioso como um chamado, gracioso como uma carícia... Quem era ela?... Como era?... Talvez ela e Ansen fossem parecidos? E, em seu coração de órfão, no qual sangrava uma saudade inconfessa de amor, Renold imaginou a senhora Ansen loira, quase tão pálida quanto a neve, seus olhos, como os de Axel, de um azul nórdico, um azul-celeste atenuado pela geada. Quanta ternura, quanto sacrifício, quanta compaixão representava aquela viagem!

Mamãe Elsa precisou abandonar tudo para vir cuidar do menino. Aquela gente não era rica... A viagem custaria caro...

Agora, sem se dar conta do silêncio do amigo, Axel Ansen falava, contava besteiras, esperanças, loucuras...

— Ela estará aqui amanhã à noite... Amanhã à noite, talvez neste mesmo horário. Já posso vê-la no meu quarto, ao meu lado. Deixaremos a luz entrar livremente aqui para que não fique triste demais. Ficarei com uma cara boa, e mamãe Elsa ficará chateada de ir embora quando eu estiver me sentindo bem.

"Mas eu pedirei notícias, notícias de todo mundo e de todas as regiões. Pois mamãe Elsa sabe muita coisa! Ela me dirá se a filhinha do campaneiro de Alund continua tão bonita quanto antes. Imagine só: ficamos noivos enquanto brincávamos de quem deslizava mais rápido sobre os lagos congelados. Tínhamos dez anos. O gelo estava sólido. Aquele que fizesse o movimento mais gracioso se casaria com a menina mais linda que conhecesse. Se alguém caísse ou se o gelo quebrasse, ficaria solteirão... Tínhamos dez anos... Vou perguntar para mamãe Elsa se ela tem notícias da minha noiva...

"E depois, quando eu fui embora, tinha um jardinzinho que eu mesmo semeava todas as primaveras. Assim que o inverno passava e os grandes frios já não davam mais medo, eu afastava a neve com delicadeza para semear grãozinhos rosa na terra. Chegava a primavera, que derretia a neve com seu jovem sol. E, por volta de junho, o senhor não vai acreditar, eu tinha os mais lindos buquês de pervincas de toda a região. Aquilo me deixava extasiado. O vento do mar passava, roçando bem de leve nelas, e, de manhã, na aurora, as abelhas nos abetos suspensas em pesados enxames vinham zumbir sobre meu jardim com uma música leve, um encantador barulho de asas! Perguntarei a mamãe Elsa se ela tem notícias do meu jardim...

"Ela vai tocar Grieg para mim, também Svensen, Hartög... Hartög é mais melancólico e menos conhecido que Grieg. Mamãe Elsa tem mãozinhas delicadas, igual às fadas... Se o senhor soubesse as lindas rendas que ela dedilha no piano... Principalmente uma melodia... Uma melodia nossa, do velho vilarejo, que ela arranjou com doçura..."

Ele arquejava. Uma torrente de sangue brotou de seus lábios. Levou um lenço de seda vermelha à boca, e não se viu mais a espuma perturbadora.

— Preciso lhe dar uma noção — retomou subitamente —; em primeiro lugar, estou me sentindo tão melhor: a velha Beppina não está aqui, vamos pular da cama.

— Mas você não está sendo razoável... — declarou Lyllian. — Não cometa imprudências. Um resfriado pode matá-lo...

— Bah, mamãe Elsa consegue me curar. Não estou mais nem um pouco doente.

E de fato, lesto como se não tivesse nada, Ansen

pulou da cama. Foi quando seus esforços o traíram. A cabeça girou assim que ele pôs os pés sobre o piso de madeira, e ele teve de se conter, gemendo diante do batente da porta.

— Vamos, volte para a cama, Axel, senão vou embora...

— Fique, fique, não foi nada... Quero tocar aquela melodia! Mamãe Elsa a deve estar escutando a caminho daqui; mamãe Elsa vai chegar mais rápido.

Enfiou-se em uma roupa leve e se arrastou até o piano.

— Agora mesmo eu tinha pedido para a Lorenza abrir as janelas, para expulsar aquela sombra que detesto, aquela sombra que mete medo em mim.

"Ó sol esplendoroso, sol radiante", continuou —, "sol morno como as carícias de amor e brilhante como um olhar de embriaguez, entra em meu quarto tal qual rei vitorioso, dispersa a noite vacilante com teus raios... Sou teu adorador, sou teu amante...!"

Ele se animou e, recobrando, de repente, forças que já pareciam perdidas, fortificou-se contra o mal e, jovem como Renold, os olhos faiscantes, abriu a janela com um único gesto e permaneceu ali, imóvel, virado para o mar, em êxtase, em uma festa de luz.

Ele estava realmente belo assim. Seu perfil imberbe, seu perfil de adolescente nórdico com a carne translúcida das raças de gênio se mostrava ainda mais puro naquele cenário de esmalte azul. Lord Lyllian avançou na ponta dos pés, pegou Axel de surpresa e virou a cabeça dele para debaixo de seus lábios.

— Eu te quero! Eu te quero! — murmurou Ansen, com uma voz estranha, longínqua... — Acabaram-se os sonhos, acabaram-se as lendas, os desejos insensatos... Insensatos!

"Sinto a imperiosa natureza me tomar outra vez e me levar de frente para aqueles horizontes, onde outrora Tibério passava em sua galera rumo a Capri. Aquela terra da Itália! Você não está respirando seus ares? Não a ouve? São gritos saindo das pedras, das ruinas antigas, dos mármores devastados.

"São os paganismos romanos, os cortejos suntuosos dos arcontes da Grécia, os procônsules vitoriosos, de quem essa areia conservou a impressão e cujos fastos ela revive às surdas! O odor das flores que coroava os adolescentes morenos, muitos séculos antes do renascimento do mundo, ainda está misturado ao vento que passa, aos eflúvios vindos do mar!...

"Eu te quero...", continuava ele com a voz trêmula, imaterializado por aquelas visões, enaltecido por seu amor. "E terei em meus braços o próprio Adônis; Narciso, úmido e morno com os beijos da fonte onde as ninfas o espiaram; Baco sorrindo para suas faunesas; Ganimedes invejoso do céu; Apolo coroado de orvalho! O que me importa a vida?! O que me importa o mundo?! Os templos em que outrora os pastores depunham suas premissas, os templos em homenagem a Eros se erigiram diante das igrejas...

"Ó meu último desejo, ó minha última aurora: diga que me ama e me dê um beijo!... Um bei..."

Um grito abafado. Axel Ansen, vencido, desabou miseravelmente sobre uma poltrona próxima. Lord Lyllian pediu socorro para a cuidadora, muito preocupado com a palidez do amigo. Este, quase inconsciente, agora dizia palavras sem nexo, agitado por um delírio obscuro. Duas gotas de sangue escorriam das narinas. Beppina chegou.

— *Santa padrona!* Tem que chamar o médico! — exclamava. — Seu coração já não está quase mais batendo. Como é que ele foi se levantar?! Mais uma imprudência... É preciso chamar o médico, e já!

— Fique com ele. Ele precisa de seus cuidados. Onde mora o doutor?

E, seguindo as indicações da camponesa, Renold partiu, de coração dilacerado, e, pela primeira vez, uma imensa piedade o remoía.

☦

Achou o homem e voltou com ele, pelo mesmo caminho que havia seguido, sem nem mesmo perceber. Quase correndo, chegaram ao hotel, subiram as escadas, bateram à porta. Nenhum barulho. E depois, um passo, uma tranca aberta, sombra, silêncio... A imagem crispada de Beppina, pálida de pavor...

— Acabou... Podem entrar...

CAPÍTULO XVI

"A NOITE CAÍA ADIANTE, POR CIMA DAS ALTAS MONTANHAS, E DAS JANELAS SE DESCOBRIA O LAGO INUNDADO DE VAPORES RÓSEOS. TODA A ESCÓCIA ROMÂNTICA E DIVINIZADA PALPITAVA NAQUELE RINCÃO PERDIDO. COM IVANHOÉ e Mary Stuart, o encantamento das tristes princesas trancadas nas torres, dos pastores nômades tocando o berrante de chifre escocês, o perfume das urzes e das águas calmas..."

Com a testa apoiada na janela, Lord Renold Lyllian observava tudo com melancolia, tal qual um túmulo das lembranças, como uma lembrança dos túmulos. Regressara da Itália havia três dias, deixando para trás um passado de tristeza e de luto. Ainda via diante de si o olhar trágico de Beppina, o sinal da cruz, a porta aberta, o buraco escancarado que ela mostrava. Ele se recordava do minuto exato em que as palavras irreparáveis o devastaram: "Acabou... Podem entrar...".

Oh, que coisa mais atroz, o terror fulgurante daquele cadáver que ele acabara de beijar... A coragem sobre-humana, graças à qual ele cruzara o umbral, sem ousar olhar, sem ousar enxergar. E depois, de uma só vez, o próprio medo o fez abrir os olhos...

Na cama, já endurecido, Ansen estava de mãos unidas, os olhos azulados com a expressão contraída, zombeteira e altiva dos mortos. Um barulho de lágrimas, de preces... E pensar que ele tinha amado aquele corpo inerte... E que a mãe do menino estava para chegar... Oh, meu Deus!

Aqui, tudo evocava um outrora doloroso, um outrora sepulto. Era a sua juventude inocente, de quando brincava com os pássaros no parque. O pai, vestido de preto, acariciava-o delicadamente, a mão leve. A mãe, que lhe era quase uma desconhecida, já fora esquecida. As primeiras comoções... Edith Playfair... As brincadeiras de esconde-esconde... Ele ficara sozinho no mundo... O duque de Cardiff... A peça de teatro em Swingmore... Lady Cragson... Harold Skilde... Oh! Como aquele lá ainda vivia dentro daquelas paredes... Os primeiros desejos... As primeiras partidas. E é assim que se desperdiça a vida!

Ele havia regressado a Lyllian Castle, mas, oh, como estrangeiro, com uma nova alma, ou melhor, sem alma, tendo, no caminho, deixado a sua, desorientada, aos farrapos, *blasé* perante a existência, e já sem acreditar nela.

E pensar que ele tremera de entusiasmo e que a terra lhe parecera pequena demais para conter aquilo que ele gostaria de amar...! Estava de volta a Lyllian Castle...

Encontrou o mesmo castelo de sempre, suntuoso e triste, que se refletia no mesmo lago imóvel... Sua terra não mudara, as florestas se mantiveram iguais, o horizonte onde agora o sol se extinguia continuava a esmaecer sua linha azul sobre as nuvens; sua terra não mudara e, ainda assim, não era mais a mesma!

Além do mais, Renold se sentia pouco à vontade em meio àquela natureza rústica e imponente, àquela terra de grandiosidade selvagem. Seus ancestrais o esmagavam. Ele não estava mais no mesmo nível que eles. Havia o vago sentimento de que as coisas desprezavam aquele herdeiro doentio e neurótico, que nada acrescentava à glória do nome. E, no entanto...

Lord Lyllian se virou bruscamente. Na galeria superior de carvalho antigo, ele encarava os retratos dos avoengos que, dentro de todas aquelas molduras iguais, pareciam amaldiçoá-lo. Clarões da hora suprema iluminavam o cômodo.

Os Avoengos! Um fremido o atravessou na medida em que ele os reconhecia. Sabia de seus feitos pelas lembranças contadas pela mãe, nas noites de vigília, quando ela o punha para dormir sobre os joelhos.

Este aqui, o fundador, de quem se tinha apenas o primitivo busto de pedra, viera da Noruega com outros piratas. Gostara do lugar e ali ficara. Era possível ler o desejo de conquista, de batalha e de lucro, grosseiramente esculpido sobre os lábios inertes, sobre os olhos sem pupilas. Ele deve ter sido um bárbaro feroz e sanguinário, corsário dos mares, violador de templos e de igrejas, saqueador dos náufragos. Antes de morrer, fizera-se cristão; o rei da Escócia lhe dera terras e cães; e agora, ele era a cabeça de uma ilustre linhagem, idealizada no decorrer dos séculos.

Esse outro, duzentos anos mais tarde, combatera na Guerra Franco-Flamenga. Mais à frente, aquele lá, representado como um gigante pisando nos pés de minúsculos inimigos... Guerreara em Crécy. Os brasões eram carregados, sempre tão belos, sempre tão altivos... Aquele outro, ainda mais magro e de olhar mais cruel, deve ter escarnecido Warwick e portado a rosa rubra; e mais à frente, John Henry, o décimo de seu nome. Jovem como um anjo, belo como um demônio, a cabeça empinada e fina sobre a gola de tufos historiada, com duas pérolas penduradas na orelha como gotas de amor, ele era o favorito da grande rainha, o queridinho de Elizabeth.

E aquele lá, esbelto fidalgo de veludo com uma grande gola branca de *point d'Espagne*, toda feita de plissados e rendas?

Oh, o ar deliciosamente enlanguescido de suas pupilas azuis, do mesmo azul da Jarreteira[1] que brilha em seu joelho... O grande caçador de montaria do bom rei Charles, o bom rei de Holyrood, o decapitado de White Hall. Logo ao seu lado, o filho, nascido na França, na corte dos Stuart, do cavaleiro de São Jorge. Como se parece com Buckingham, insolente e charmoso!

Em seguida, eis o grande Lord Archibald Renold, aquele que comandava os Highlanders em Fontenoy. E, abaixo da peruca branca, os olhos reluzem, galantes e altivos. Os avoengos se aproximam, a raça se reconhece. E Renold distingue, na sombra que cresce sem cessar, a silhueta heroica e obstinada do almirante Lord, seu trisavô, o melhor tenente do imortal Nelson; a silhueta daquele outro soldado, que viu o fogo pela primeira vez combatendo em Waterloo e morreu por volta de 1840,

---

[1] Uma das insígnias da Ordem da Jarreteira, fundada por Eduardo III em 1348, é a jarreteira azul.

tendo servido a Jorge IV, Wellington, Castlereagh e Blücher; e eis agora seu avô, que, ainda menino, assistira à coroação da rainha, da pequena Victoria dos olhos límpidos e do sorriso ingênuo.

As molduras de carvalho apertavam-se umas contra as outras. Na última delas, o pai aparecia vestindo roupas de caça, um chicote na mão, apreensivo e desdenhoso. Era bem a expressão que Renold reconhecera quando se sentara à sua frente na sala de jantar, iluminada por clarões espaçados que tornavam as penumbras mais misteriosas e mais solenes. Na sequência do quadro do pai, outros espaços haviam sido reservados e mostravam seus painéis vazios, sua madeira lustrosa.

Renold vagueava...

Ele também, ele também faria crescer o número dos avoengos, sobreviveria para as gerações futuras com um sorriso eterno e dominador. Com uma conta, alongaria aquele rosário de lembrança e de orgulho. Depois dele, altas linhagens continuariam a preencher aquela sala com nobreza, com vitória...

Um gemido o fez estremecer. Era o vento nas árvores, o lamento da noite próxima? Sabe-se lá o que chorou, algo que parecia a própria alma da velha casa. Rodeado de fantasmas e de passado, como que atolado na glória, na glória puritana daquela antiga Escócia da qual era filho, sentiu um frisson lhe atravessar o cérebro. Será que aqueles grandes mortos a meditar no antigo castelo, severos, realmente gemeram com suas vozes vindas do sepulcro? Teriam eles despertado de seu sono secular para chorar o fim de sua raça, para maldizer seu último filho?

E, num relâmpago de consciência, Lord Renold Lyllian revisitou com desprezo o que vivera e pensou no que deveria ter vivido. Um remorso após o outro. Nenhum pensamento consolador, nenhuma boa ação, nenhuma alegria inocente fizera sua alma repleta de pesar florescer: a lição dos ancestrais... A cólera dos avoengos...!

Ora, trouxera ele vitórias, assim como eles haviam feito? O penacho de seu chapéu deixaria traços na história...?

Não. Renegavam-no assim como esse solo o renegaria, esse solo no qual ele viera ao mundo, no qual vivera a infância e a adolescência até a idade adulta. Que sortilégios, que venenos secretos poderiam ter conquistado seu coração de antigamente? Oh, que infortúnio! Não ter mais um lugar onde amar, onde dormir, onde morrer! Doravante vagabundo, ele estaria condenado a percorrer o mundo, sem lar, sem repouso. Ele gostaria de ter desatado a terra, de tê-la desafiado por meio de sua juventude, de sua beleza, de sua estirpe, de seu dinheiro, de seu sorriso! A terra se vingava; ele fora egoísta, mentiroso, lascivo, insolente e frouxo... Os ancestrais o julgaram, os ancestrais o estavam expulsando...

Então, Renold, Lord Lyllian, tragicamente compreendeu que esse era o início de sua expiação... Lágrimas lhe vieram aos olhos, lágrimas de remorsos e de arrependimentos, lágrimas amargas de todo o mal que ele fizera, de todo o bem que desperdiçara, de todo o tempo que perdera...

E, curvando a testa diante dos retratos silenciosos e rígidos, o rapaz murmurou:

— Perdão...!

CAPÍTULO

XVII

— AQUELE CASAL LÁ NÃO É NADA MAU! ELES SÃO MUITO AMBÍGUOS... — DIZIA RENOLD COM UM SORRISO. — QUAL DOS DOIS SUSTENTA O OUTRO?
— FIQUE QUIETO, POR FAVOR, MEU CARO, O SENHOR É DE MATAR! SE ESTÁ FALANDO

alto para que eles olhem para você, está perdendo seu tempo. Esqueceu que estamos no Larue, com suas pompas e entradas? — replicou o príncipe Skotieff. — Que vinho chinfrim vamos tomar?

— Um Saint-Marceaux qualquer...

Do lugar em que estava, Renold desvendava a sala brilhosa do restaurante e continuava a observar os dois recém-chegados. Um deles, magro e esguio, não devia ter mais de vinte e dois anos, parecia de perfil uma mistura de Polichinelo com filhote de águia,[1] o último de sua raça, não continha direito seus movimentos epilépticos e fazia gestos de fantoche mal manejado, vestia um sobretudo do tipo Reichstadt, cuja gola alta de veludo embainhava sua cabeça angulosa, calça justa demais e sapatos descomedidos, procurando — ou fingindo procurar — uma mesa.

Na verdade, ele não tirava os olhos dos ciganos, entre os quais estava um jovem rabequista que se contorcia de modo inquietante para princesas imaginárias ou pretensos grão-duques. Seu companheiro, mais jovem, com seus quinze anos, abestalhado com aquelas luzes ou com os olhares que se voltavam para ele, havia se refugiado bem perto da porta, escondendo como podia seu rosto digno de aluguel.

— Afinal, o que o senhor tanto olha nesses infelizes? — arriscou Skotieff, animado. — Meu caro lorde, eles vieram até aqui para caçar depois da música... Não

---

[1] No original, lê-se *aiglon*, em referência à peça *L'Aiglon* (1900), de Edmond Rostand (1868-1918), estrelada por Sarah Bernhardt (vide nota 7, cap. I) no papel masculino do protagonista, inspirado no filho de Napoleão I, também conhecido como duque de Reichstadt. A vestimenta de mesmo nome será, inclusive, mencionada em seguida. Além disso, *aiglon* significa "filhote de águia" e, na gíria de ladrões da época, significa "aprendiz de ladrão".

merecem o senhor e, além do mais, não fazem nada de extraordinário.

— Ah, é... Eles estão escolhendo um amante. É que acho que estou reconhecendo esses dois. Calma, já sei. O senhor se lembra do baile Wagram?[2] Na última terça-feira gorda?

— Não, nunca estive lá... Deve ser mais um desses lindos lugares aonde o senhor me levaria? Uma festa de família, na qual eu encontraria todos os seus empregados domésticos...?

— Uma maravilha, meu caro... Mas, olhe só, *by Jove*: estão indo embora...

— E sem gorjeta.

— Que peste você se tornou, meu caro! Voltemos à nossa história. O senhor se lembra da carta que lhe escrevi há dois meses? Eu estava passando por uma crise digna do prêmio Montyon[3] e vivia como santo-ermitão. Foi o castelo de meus ancestrais que havia causado em mim uma revolução desse tipo, com aqueles vovozinhos trêmulos a me julgar do alto de suas molduras; sozinho lá dentro, não senti orgulho nenhum. Eu estava sendo sufocado pelos rancores. Um santo-ermitão, em suma. Ao cabo de quinze dias, já não aguentava mais; por mais que eles parecessem irados, já não era o seu passado glorioso que me assombrava, e sim a minha própria juventude, com seus desejos e suas agruras, que também se revelava entre aquelas paredes.

---

2   A Salle Wagram, muito frequentada por homossexuais na virada dos séculos xix e xx, surgiu como *guinguette*, local onde aconteciam festas populares a céu aberto.

3   O prêmio Montyon era criticado em razão dos critérios moralistas adotados, segundo os quais se privilegiava a representação de bons costumes em detrimento da qualidade literária dos concorrentes.

"Para afugentar essas evocações, corroído por não sei qual vontade, uma bela manhã, eu fecho minhas malas e zás!, desembarco em Paris com a rapidez do vento, em meados de fevereiro. Dois dias depois, alugo este apartamento na Avenida Iéna. Eu o mobilio, bocejo e me entedio.

"Foi quando encontrei o Chignon, que o senhor conhece, aquele artista borra-tintas, da Sicília... Mas um Chignon bem de vida, imponente, novo rico, acomodado. Usava um chapéu novo e violetas na lapela. Ele me contou sobre seus sucessos. Um quadro exposto o havia tornado famoso... Uma natureza morta, príncipe, já ouviu falar dela? Peixes e caçarolas. Uma mão daquelas, que escândalo!, parecia a pintura de efeito da lua que ele dedicou a Jean d'Alsace.

"Como que por acaso, nosso obra-primista estava com muita fome naquela noite, era hora do jantar. De costume, e apesar de seu chapéu novo, ele aceitou a costeleta que ofereci. Fomos ao *Queue de bœuf*,[4] um restaurante de dois francos na Passagem Des Panoramas,[5] frequentado por... Como é que vocês chamam mesmo?... Por todos os veados do bairro. Chegou uma conta de um luís de ouro, e eu disse a Chignon: 'E agora, meu querido, desentedie-me... O que vamos fazer?'."

"'Hoje à noite, o senhor vai dormir, *my lord*, e amanhã, de cabeça fresca e bem-disposto, vou preparar para o senhor uma noite soberba, uma terça-feira gorda única.'

"'Mas você é um estrago! Deixou de ser um garfo de honra; é uma despensa inteira.'

---

4   "Rabada", em francês. Além de "rabo", *queue* significa também "pênis", em um registro informal.

5   Passagem luxuosamente decorada, que existe até hoje, era outro ponto de encontro frequentado por homossexuais.

"'O senhor me faz pagar um pouco caro por um boteco...'

"'Sem mágoas. Vamos conferir o programa de amanhã de qualquer forma.'

"'Jantar onde o senhor quiser. Durante o dia, o senhor está liberado, *my lord*. Não sei como consegue lidar com esse bando fedorento, com essas máscaras patéticas, com esses confetes sujos. Um cheiro de ranço e de fogão: *Populus Rex*, não é? Jantar, então, onde o senhor bem entender!'

"'Certo.'

"'Por volta das onze, vamos mascarados ao baile Wagram. Garanto-lhe muita diversão ali, e levaremos toda Capri junto. Depois, cearemos no *Queue*, se o senhor quiser. Será maravilhoso. Vá munido de um revólver. E seu nome sairá em nota nas páginas da prefeitura.'

"'Combinado. Até amanhã. Venha à Avenida d'Iéna por volta das oito. E, pela primeira vez desde minha chegada a Paris, vou dormir com as galinhas.'

"No dia seguinte, encontro o meu Chignon, honrando o combinado. Jantamos qualquer coisa em um lugar qualquer. O Chignon, de *grand seigneur*, havia alugado uma fantasia.

"'Vão lhe cobrar extra por cada chope pedido', insinuei. Seus binóculos chegaram a tremer com essa ideia. Após uma volta até o jóquei onde, durante o dia, eu havia fugido de fininho do Lord Elphinstone e no duque de Austerlitz, nós nos dirigimos para a avenida de Wagram, até a área externa do baile popular, cuja porta iluminada a gás respingava na noite com violência. Estávamos de máscara. Uma fileira de jovens facínoras e cafetinas observava quem chegava e saudava o grande número de veículos majestosos que, aliás, eram abertos muito discretamente.

"Penetramos no recinto depois de termos pagado vinte tostões de ingresso. O corredor de entrada se assemelhava ao de uma casa de banhos falida, e, de cara, nossos companheiros de infortúnio não me causaram emoção. À nossa frente, um soldado pulava entre duas criadas, ao passo que um banco de cafetões, aos risos, espreitava a onda de gente como tubarões.

"Porém, quando desembocamos no salão de baile, ó meu Príncipe, a coisa foi bem diferente! Os cochichos apodrecidos de velhos senhores à espreita de suas presas anunciaram nossa entrada, e fomos parar no meio de um bando de gente maquiada e de rosto barbeado; uns moleques pálidos e uns lacaios bizarros nos encaravam como quem se oferece. Jovens mascates mortos de fome, biscates aposentadas dos negócios e exumadas especialmente para aquela noite; era um conjunto macabro e grotesco, desleixado e feroz, uma Sodoma transportada ao necrotério.

"Demos uma ou duas voltas pelo salão. Cá e lá, como que por encantamento, reconheci um monte de gente conhecida: magistrados, diplomatas, funcionários públicos haviam ido até lá, àquele completo esgoto, para representar a República com dignidade. Eles se esfregavam voluptuosamente na ralé. E, sob o olhar paterno da Guarda Municipal, gestos como aqueles nos afrescos de Pompeia, acenos *a posteriori*, massagens amorosas. Em um canto, o senhor de Latrouille, juiz de instrução que se tornou especialista em casos de moral e bons costumes (Skotieff, o senhor bem sabe como ele nos cobrou caro para abafar casos, não é mesmo?); o senhor de Latrouille, como eu estava dizendo, entregava a sua nobreza de toga aos amplexos de um pajem adiposo, que faria o tipo de Luís XIII. Um modo e tanto de evocar seus avoengos, não é? Além disso, que diabos... Um leito de justiça...![6] Eu filosofava sobre isso quando, após ter cruzado com o

---

6   No original, o autor faz um jogo de palavras com a expressão *lit de justice* (a ação da justiça real como fonte e origem de qualquer outra ação judicial) e a ideia de "leito" ou "cama" (*lit*).

duque de Lormar, cuja mãe era mesmo Mary Stuart, encontrei aqueles dois efebos que vimos na noite anterior."

— Um pouco desse franguinho... Bonito, esse seu lugar!

— Obrigado, como um banho de mar! Então, eu me lembro de ter visto precisamente os dois. Estavam sendo seguidos por americanos glabros atrás deles, tocando a alvorada de Diana.

— Mas o futuro só lhes reserva Mercúrio![7]

— Caviar, o senhor é mesmo ruço! Perdi os rapazes de vista, no minuto seguinte, aliás, e só os fui encontrar de novo na hora da ceia.

— Uma rabada no *Queue*, como o senhor costuma dizer?

— Sim, e na hora dos pombinhos. Chignon e eu saímos um tanto quanto enojados do baile. Não passava de uma hora da madrugada. E descemos a Champs-Élysées e os Bulevares a pé.

"Mas ao chegarmos no restaurante, estava quase lotado. Pegamos uma mesa num canto. À primeira olhadela, reconheci os meus dois mancebos com seus *yankees*. Definitivamente, eles haviam mordido a isca. Ocupavam uma mesa bastante grande na frente do balcão, sobre a qual, por neronismo, haviam espalhado violetas.

"O champanhe já borbulhava, uma soda horrível de dar ânsia! Esses senhores, muito alegres, transmitiam uns aos outros sinais de interesse por baixo da toalha de mesa. Os jovens latrocidas vistos antes e outros inválidos inquietantes do ramo foram ocupando outras mesas. O dono do restaurante, sorrindo com sua cara de Henrique IV, chamava cada um deles com um tom de intimidade. Antigamente, ele fora pago em serviços por muitos, e subsistia um trato cordial entre eles. Estávamos fazendo o pedido de nossa ceia problemática quando o juiz

---

7   O mercúrio era utilizado para tratamento de doenças venéreas.

Latrouille entrou um pouco incomodado, seguido por um bando de gente que não era nem peixe, nem carne, que os policiais controlavam.

"Ele estava com uma mocinha loira e magra, olhões límpidos e pensativos. Um véu de seda escondia a parte inferior do rosto. Não sei que perfume da Ásia, estranho e capitoso, emanava dela. Ela não ficou com Latrouille e veio se sentar em um lugar vazio perto dos dois compadres e seus americanos.

"A sala hiperlotada logo se animou sob influência da orgia. Era uma orgia? Henrique IV[8] tinha um pepino. Latrouille observava com indulgência.

"No ar hiperaquecido, que as estrias do tabaco obscureciam mais ainda, as gargalhadas se fundiam, gargalhadas estranhas e esganiçadas como as dos loucos e dos moribundos. Lançavam-se flores de mesa em mesa, misturadas a confetes e taças de champanhe. Eram afetações pueris, ridículas, em sua maioria, para as quais a juventude não servia como desculpa.

"De súbito, um dos mais embriagados se levantou, suado, avermelhado, os cabelos compridos demais varriam-lhe o rosto, o rosto sebento no qual a maquiagem degringolava. Com uma voz atroz, rouca como a das meretrizes de esquina, entoou duas ou três estrofes de uma canção infame. O salão o acompanhava, cantando o refrão em coro. Alguns deles, com toscos diademas coroando as cabeças, pareciam vitelos a caminho do matadouro.

"Uma mulher, talvez a única do lugar, foi embora de tanta raiva e vergonha diante da concorrência, sem ter conseguido encontrar um aperitivo.

"Ela batia as portas, gritava, colérica: '*Oh là là*, que vadias, esses homens!'.

"Em nossa mesa, porém, Chignon se regozijava.

"'Ai, que desgraça! Está vendo, príncipe, há reali-

---

[8] Predecessor de Luís XIII, anteriormente mencionado, a quem se atribuiu o gosto pelo "pajem adiposo".

"'Ai, que desgraça! Está vendo, príncipe, há realidades que matam todos os sonhos, não somente aqueles que tivemos e que dormem, tranquilamente sepultos em um passado misterioso; mas há, ainda, aqueles do futuro, os sonhos para depois; isso sim é terrível, isso quebra, isso acaba com a gente.' E naquela noite, acabou mesmo com a gente.

"Do nada, de um canto quase escuro e até então silencioso, onde a loirinha — a mulherzinha do honesto juiz —, perturbadora e velada, tinha se refugiado, um murmúrio irrompeu, seguido de dois tapas. Pulei da cadeira, esquecendo toda a compostura, para ver o que estava acontecendo. Lá, pálido e frouxo, com um sofrimento no olhar que eu não saberia explicar, havia um homem de cabelos já grisalhos. Suplicante, com marcas de tapas nas bochechas, ele ficou em pé, de frente para a mulher ingênua, que sorria com desdém. Dois marginais de regata e cinto vermelho debochavam erguendo os punhos e tinham a boca suja...:

"'Vô te *mandá* de volta *pro* seu lugar, sua maricona de merda! *Cê* vai *vazá* daqui ou não?'

"Mas o outro ficou lá, imóvel, sufocado, perdido, miserável! Seu silêncio impressionava. De repente, um dos marginais se jogou antes que alguém pudesse detê-lo, derrubando a mesa e os pratos. Ficou cara a cara com o infeliz, que estremecia. Agarrou-o pelos ombros, deu-lhe uma bela chacoalhada e o fez rolar no chão com um pontapé. Clamores, protestos, injúrias; a sala se divide, os clãs se formam — armas. Entre duas garrafas, o dono do restaurante, apavorado, gagueja a história: 'A mulherzinha rosada é um rapazinho patife. O velho é um ex do passado, que veio implorar, querendo fazer as pazes, mas sem pagar o suficiente para os protetores oficiais. Daí a briga...'.

"Fui embora, deixando ali meu caro Chignon, bem quando as pessoas, ao ouvirem um grito, acorreram ao velho, que acabou por levar uma facada no peito..."

to! — afirmou então o príncipe, muito exaltado. Em seguida, ele disse, pensativo: — Mas como o senhor consegue frequentar essa crápula, Lyllian, logo o senhor, nada vulgar, nada ralé, que ressuscitou os saltos vermelhos...[9]

— Uma penitência, meu caro, que o senhor merece! Essas reprovações! Ora, faça um exame de consciência. Francamente, diga-me se o senhor também não estaria lá, no meio dessa turba...

"Quiçá a sua hipocrisia tenha razão e o seu teatro seja belo, de fato! Mas onde entra a vida? A vida! Quem a quiser esplêndida tem de queimar etapas. Ver tudo e conhecer tudo! A escuridão e a luz, a podridão e a saúde! Mas, meu príncipe, o que seria de uma cidade sem suas cloacas, de um palácio sem suas masmorras? Há quem cante hinos para a natureza enganadora, para a humanidade mentirosa, para a saúde que morre... Quanto a mim, quero ser o filho das valas comuns e dos cemitérios, dos hospitais e das prisões, o dissecador das larvas, o analista das úlceras..."

Lyllian se excitava e agora estava começando a levantar a voz, para o escândalo da moça do caixa, que, como não era de costume do Larue, tinha se esquecido de arredondar para cima o valor da nota.

Lá longe, perdidos nas irradiações e na fumaça, os ciganos continuavam com sua valsa lenta e triste, capaz de fazer chorar. Mulheres passavam de mesa em mesa, friorentas e perfumadas, os ombros nus, rosados sob a luz...

— Para quê? — recomeçava o príncipe... — Para quê essas visitas ao esgoto?

E conforme a música ia cessando, no silêncio, dolorosamente, murmurou Lord Lyllian:

— Os esgotos também dão uma febre!

---

9 Os *talons rouges* ("saltos vermelhos") eram símbolos da alta nobreza no século XVIII.

CAPÍTULO
XVIII

— O SATANISMO...? — PROSSEGUIU CHIGNON. — CLARO QUE ELE EXISTE, MEU CARO LORDE, É O CULTO AO PRÓPRIO EU. E SE, POR OBSÉQUIO, FOR MESMO EVOCAR MAURICE BARRÈS, NÃO RIA, POR FAVOR. NÃO ESTOU falando da documentação pedante de um Huysmans, que serve, quando muito, para velhas senhoras espíritas ou para curas que largaram a batina. Nem estou me referindo tanto ao vício, à maneira do querido d'Alsace, que ainda vai acabar escrevendo memórias de comissários de polícia. Eu me atenho à definição segundo a qual cada um pode verificar através de um simples exame de consciência. Satã é o homem face a face com Deus. Satã é a nossa natureza, Satã é a nossa volúpia, Satã é o nosso instinto. Por isso, Satã não é tão malvado assim, no fim das contas! A prova, meu caro lorde, é que basta fazer, ao pé da letra, aquilo que bem entendermos para nos tornarmos os maiores criminosos do mundo, de acordo com os dizeres do Evangelho.

"Como se explica que o ideal, que o senso da virtude seja tão manifestamente contrário às nossas aspirações vitais...? Nada sei a esse respeito e confesso que não entendo de religiões nem de dogmas. Por que, em virtude de um pretexto ou de um preconceito, nos querem transcriar, opor a mente ao corpo por sabe-se lá qual vaidade de dominação? Kant tinha um termo muito certeiro para isso: quando via um homem praticar o ascetismo interior, murmurava '*Übermensch*', mas sem ousar prová-lo.

"Creia-me, quer seja o deus do amor, quer seja o deus da ira, quer seja o deus da contemplação: até hoje, todos os dogmas e todas as filosofias quiseram, enganando-nos, exaltar a destruição da raça pela destruição do instinto. Veja Cristo. Seu gesto é um sacrifício. Sua prece, um sofrimento. Pense nos mártires e nos fanáticos. A existência é um fardo pesado que devemos tornar passageiro. A morte se transforma em libertação, quase em êxtase; e o que há além disso? Quimeras! É por essas quimeras que a Terra é menosprezada.

"Veja, por exemplo, Moloque, Jeová, Alá ou qualquer outro tirano do temor. Como se tem medo, é algo um pouco mais humano. Mas, mesmo aqui, a divindade reprova a alegria de viver, essa mãe de todas as sensualidades da imaginação. O Paraíso se abre para aqueles que se deixam esmagar mais rápido.

"Enfim, chega Buda, preconizando a passividade. Em mim, Buda faz bater uma preguiça... Porém, a vida segue tranquila, de fato, ainda que desprovida de gozos e de prazeres, sem que se deseje encurtá-la.

"Portanto, está aí o que o mundo aceita.

"Bando de imbecis!

"Hipócritas demais para admitir a contradição gritante entre seus deveres e seus desejos, ignorantes demais para compreender que nem o mais artificial dos homens, nem o mais intelectual dos ascetas algum dia conseguirá dar sumiço nessa contradição; eles oscilam na sombra e na vergonha, entre o céu e o túmulo.

"Por mais que os pássaros cantem no azul do céu, eles não escutam suas vozes. O bálsamo das planícies e o farfalhar da folhagem... Eles não verão com um olhar aplacado essa planície exalar seus bálsamos, nem esses galhos suaves farfalharem. Mesmo se uma moça ou um lindo rapaz risonho lhes cruzar o caminho e se eles entreverem novas volúpias, não ousarão gritar 'aleluia' do fundo do coração! Eu vos digo, em verdade, meu caro lorde. Por mais que eu possa parecer um horrendo materialista, não há lei neste mundo para o homem a não ser seu livre-arbítrio, natural e carnal; e não há nada de superior a não ser o instinto."

— Opa! Pode parar, seu anarquista do baixo ventre! Que o senhor condene essa guerra do cérebro contra o estômago, que o senhor deboche dessa gente que, passando por cima de todas as suas necessidades vitais, jejua para agradar a um livro de missa, ou a um livro de moral, vá lá, posso até aceitar. Agora, que o senhor passe de um extremo ao outro, catequizando o único reino do instinto e da herança, sem deixar à mente o cuidado de controlar e coordenar as aspirações de nosso corpo, daí já é demais; eu protesto... O velho ditado, tão caro a todos os presidentes de comissões distribuidoras de prêmios, permanece verdadeiro, por mais que seja uma lenga-lenga: *Mens sana in...* E o senhor já sabe o resto; eis o meio-termo, o equilíbrio que, através de sua igualdade, nos torna superiores aos animais. Uma sensação é algo bom. Um sentimento, melhor ainda.

— Concordo. Mas o senhor poderia me falar o que quer dizer com "igualdade"? Em sua comparação, o senhor supõe que os dois pratos da balança estejam nivelados. A igualdade demanda perfeição, meu caro, e a perfeição é sobre-humana. E daí? E daí, oh meu Deus, que eu compreendo o resultado. Um dos pratos necessariamente cede, e nós chegamos ao ponto em que temos de escolher entre a matéria e a ideia, entre a realidade e a quimera, entre o que existe e o que deveria ser.

"Pois bem, sob o risco de ir na contramão de todo esse sentimentalismo falso, orgulhoso e tolo que nos mostra a ideia como sendo a única capaz de reviver os anjos decaídos dentro de nós, eu me pronuncio, com vigor e com sinceridade, em nome do homem enquanto animal vivo, cujo único guia deve ser a natureza."

— Então, se a sua cerebralidade lhe incomoda, elimine-a.

— Perfeitamente. Eu jamais titubeio entre um gênio raquítico e um imbecil saudável. Pressupondo até mesmo uma inteligência superior em um revestimento bem constituído, isso não ultrapassaria uma geração. Afinal, obteríamos valetudinários, irrequietos, degenerados, loucos. Logo, não presta para a raça. Costumo comparar o cérebro a uma lâmpada, com mechas profundas encharcando-se em nossos órgãos e em nosso sangue: conforme a lâmpada queimar com maior intensidade, ela consumirá ainda mais rápido as reservas dentro de nós. Sim, meu caro lorde, o pensamento é contrário à vida!

— No entanto, o pensamento diviniza a vida, e é graças a ele que não se vive apenas para comer, beber e dormir. Ele também consola e ajuda, como irmão do sofrimento, a suportar a luta na Terra. Quem de nós nunca viveu uma noite daquelas em que a tristeza se avulta em nossa alma, tão grande a ponto de termos a impressão de jamais ter conhecido a esperança? Quem nunca despertou pela manhã com lágrimas nos olhos, após uma lembrança, ou mesmo após um sonho? Lembre-se de quanto a voz dos grandes poetas, a resignação dos filósofos ou as promessas dos teólogos fazem esquecer essas dores, essas tormentas....

— Mas quem revelou ao senhor essas dores e essas tormentas? Quem lhe disse: "Vives, logo sofres"? Quem nos conscientizou da tristeza...? O pensamento! Ah, meu caro, às vezes calha de eu sentir saudades da época em que nossos ancestrais primitivos e incultos não sabiam nada. De um lado, a ignorância, do outro, o sol. Aquela sim foi a Idade do Ouro, os embrutecidos que são magníficos!

"E isso é tão verdadeiro que, se nos transportarmos para os dias de hoje, desde a obrigatoriedade da educação, os povos só ganharam com as escolas uma recrudescência da miséria e do descontentamento. O que importa o progresso se ele nos desmoraliza? Abaixo essa ideia que nos corrompe e nos trai; dessa maneira, o senhor cortará os males e os crimes do mundo pela metade. Abaixo a ideia que faz de nós seres complicados, invejosos e responsáveis. Enxote-a para o desconhecido do qual ela nasceu, para dentro do mistério que ela tem a pretensão de desvelar, e depois, coloque à frente desse fantasma a besta sadia, vigorosa, satisfeita e ingênua: que bela besta é a besta humana!"

— Talvez...

— Em todo caso, bem se vê a que ponto o satanismo nos leva. Para essas viúvas segurando rosários, Satã não é outra coisa senão o primeiro senhor posto porta afora do Paraíso. Já para outros, Satã são os homens como o senhor e eu, encarnados por Príapo, mas se essa qualificação lhe desagrada, o senhor ainda pode ser um entendido que considera o diabo um canalha.

— Meu caro, o senhor está parodiando Schopenhauer e Darwin. O satanismo reduz, como o senhor vinha anunciando há pouco, ao culto material do eu...? Caí do cavalo! Eu teria preferido que o senhor evocasse as barracas românticas, no fundo das quais os alquimistas, desanimados com a pedra filosofal, se divertiam grelhando sapos e crianças mortas nas fornalhas. Crocodilos empalhados, retortas, velhos judeus de óculos, teias de aranha e tratados de Nicolas Flamel, encantamentos, noites sem lua, bruxas e cabos de vassoura... Além de um provável sucesso de bilheteria no teatro Corah Vieillard, o senhor poderia contar com o meu aplauso no final.

☦

Assim eles proseavam. O dia baixava rápido. No *fumoir* repleto de palmeiras flexíveis e de flores, Chignon quase não escutava mais. Meio derrubado no sofá sedoso, no qual Lord Lyllian se satisfazia conquistando suas vítimas, ele assistia voluptuosamente à sombra envolvendo o cômodo. Barulhos abafados de carros e gritos de vendedores de jornal chegavam da avenida d'Iéna até ali.

Lyllian, também surpreso pela contemplação íntima do horário, havia se calado. Pastilhas aromáticas queimavam devagar dentro de um vaso.

— Se o senhor concordar — retomou o pintor —, a gente poderia ressuscitar aqui mesmo, com aparato de pompa, a mais perturbadora das heresias. Uma trégua nos raciocínios, nas digressões ocultas, meu querido lorde. Falando em satanismo, o senhor pensava nas missas negras. Por que não celebrá-las?

— Porque tanto eu como o senhor as consideramos uma piada. Inclusive, desde então, temos dito blasfêmias a respeito delas. Sim, eu vejo o senhor sorrir, como quem diz: "Que ousadia!". Saiba, meu querido, que essas práticas merecem ser consideradas. Outros, diferentes de nós, se queimaram nelas. E que seja Enguerrando de

Marigny com seus templários, Huss com seus apóstatas, ou Madame de Montespan com seus regicidas; são nossos ancestrais e condenados. A missa negra, pense nisso! Não se trata apenas de uma mixórdia de heresias; é um símbolo. Ela representa a revolta contra o Deus da vida e a adoração ao Deus da morte. Ela celebra um feitiço fúnebre e selvagem, é a exaltação do túmulo! Sobre o corpo juvenil e maleável que representa a volúpia transitória, o padre entrevê a mordida das larvas e a vegetação mofada do caixão. A missa negra não tem como único propósito o anátema. Ela não se perpetua tendo em vista o único sacrilégio, a vingança contra o céu, o ódio contra um rito ou até mesmo um Deus. Eu a vejo tal qual a glorificação ardente, feroz, passional do cadáver...

"Apesar de não ter vivido muito, estou fatigado de viver e, assim como em certas lagoas se encontram mornos escombros flutuando ao sabor da maré, tenho a impressão de que minha própria alma, certas noites, se deixa levar dessa maneira, à deriva magnífica da Morte...

"É por isso que a exaltação da agonia me atrai e me entorpece; é por isso que eu não gostaria de ser iniciado em seu culto sem estar convencido... Além do quê, nós precisaríamos de um padre..."

Um breve toque da campainha interrompeu o rapaz. Passados alguns instantes, o doméstico apareceu, com olhar desconfiado, e murmurou um nome ao ouvido de Renold.

— Em todo caso — exclamou este com um sorriso, enquanto no saguão se ouvia um barulho de vozes claras de alunos de férias —, na falta de um vigário, o senhor vai ver meus coroinhas!...

CAPÍTULO XIX

— EI, MEU PREZADO SCAPIN, NATA DOS MORDOMOS E DOS AMIGOS, O QUE ACHOU DOS MEUS "OFÍCIOS MARIANOS"? PRINCIPALMENTE DAQUELE ANDRÉ LAZESKI, O POLONESINHO DE DEZESSETE ANOS, DE LINDOS OLHOS DE ÁGUAS CLARAS, já poeta e já *blasé*?

"Bastante avançados para a idade deles, hein?, com aqueles olhos de bebê e aquelas olheiras precoces. Reservam para o senhor cabelos prateados e tezes diáfanas, narizinhos arrebitados e bocas carnudas como as dos anjos tocando trombetas na casa de Deus Pai! Um pouco de champanhe?"

Eles haviam retornado ali para jantar, em cinco ou seis, antes de ir para o baile: Lord Lyllian, o príncipe Skotieff, Guy de Payen e Claude Shrimpton à cabeceira da mesa, naquele botequim de beatas lembranças, a dois francos o jantar. Três meses antes, fora ali que a ceia da terça-feira gorda havia sido realizada. E, desde então, poucos acontecimentos, exceto algumas batidas da polícia.

Esta noite, no entanto, tudo estava correndo tranquilamente. A não ser dois indivíduos suspeitos farejando a onda que estava por vir, glabros como abóboras, os vendedores de enxovais e velhos suboficiais sem tabacaria compunham a clientela ordinária, que olhava passivamente para a mesa presidida por Renold.

— No fundo, o que o senhor está fazendo é muito imprudente, principalmente o que o senhor me manda fazer — sussurrou pela socapa o diplomata Maurice Charlu, fundador da Creche na Quai d'Orsay. — Reuniões de crianças de treze anos! — prosseguiu como um navio-costeiro de códigos. — Eu prefiro meu camareiro...

— O senhor é aferrado ao *foreign office* — como se diz no meu país —, ripostou Lyllian, amarfanhando violetas... — O senhor talvez esteja ligado à cantina, simplesmente... Não hei de esquecê-lo, meu belo *sire*. Mas eu não me importo com a opinião pública e, sem carregar peso algum na consciência, deixo meu porteiro resmungar e autorizo o senhor a me dar conselhos. Prefiro dar um beijo a dar uma gorjeta... Aliás, um beijo? Não chega a ser isso... Chignon cruzou com a minha classe de alunos. Interroguem-no. É ele quem mantém a prefeitura informada.

"Vícios, com esses moleques? Será que sou tão velho assim para que esse tipo de coisa me atraia?

"Iniciação? Deixe os magistrados cinquentões cumprirem esse papel. Sofri demais com as lições que me deram para que, por minha vez, fosse eu a explaná-las.

"Caprichos, então? Talvez sim, talvez ainda não. Digamos que, entre um meio onde sou apenas um meninão que se diverte e uma assembleia, quer de velhas damas, quer de contemporâneos esnobes e tolos, na qual sou apenas um menininho entediado, escolho a primeira opção. Tenho vinte anos. Estou mais perto dos treze que dos quarenta. E, se o frescor nas impressões de alguns me agrada mais que o pedantismo ou que o cinismo dos outros, tenho pleno direito de amar esse frescor."

— Tome cuidado, não fale tão alto... — interrompeu Charlu com sua voz de lanterninha e seu monóculo em formato de maçarico... — Podem nos escutar de qualquer lugar.

— Tenho lá minhas dúvidas se essas crianças que vêm à minha casa são inocentes e só sabem falar de rosários — continuou Lyllian, sem responder a Charlu. — Já há muito foram desmoralizadas pelo internato que conheceram e pelo externato que praticam. É justamente aí que eu modestamente entro.

— Falou o Pai Lacordaire ou São Nevsky — insinou o príncipe.

— Outros jogos, outras poses — retomou Lyllian. — O senhor também, Skotieff, ainda vai acabar como sentinela do Sagrado Coração. Então, meus colegiais sabem o que não deveriam saber. Concordo. Mas adivinhem vocês a que eles reduziram os divinizados mitos de Narciso e de Adônis, celebrados pelos maiores poetas? A um bolso furado, dedos que roçam e olheiras em volta dos olhos. É nisso que dá!

— Pouca coisa para um lenço manchado...

Entre gargalhadas e vozes confusas, um homem entrou na sala e se sentou sozinho a uma mesa no canto;

tinha o aspecto vulgar e miserável, humilhado e sofredor. Uma cara de Vitélio posto no olho da rua. Mas ninguém prestou atenção, e ele próprio se pôs a comer sem reparar nas outras pessoas que jantavam.

— A essas farsas de dormitório, que ridicularizam e diminuem o amor mais divino do mundo, eu contraponho a paixão estranha, se assim quisermos chamá-la, porém real e capaz de provocar os mais lindos entusiasmos, toda feita de mistério e de sofrimento, classificada pelos imbecis como "contranatural" só porque a natureza deles não a compreendia.

"Contranatural... Ora essa! Ela atravessou os séculos. Uma simples inversão não teria durado tanto. Eu ensino também a esses moleques sobre a grandeza do amor, que eles não veem com muita clareza e, às vezes, depois de ter recebido suas confidências juvenis, depois de ter auscultado suas almas sentimentais, leio para eles, durante o cair da noite, o lamento doloroso de um Byron, as litanias do pobre e velho Verlaine.

"Encorajo-os, visto que eles não têm mais ninguém a quem abrir seus corações, visto que no colégio não se vai muito além da gramática e do futebol; eu os encorajo a escolher, dentre seus camaradas, um amigo mais carinhoso, com o qual descobrirão a vida, em beleza e em ternura, como ela deve ser descoberta.

"Mostro-lhes como são doces e reconfortantes essas uniões, muitíssimas vezes castas e limitadas às delícias de um roçar na ponta dos lábios. Como fazem bem quando se está triste. Como são refinadas quando se está alegre.

"Falo para eles: 'A juventude de vocês é um tesouro, guardem-na para aqueles que a possuem. Não manchem sua fé, sua esperança, seu fervor com o contato de quem quer que seja *blasé*, sobretudo as mulheres. As mulheres são bichos voluptuosos. Elas caçoarão de vocês e os rebaixarão à sua animalidade. Quando falo de mulher, estou me referindo às prostitutas, já que a prostituta é a única capaz de se oferecer aos pupilos'.

"Vejamos, Skotieff, por mais russo que o senhor seja, acha que estou errado? E se amanhã me censurassem por minha conduta, chamando-a imoral; se um senhor careca e decoroso exclamasse: 'O senhor desvia essas crianças das camisinhas e dos caminhos normais! Mais vale um sifilítico que um invertido...!'. Teria eu então o direito de responder: 'O senhor está mentindo'?

"Onde se encontra a mancha? Nos lábios de Narciso ou nos de Messalina? Ah, esses hipócritas...

"O que há perto da escola?

"O bordel."

— E é lá que se conluiam os cabuladores e os cancros! Pena que o senhor vá um pouco na contramão das ideias do ministro, Lyllian. Mesmo que o senhor fosse culpado, há outros que são muito mais...

"Mas, acredite em mim, o senhor estará desperdiçando seus vinte anos em cruzadas inúteis. O senhor não fará com que a maioria, composta por imbecis, aceite teorias que não sejam compostas por preconceitos. Nos dias de hoje, pode-se fazer tudo, desde que se faça vista grossa. O mundo benévolo convida à valsa e fecha os olhos.

"É de bom tom ser 'missas negras' para todos aqueles que não tiveram os meios de ser 'rosa-cruz'. Lê-se Jean d'Alsace, Achille Patrac ou o senhor de Montautrou;[1] apresenta-se como morcego e barãozinho, pérola rubra e quase Hortênsia azul, e se preconiza o jovem Bruné que recita Baudelaire. Alguns anéis estranhos e alguns coletes rastaqueras vêm acompanhados de cabelos longos demais. Lançam-se paradoxos sobre Safo ou mesmo sobre Ganimedes com uma linda e efeminada conversa fiada para exumar todas aquelas cocotas gregas. Narra-se a última noite de Jean Paul Sussart, o antigo, cuja tia

---

1   Jean d'Alsace (Jean Lorrain, vide nota 2, cap. x), Achille Patrac (Achille Essebach), senhor de Montautrou (Robert de Montesquiou), escritores homossexuais contemporâneos de Fersen.

estava nas Tulherias... Ou mesmo no Chá do Ceilão. E se fala mal do recente escândalo.

"Tudo isso se aceita com a máscara. Mas, infelizmente!, *my lord*, tanto em Paris como em qualquer outro lugar: capturado, ferrado! Revele-se aos chantagistas, destrate a zeladora ou o jornalista, seja besta a ponto de ser pego, ferrado, aviltado, renegado durante uma batida policial. Tanto aqui como em qualquer lugar, a tolice, a covardia e a mentira reinam..."

— Sim — murmurou Lyllian, pensativo. — E que alegria feroz eles devem sentir quando capturam, como o senhor diz, uma caça de luxo. As corujas no encarne...[2] Posso vê-las daqui... Juventude, fortuna, beleza, talento... Essas carniçais se empanturram disso como de um maná salutar... Ah, meu príncipe, que esgoto é a humanidade!

Após um silêncio, Charlu propôs um passeio pelo Olympia e eles se levantaram.

— E ainda por cima, saindo dessa cloaca, iremos ao baile — murmurou Lyllian ao príncipe. — Pense só! Músicas, perfumes, luzes, algo de leviano que turbilhona. Seremos polidos, banais e encantadores. Pediremos valsas e as dançaremos numa embriaguez voluptuosa, mantendo enlaçadas as meninas que, sem ter ideia de nossos erros, talvez sonharão com um noivo futuro semelhante a nós.

— Mentiras e mais mentiras! Pronto, meu caro...

Mas, ao chegar com os outros até o meio do salão, Lyllian de repente se calou e ficou terrivelmente empalecido. Skotieff, que o seguia, ao vê-lo vacilar, perguntou:

— O que o senhor tem? Minha nossa, o que aconteceu?

— Lá, naquele canto...

— Sim, o que há?

— Um passado inteiro! Harold Skilde!

---

[2] Carne de caça dada aos animais treinados para caçar, com o intuito de acostumá-los ao cheiro.

— O quê? Aquele boneco velho, inchado, imundo e feio?

— Ele já me viu... Tarde demais, vamos.

Harold Skilde, de fato, havia notado Lord Lyllian. Observava-o como um homem ébrio. Tantas coisas haviam se passado desde o último encontro, tantos desastres, tantas ruínas... O processo, a prisão, a miséria, a infâmia... Entretanto, quanto orgulho nesse calvário... Depois, a petição dos poetas pedindo indulgência pelo artista... Depois, Paris; Paris onde Skilde se refugiara para sofrer, para ficar... E, de repente, aparecia à frente dele aquele fantasma, aquela criança de êxtase e de amor, com todas as suas delícias, todo o seu sofrimento... E a ingratidão e o esquecimento... Oh, que suplício...!

Lyllian, porém, muito comovido, mas muito duro, como que magnetizado, foi até onde o escritor estava, sem encarar, lívido...

— Lyllian, Lyllian... Não me reconhece mais? — gaguejou Harold Skilde. E tremia, em pé. — Como assim... não se lembra?! Então, igual aos outros, o senhor me abandonou? Estou velho, estou feio. Estou na miséria, mas você um dia me amou muito... Lyllian, aonde você está indo? Não vá embora, não vá embora, dê para mim a esmola de um sonho, fale comigo... Renold, só tenho o senhor no mundo!

Apavorado, Lyllian fugiu às primeiras palavras, e, sozinho, grotesco e deplorável, Skilde, aquele homem que escrevera obras-primas, deu com a cara na porta e já não encontrava mais palavras para expressar seu aniquilamento.

CAPÍTULO XX

— A VIDA É ASSIM! AH! OS POETAS COMEÇARAM BEM CANTANDO ROSAS, A FELICIDADE, OS CREMES SIMON... E POR QUE NÃO O SABÃO DO CONGO? PELO MENOS ELE FAZ ESPUMAR. A VIDA É ASSIM! SOU JOVEM, FORTE E TENHO necessidade de amar. De manhã quando me levanto, de noite quando vou me deitar, de madrugada quando sonho... Sempre, sempre sinto em meu corpo voluptuoso e musculoso, ao longo de meus membros brancos, um *frisson* indizível, um frisson de carícia e de langor.

"Então busco em vão uma lembrança que me embriague, uma esperança que me iluda, um presente que me faça gozar... E nada, meu caro, nada nem absolutamente ninguém, ninguém! Permaneço sozinho!

"Oh! Que truque, que carnaval infecto é o mundo, também que palhaço é esse Deus, que nos criou como seres vivos para consumir nossas forças, disseminando-nos por todo o planeta, onde não passamos de reclusos em meio à multidão..."

Assim falava Lyllian no dia seguinte à noite trágica em que Harold Skilde, igual aos fantasmas dos dramas antigos, aparecera para ele. Languidamente deitado sobre sedas antigas, mais lindo e mais perturbador que nunca, ele se parecia, quando falava, o lábio desdenhoso e o olhar perdido, com aqueles esboços de infantes que Velázquez gostava de pintar.

— Sim, talvez existam centenas, milhares de rapazes como eu, iguais a mim. Nós nos imaginamos, no princípio da vida, capazes de augurar prazer e felicidade, assim como bichos inocentes a saltitar num dia de sol. Que piada! O senhor leu isso num romance, na página trezentos e sessenta, depois do encontro com a sogra, antes que Romeu se mate. Então realmente acredita que foi posto no mundo para ser alegre?

A linda festa, em verdade, é esse vale de lágrimas, onde, na maioria das vezes, não se tem sequer o recurso feroz do choro; onde, em vez de um grito de esperança, só se tem um clamor de náusea que sai da boca!

— O senhor está sendo injusto, Lyllian. Num acesso passageiro de melancolia, quer colocar uma nuvem escura sobre todo o seu passado. Vejamos — argumentava Guy de Payen com sua voz de Capela-Sistina[1] —, o senhor me confidenciou várias coisas, quase confissões de outrora. Como pode se queixar de não ter encontrado ninguém no caminho que, na maioria das vezes, conduz, e nisso concordo com o senhor, à desilusão, mas também, certas vezes, às quimeras?!

"Não faço questão de invocar o poeta Arvers, mas o senhor entrou em cena, pois foi, de fato, uma cena teatral, antes ou depois, não foi?, de um murmúrio de amor? Jamais pessoa tão jovem conheceu a embriaguez do triunfo!"

— Talvez... Também a do ódio. Veja só, o ódio exalta, ainda mais que o amor. Se soubesse — continuou o jovem inglês, revirando os olhos —, se soubesse com que rapidez a inveja, o ciúme e a antipatia passaram por mim neste mundo!"

"Principalmente a retaguarda dos falsos-colarinhos era e continua a ser implacável. 'Lindo menino, essa lata de picles em tom de folha de flandres! Vejam só esses trejeitos, por favor! Efeminado que só... E é verdade, o pó de arroz tem sempre um pompom no bolso de trás'; fui apelidado de 'Só-para-mulheres', e ninguém pensou que nos trens, e mesmo em outros lugares, isso ainda é melhor que um vagão de animais.

"Pois bem, o senhor acreditaria se eu dissesse que sinto, *my goodness*, uma enorme volúpia quando chego aos bailes noturnos e reparo, entre duas moças sorridentes, o olhar raivoso de um velho da velha guarda...? Isso me faz valsear com mais leveza! No fim das contas, o que importa?! A Terra é tão pequena que necessariamente uns têm de caminhar sobre os outros. Azar de quem for esmagado!"

---

1   Guy de Payen, provável referência ao escritor Remy de Gourmont (1858-1915) e a seu romance *Sixtine*, de 1890.

— Um dia o senhor ainda se arrependerá desses pensamentos, dessas palavras. Agora, está contente, e a verve, acima de tudo, torna a insolência fácil e o desprezo, confortável. O senhor é jovem e amado: sua lenda se sustenta nessas poucas palavras. Porém, é mesmo uma pena que — Payen estava quase lacrimejando —, quando chegar à minha idade, terá de sofrer sem esperanças...!

— Já entendi onde o senhor quer chegar... Está retomando aquele soneto famoso. Pois bem, vou discuti-lo. Sem falar do senhor, que alega sentir alguma inclinação por mim, será que nós outros servimos de reservatório, sim ou não?, para as suas últimas volúpias? Ora, não me faça rir... O senhor se precipita ao afirmar que não estou sozinho, que basta eu virar a cabeça para escolher um adorador. Muitíssimo bem, sublime. Eu me viro, observo e o que vejo? Escombros. Devo imolar meu frescor para eles, minha adolescência, minha fé, ou o que resta dela..., tesouros que jamais reencontrarei.

"Descaramento! Realmente, quanto descaramento! Mas, se eu gostasse de peças de caça, apodrecido por apodrecido, eu preferiria as mulheres. Ora, foi justamente por não podermos — exceto pelo casamento — nos unir com uma garota de nossa idade, por sermos moralmente atrofiados — como se alega — pelas leituras e pelos exemplos, que acreditei ter encontrado uma alma como a minha, ardente e juvenil do mesmo sexo que eu... Tolice...! Repito: por todo canto há milhares de adolescentes como Lyllian... Em vez de se encontrarem e se divertirem uns com os outros, só sabem desperdiçar seu pudor com mulheres da vida que saíram com Gambetta!

"O que Skilde significa para mim, apesar de sua genialidade e de seu sofrimento? O senhor acha que Skotieff, Charlu, d'Herserange ou mesmo o senhor são muito diferentes dele...? Não, tenho horror a vocês. Parecem moscas de outono com esses beijos de velho, com essas carícias maduras que grudam e cheiram mal. Faça-me o favor!..."

— Quero marcar um encontro com o senhor daqui a quarenta anos, se eu ainda estiver vivo — casquinou Payen.

— Há muito o senhor já estará no fundo de uma cova, meu pobre amigo.

— Mesmo assim, um encontro. Mais um motivo: eu poderei contemplar suas caretas à vontade. O senhor será velho...

— Pode ser, mas ridículo, não. No dia em que descobrir no espelho a minha primeira ruga, no dia em que não for mais o *boy* que sou, mas o *man* que se deve ser, ah, então, meu caro, será minha renúncia. Vou tirar meu nome da lista do exército ativo. Aposentado e na reserva, passarei a alimentar a minha fome de volúpia apenas do sonho luxuoso da imaginação!

"Portanto, entenda: no tempo presente, o que me atrai para esse amor perseguido é a troca leal, com um menino da minha idade, de nossas juventudes radiantes e vivazes... É dando que se recebe, e eu quero ser amado com a sinceridade da primavera. Mais tarde, verei os outros entrarem em cena, encantado em poder aplaudir a terna peça e encontrar a faísca do amor no fundo de um olhar.

"Depois, meu papel será o de apontador de teatro. No fim das contas, já é alguma coisa. E é uma sensação de triunfo quando a frase decorada acaba num beijo, mesmo que seja em outros lábios.

"Porém, continuar após a derrota, agarrar a carne fresca pelo pescoço e degustar frangos com dedos que sabem encher linguiça... Como você faz, meu adorável amigo... Nananinanão, juro! Enfim, o que está por trás desses juramentos, dessas dores, desses holocaustos que a idade de mercúrio tenta oferecer à idade de ouro? O desejo. O desejo brutal e manchado, sem poesia e sem candura... Os senhores me parecem um monte de caramujos aposentados dos negócios; não passam de egoístas."

— Egoístas? E o senhor é o quê? Conhece outra coisa a não ser sua própria pessoinha querida? Alguma vez já sentiu um pingo de compaixão por algo que substitua a beleza ou o frescor? Veja Skilde, que amava o senhor como a um deus e que é um gênio. O senhor foi a sua glória e a sua infâmia. Por causa do senhor ele sofreu um martírio. Após dois anos de dores desumanas, o senhor o encontra ontem, por acaso, em uma espelunca de fanfarrões.

"Lá está ele vendo o senhor, ele treme e implora. O senhor passa pertinho dele... Uma palavra, um gesto... Seria o paraíso para aquele homem que conheceu o inferno em vida... Alto lá! Quem o senhor pensa que é, Lord Lyllian?

"E, duro como uma estátua de mármore, o senhor vai embora sem uma palavra, sem um gesto..."

Pela primeira vez, Renold não soube o que dizer. Compreendendo vagamente seu erro, ademais, repleto de uma melancolia indizível, agora ele escutava o barulho monótono e doce da chuva lá fora. Fiacres encharcados passavam pela avenida. Tudo aquilo era triste. E, no entanto, hoje à noite ele precisava ser gracioso e sorrir. Um jantar na embaixada da Inglaterra, uma tratativa na avenida Champs-Elysées.

Subitamente, teve uma ideia.

— Payen, diga-me: o senhor sabe o endereço?

— Endereço de quem?

— De Harold Skilde. Ele não mora em algum lugar no Quartier Latin?

— Sim, na rua Saint-Jacques, por quê...?

— Quero ir até lá.

— O senhor? Ora, pense um pouco... Depois daquela cena de ontem, seria muito doloroso, muito emocionante.

— Devo fazê-lo, é minha obrigação. O senhor me lembrou disso.

— E quer ir quando...?

— Hoje... Agora... Imediatamente!

Lyllian foi correndo se vestir.

Payen, sorridente, não o impediu. Achou que Lyllian estivesse doido. E, procurando não contradizer o pequeno lorde, pôs-se a folhear alguns almanaques licenciosos do século XVIII, largados cá e lá, quando um toque da campainha soou.

De seu quarto, Renold gritou:

— Guy, meu velho, vá abrir. Enviei meus valetes à Bastilha, sob o pretexto de deixar cartões. Aquela gente fica me espiando... Tenha a bondade de abrir, sim?

Um segundo toque retiniu.

— Mas e se eu não conhecer a pessoa? — titubeou Payen.

— Vão pensar que o senhor é um empregado. O senhor bem se parece com um!

Payen foi até a porta, resmungando...

— Que surpresa, ainda bem que é o senhor! — exclamou, asserenado.

Chignon entrou, muito agitado.

— O que houve, meu caro?

— Não me pergunte. Onde está Lyllian?

— Está se vestindo, vai sair.

— Para onde?

— É segredo...

E acrescentou, em seguida, a voz baixa:

— À casa de Harold Skilde.

— Bendito nome! Estou vindo de lá.

— O senhor?

— Sim.

— Pois então?

— Ferrado.

— Como assim? O que quer dizer com isso?

— Cheguei lá às duas horas, depois de ter recebido um telegrama de Minet, o editor. O sótão estava entulhado de padres e de pastores que disputavam entre si Skilde, que agonizava. No meio do alvoroço, a porteira me explicou que à noite trouxeram o poeta de um bar qualquer, inconsciente, derrubado por um ataque do coração. Desde então, ainda não havia recobrado a consciência.

— O senhor disse "de um café"? Sei... Sei... Pobre grande homem!

— De repente, num redemoinho, uma voz se elevou, era a do moribundo. Ah, meu caro, enquanto estiver vivo, jamais a esquecerei. Em posição sentada, enxotando com um gesto todos aqueles curiosos e todos aqueles padrecos, chamou por Lord Lyllian em seu delírio. Com a respiração estertorante, os olhos fora de órbita, mostrou-lhe o punho, em um gesto terrível de ameaça, balbuciou um insulto e caiu inerte, deplorável, esgotado.

— E depois?...

— *By Jove*, aí estão os tagarelas! — interrompeu Renold alegremente, irrompendo na alcova. Estão falando do quê? Aposto que Chignon está caçoando. Estão falando do quê? Alguma *party* hoje à noite, algum amante para amanhã? Apressem-se que já estou de saída...

— Chega de gracinhas, *my lord*. Sair para quê?

— Uma visita e uma surpresa!...

— Para quem?

— Ao meu velho Skilde!

— A surpresa é justamente para o senhor...

— Como assim?

— Ele morreu.

CAPÍTULO XXI

— SE QUISEREM VER ALGO BACANA, VENHAM, QUE VOU MOSTRAR ALGO BACANA — DISSE A MEIA-VOZ E MAJESTOSAMENTE O SENHOR ADAM, O PORTEIRO, PARA OITO OU DEZ LACAIOS REUNIDOS NO PÁTIO. —

Toda a burguesia está ali... Todos eles homens... Uns vinte, pelo menos: todos eles homens... Não acha isso asqueroso? Pessoas duvidosas, embora sejam chamados de príncipes... Psiu! Ó lá, têm mais gente chegando...

Na sombra se enfileiraram, escondendo atrás de si uma espécie de andaime.

D'Herserange, Guy de Payen e o duque de Lormar chegaram atrasados. As janelas do térreo, com cortinas cuidadosamente fechadas, filtravam um raio tênue de luz rosa. E, como que abrandados pelos reposteiros e pelos muros, os acordes de uma valsa triste mal chegavam ao lado de fora...

— Então, é tipo uma festa que estão dando entre si...

— Espere só, a gente vai ter a nossa parte. Já faz dois dias que o lorde mandou seu valete Henri levar os convites. Só títulos, incluindo um grão-duque! O senhor está entendendo?

"E depois, um em seguida do outro, um rebuliço dos diabos, floristas, tapeceiros, músicos, espelheiros. Ah, meu caro, como se tudo isso fosse para mulheres! Ontem de manhã", acrescentou o porteiro com um tom de confidente, "depois que o lorde partiu a cavalo para o Bois, eu entrei de mansinho no apartamento... Um segundo, o senhor vai ver!", prosseguia ele, erguendo uma escada para apoiar entre duas janelas. "Entrei de mansinho no apartamento: parecia uma capela... Reposteiros prateados, círios... Um altar; todo tipo de coisas fora do comum... O que eles iam aprontar com isso? No que me diz respeito, desde que a polícia veio abrir meus olhos, desde que o inglês passou a receber crianças..."

— Que calamidade!... — suspirou um lacaio.

— É verdade que ele as sangra? Adèle, a camareira do primeiro andar, jurou para mim que certa noite viu o patrão de camisola, correndo atrás de um menininho com um sabre...

— Henri até me mostrou marcas de sangue em guardanapos, lençóis manchados e lenços sujos. Em uma manhã, apareceram quinze. Ele as sangra, com certeza! — palpitou Jean, o cocheiro da sobreloja.

— Tinha que prender essas pessoas, seu porteiro! — continuava, do fundo do pátio, a criada do quinto. — Ah! Se ele não fosse conde!

— Ele seria levado para o xilindró, e bem feito! Ontem eu disse isso ao senhor Pioux, o agente da moral e dos costumes. Aliás, não fique com medo, não, senhorita Julie, que vou dar um jeito nesse lorde. Quando o senhor Pioux chegar, e ele deve estar chegando daqui a alguns minutos, vou contar cada coisa para ele... Cada coisa...

— Mas então você viu algo?
— Eu? Nada.
— E daí?
— E daí que eu vou contar mesmo assim...
— Quando a vigia começou?
— Faz um mês, mais ou menos.
— E não avisou o proprietário, seu porteiro? — continuou a pequena criada, toda alterada.

— Até parece que não! Já faz seis semanas que fui encontrá-lo. Ouça, seu Baptiste, agora que não vem mais ninguém e que eles só vão sair de manhã, vá lá desligar a luz na guarita... Vou escalar para ver... Sim, senhorita Julie, já faz seis semanas que fui encontrá-lo... A escada aguenta o peso, né?... Eu disse a ele: "É uma vergonha ter aquele inglês aqui no prédio".

— E o que ele falou?...

Porém, o senhor Adam, tendo chegado ao topo de seu observatório, projetava agora seus olhares para baixo, sobre o salão misterioso.

— Oh, se o senhor soubesse, se o senhor soubesse! — repetia com seus olhos de pato excitado...

Embaixo, a teoria de lacaios aguardava fremindo.

— Calem-se. Nenhum barulho... O lorde está falando...

De repente, a luz se apagou bem no nariz do porteiro sufocado e uma gargalhada estourou do apartamento.

— Droga, eles me viram! — assegurou o sr. Adam, degringolando precipitadamente de seu posto.

— Que nada. As venezianas internas foram fechadas, só isso — replicou Jean, o cocheiro. — Pois bem... O que foi que te assustou?

Eles formaram um círculo.

— Tá! Imaginem vocês, flores no chão... Como no mercado da Madeleine; um altar com luzes e incensários. Além do mais, no altar, homens nus, senhorita Julie!

Um murmúrio de terror circulou pela assembleia.

— Ah! Que pena que a gente não consegue ver mais nada, né? — insinuou a criada.

— Homens nus!... Hum!... Deixe-me pensar... Não, estava claro demais. Vocês sabem, as persianas impedem de ver direito. Deviam ser principalmente crianças... Sim, crianças... Elas não se mexiam... Uma delas, que estava coberta de rosas brancas e de lírios negros... segurava um crânio...

— É verdade? Virgem Santa!

— E se a gente fosse chamar a polícia? — continuava o cocheiro.

— Deixem — pontificou o porteiro —; a hora do castigo ainda vai chegar!

— E o lorde? O que ele estava fazendo?

— Estava de joelhos sobre umas peles. Primeiro, segurava um incensário que defumava, assim, bem na frente do moleque. Depois, ele falou. Fazia caras estranhas. Falava coisas bem alto... Coisas que eu jamais teria coragem de repetir a vocês.

— Picante demais?

— Pode crer... Uns versos!

— Oh!... Você ouviu?

— Nossa! E que versos! Aposto um milhão que nenhum de vocês já ouviu algo parecido. Devia ser *Cynaro de Bergelac*...![1]

Um segundo murmúrio de terror percorreu a assembleia.

Eles ainda não haviam se recomposto totalmente quando duas silhuetas apareceram à porta aberta do lado da avenida.

— Olá, bom dia! Como vão vocês? — disse a meia-voz Henri, o criado de Lord Lyllian. — Estou atrasado, desculpem... Estava conversando com o senhor Pioux, o agente do comissário. Quando vimos que tudo estava fechado aqui e era impossível passar pela adega, fomos tomar um aperitivo ali no bar em frente.

— A essa hora? — interrogou Julie, fazendo caras e bocas. — Então seu patrão segurou o senhor até tarde? O senhor deve estar sabendo algo dessa festa... Recebeu os convidados? Parece que há crianças mortas com uma cara de crânio...

— Não pode ser.

— Mas o senhor estava lá?

— Ah, vá! Esta noite, a partir das seis horas, o patrão me mandou ir me deitar. Isso não me impediu de informar o agente de polícia.

— Então está falando sério? Eles serão surpreendidos pela polícia?

Henri se pronunciou.

— Seu Adam e eu sabemos informações o suficiente para ele ir preso!... Não acha que ele merece ir para a cadeia por causa de um estouro desses?

Em seguida, subitamente carinhoso, disse baixinho:

— Viu, senhorita Julie... Não era hoje à noite que a senhorita ia me conceder...? Já faz tanto tempo que a senhorita me prometeu... Ah, não tenho o menor pro-

---

1   Pronúncia errada da peça *Cyrano de Bergerac* (1897), de Edmond Rostand (1868-1918).

blema em lhe confessar que... Só de pensar na senhorita quando estou de pijama... Me dá um fogo.

— Seu Henri, faça o favor de se calar. Alguém bonito como o senhor deveria falar como um príncipe.

O outro, exultado, gaguejava de prazer:

— Viu só o meu terno, que chique? O que acha da minha regata, senhorita Julie...? Venha vê-la à luz do luar. O lorde me deu de presente anteontem... Com mais vinte francos de gratificação: ele tem medo de mim... Está comendo na minha mão!

Em seguida disse, solenemente:

— É um canalha, senhorita. Uma dessas pessoas que só vivem pela luxúria. Senhorita Julie — insinuou ele, finalmente —, *vamo* lá pra gente dormir junto, vai...?

E embarcaram para a Citera, a ilha dos amantes, pela escadaria de serviço.

De passagem, escutaram no meio de uma roda de domésticos o agente Pioux, que interrogava o porteiro.

— Eu vi tudo — escandia a testemunha. — Durante mais de uma hora, contra minha vontade, assisti a essas orgias...

— Um belo atentado ao pudor — casquinou o policial. — Quantos mesmo o senhor disse que estavam na sala?

— Pelo menos uns cem.

— Que relato crítico! Só crianças, não é?

O porteiro titubeou. Em seguida, disse, surdamente:

— Sim, seu agente, deviam ser crianças.

— Uma bela excitação de menores à depravação... — continuou o homem. — Recitando poemas e outras obscenidades?

— E outras obscenidades, isso mesmo, seu agente.

— Perfeito! Unanimidade entre as testemunhas, celeridade da investigação — disse, enquanto recapitulava suas anotações. — Esse inglês vai se ver comigo!

E puxou o porteiro de lado, colocando cinco francos na mão dele.

— E seja prudente, viu? — recomendou ao partir.
— Só mais uns quinze dias ou três semanas...
— Fique tranquilo. Ele não suspeita de nada. Eu aceito as gorjetas dele.

‡

Enquanto isso, absorto e triste, debruçado em seu *fumoir* apoiado em almofadas de seda fina, Lyllian falava com o jovem grão-duque Sacha, da Lavônia. Ao lado, nas salas e na galeria, a noitada continuava.

Após ele mesmo ter recitado o "Convite à viagem" e a "Morte dos amantes", de Baudelaire, Renold cedeu o lugar a Maxet, da Comédie-Parisienne, que agora, entre duas melodias de Grieg e versos de Samain, recitava as estrofes melancólicas do "Hinário de Adônis".[2]

— Veja, Alteza — murmurou Lyllian —, eu os reuni, como Sua Alteza gentilmente me solicitou, para dizer adeus... Publicamente... À paixão, ao sofrimento e à lembrança deles. Hoje os convido pela última vez. Nunca voltarei a vê-los... Nunca mais.

— Que súbita epidemia levou o senhor a esses *in extremis*? — perguntou o grão-duque quase em tom de chacota.

— Já vivi o suficiente dessa vida, Alteza, a ponto de ter compreendido os erros, as desilusões e as decadências. A morte daquele que me arrastou para isso foi uma advertência salutar e um remédio para mim: sinto-me curado, bem curado...

— Deve haver outro motivo por trás disso...
— De fato... Uma moça: um profundo e novo amor.
— Ah!...
Silêncio.
— E se eu disser que não acredito na sua transformação?
— Por que não, Alteza? Não tenho eu, aos vinte e um

---

2   *L'Hymnaire d'Adônis: À la façon de M. le marquis de Sade* (1902) é uma antologia de poemas do próprio Fersen.

anos, a força, a vitalidade e o entusiasmo necessários para esse renascimento? E como! Por causa de que conselhos, exemplos, influências... pense numa infância abandonada como foi a minha... a minha mente e o meu coração se deturpam... Concordo... Se deturpam em conformidade com o ordinário, o medíocre, o burguês. Acesso de febre ou de literatura? Veneno de uma carícia ou de um romance...? Não importa. É óbvio. Eu estava doente...

"Porém, a vida se entreabre, a vida começa. Com suas dores, com seus perigos, ela me ameaça, me ataca. Depois de me esforçar, estou me recompondo lentamente. De súbito, em meu caminho, brilha uma aurora mais bela do que todas as minhas antigas auroras. Descubro aquilo que outrora eu havia apenas sonhado: o sorriso encantador, a ternura ingênua de uma menina... Sinto-me ardente, sincero e forte. Meu passado é o quê, afinal? Uma espera, uma hesitação... Nunca uma mentira!

"Devo corar?

"Não, não mais que os amigos de ontem. De que erro se sente vergonha após uma confissão genuína? A propósito, tratava-se mesmo de um erro?... E se esta noite lhes parece estranha, e por mais que eu espere que ela lhe agrade, Alteza, digne-se a crer que meu coração está bem longe disso e que minha alma não está mais aqui..."

— O senhor está afirmando que seu coração está longe, lorde? — respondeu o grão-duque com uma voz um pouco apagada. — E acredita estar salvo dos acontecimentos passados? Que quimera! Acredita, portanto, que se esquece tão rápido daquilo com que se embriagou? Se, ainda, o senhor tivesse conhecido apenas os sorrisos de uma paixão que agora renega. Mas, conforme o que o senhor me disse, conforme suas confissões na penumbra, não foi poupado de nada, nem dos sofrimentos, nem das decepções, nem das lágrimas. Hoje, o presente o inebria com um novo êxtase; amanhã, a lembrança virá pegá-lo de novo. Tome cuidado!

De novo, um silêncio, que não demorou a ser perturbado pelos arpejos de uma sinfonia de Tchaikóvski, deliciosamente tocada pelo compositor Rinberg.

Agora, o grão-duque, a jovem Alteza, muito sedutora e muito próxima do jovem inglês, fixava olhares ambíguos em Renold.

— Sim... — continuou Lyllian. — É minha última viagem a Bizâncio. Eu teria respirado seus perfumes supremos. Amanhã, quem sabe depois de amanhã, eu noivarei... Esta noite, um pouco mais de música, um pouco de tristeza, um pouco de mistério: depois, que nasça o dia!...

— Lyllian... Renold... Tenho muito dó do senhor! — disse o grão-duque Sacha, com uma voz mais terna. — O senhor é tão encantador assim... Não mude. Tenho muita simpatia e afeto pelo senhor. Venha à Livônia... E verá... Quanto nos divertimos na corte... O senhor dominará tudo ali e, quando eu reinar, vou imitar o rei Luís da Baviera para o senhor...

— Talvez já seja tarde demais para continuarmos falando sobre isso! — replicou Renold com um sorriso mesclado de arrependimento. — Teria sido um prazer — acrescentou ele alegremente — ver-me honrado por Sua Alteza...!

CAPÍTULO XXII

A MANHÃ CLARA E ALEGRE, O SOL RESPLANDECIA, LANTEJOU-LANDO COM SUA LUZ O QUARTO DE RENOLD QUANDO ELE DESPERTOU. A SEGUNDA BATIDA DISCRETA NA PORTA LHE AVISAVA QUE ERA HORA DE SE LEVANTAR E, de repente, como se saísse de um sonho, rememorando os projetos e a agenda do dia, ele se sentiu vivaz e contente.

Como tudo se transformara desde a semana anterior! Mal conseguia se lembrar da última festa em que havia respondido a uma confissão com uma despedida e se separado para sempre dos velhos amigos.

A transformação, aparentemente tão frágil, mas na realidade tão completa, fora tamanha que não havia sobrado nada daqueles desejos de sua vida passada em suas novas aspirações. Lyllian esqueceu sua alma de antigamente. Sua consciência tranquila lhe concedera o perdão e o descanso.

Ah! Que libertação... Mas depois de tanto tormento...! Dali em diante, acabaram-se as noites melancólicas, acabaram-se as noites angustiadas: acabaram-se, sobretudo, aqueles despertares talvez repletos de volúpia amarga, mas também de desgosto e desgaste. Ele estava amando. Estava amando! Conheceu o verdadeiro amor, aquele que não se pode confessar.

E teve subitamente a revelação encantadora de todo o infinito que pode conter um silêncio, uma palavra, um olhar. Ele que, apesar de sua juventude, duvidara, agora acreditava no futuro assim como se pode acreditar em Deus. E — delícias supremas — ele podia não apenas ter garantia delas, como também dizê-las, espalhá-las como a uma notícia excelente que, ao chegar, traz lágrimas nos olhos: ela finalmente passara pelo caminho em que ele, viajante perdido, enxergava apenas as estrelas factícias do céu para se orientar. Ela... a Menina!

Tal como nas éclogas de antigamente, ela aparecera para ele, leve e despreocupada, ao pé de uma árvore em flor. Embriagado, a partir de então, daquela primavera e daquela inocência, ele se ajoelhara diante daquele frescor, protegido por lírios, como na igreja...

E dizer que virás, sorridente e traquinas,
Rosas nos cabelos em manhã de verão,
E que, sem me falar, num gesto de musselina,
No céu de teus olhos guardarás meu coração!

Serás infantil e serás charmosa,
E serás a amada; esperei tanto por isso...
E quando apareceres na soleira do Paraíso,
Terei tanta alegria que esquecerei a demora.

Assim como se fala com Deus, direi: "Te amo!"
E teus dedos roçarão minhas mãos em prece;
Sentirei em mim a luz da benesse;
E seremos abençoados por rubros anjos!

Por fim sairei de meu silêncio distante,
E as palavras mais doces, as mais ternas
Minhas jovens esperanças, minhas lágrimas de antes,
Com meu jovem amor estarão a teus pés.

Quem sabe então ao me escutares, ocupada,
Comovida por esses chamados, teus jogos esquecidos,
E tendo meu coração vitorioso como sinos,
Escondendo tua boneca, me estenderás teus lábios!

☦

Aqueles versos lhe voltaram à memória quando, por volta das duas horas, Lord Lyllian se preparava para sair. Pressentimento ou alguma simples quimera? Hoje, a convite dos pais dela, ele ia rever aquela cuja evocação reanimava o sentido adorador de toda poesia: eles se reuniriam em um passeio no campo, em uma valsa seguida de um jantar oferecido por Lady Hogarth na relva de sua agradável propriedade, em Versailles.

E quando Lord Lyllian deixou a avenida d'Iéna, jamais se sentira tão pleno de esperança e tão radiante. No caminho, reviu as etapas daquela caminhada para a felicidade. Insensato! Como pudera ter titubeado durante tanto tempo, e por que se desviara tantas vezes enquanto a alegria simples e honesta lhe estendia os braços?

Durante o inverno e a primavera anteriores, quando a temporada dos bailes fora reaberta, ele a notara pela primeira vez, debutante, tão tímida! Dançaram juntos...

E Renold se lembrava com um frisson de algo delicado que emanava dela. Ela era ainda tão criança! Seu sorriso mantinha frescores de berço: dançaram juntos...

Depois, à medida que as noitadas os aproximavam, aos poucos surgiram frases trocadas, confidências sutis, que o fizeram perceber outra coisa que não o enlevo das valsas. Um sentimento, ainda confuso, invadia Renold, um sentimento que — infelizmente! — ele abandonava no dia seguinte, na aurora, para voltar às suas tentações perniciosas...

Entretanto, dentro de seu coração, sem que Lyllian o confessasse para si mesmo, o prazer de um encontro se transformava em emoção, e a emoção em ternura. Tanto e tão bem que ele confessou seu segredo à bela marquesa de Rutford, sua prima. A marquesa prometera ajudá-lo. Ah, por mais que ele tivesse criado ilusões para si, a ponto de pensar que sua vida dali em diante o afastaria das mulheres, era tudo mentira, mentira! Mentiras que ele próprio enfim percebera!

Um ser inteiramente novo, dominador e sensato, germinava dentro dele. Só de estar perto dela, só de falar com ela, seus pensamentos se tornavam mais claros, e sua alma, mais pura.

Ela carregava dentro de si tanta graça e tanto fervor, tanto candor sincero!

Aquela menina o salvara...

Sim, nesta manhã clara, límpida como um cristal, nesta manhã clara em que ele, repleto de uma vaga esperança, ia ao encontro de seu sonho, compreendia as delícias e as alegrias de ter ressuscitado!

Tendo assim alcançado, no meio do turbilhão de poeira, a velocidade máxima de seu automóvel na área de Versalhes, chegou ao encontro.

... Um parque antigo, que no passado devia ter servido de recanto para a favorita de algum nobre, um parque de árvores centenárias, de podas comportadas, como nos dias de antão, o acolheu com sua sombra e com seu frescor. Enquadrado por uma aleia em quincunce[1] onde, em certos pontos, estátuas de mármore erguiam seu fantasma melancólico e obsoleto, o pavilhão surgia inteiramente branco naquele verde.

Vestidos claros de meninas, gargalhadas de crianças esmaltando os gramados já soavam alegremente entre as flores. Lord Lyllian, desacostumado a se sentir intimidado, saudava com uma palavra ou com um olhar quem encontrasse por acaso. O coração batia. Ele se sentia muito pálido e como que angustiado. Eis que a viu no meio de um grupo encantador. Ela... Oh, ninguém a não ser ela... Ele a viu. Tomado por uma emoção indizível, ele tremia, sem ousar; não ousava mais.

Naquele instante, alguém encostou alegremente em seu ombro.

— *Don't you know me anymore, Lyllian*? Isso é o que eu chamo de estar apaixonado... — acrescentou em voz mais baixa Lionel Fantham, secretário da Embaixada da Inglaterra e tio da moça. — Vamos! — retomou. — Vamos até um canto do parque para prosear. Oh, não vai demorar, só um minuto! Fiz essa promessa, travei essa aposta; depois vou mandá-lo de volta aos seus sonhos, senhor Devaneio.

---

[1] Plantio de árvores dispostas uma em cada ângulo e uma no meio do parque ou jardim.

Ele sorria enquanto falava, de modo muito malicioso, porém tão encorajador que Renold não soube o que responder.

Enquanto Lyllian, seguido por Lionel, se dirigia até uma aleia deserta, topou com Lady Hogart, que estava junto à mãe de sua meiga amada. E, naquele mesmo lugar, em virtude das palavras tão afetuosas com as quais o elogiaram, ele acreditou ter fisgado alguma oportunidade inesperada de grande felicidade.

— O senhor sabe que eu tenho um nariz para certas coisas, Renold. Mas, nesse caso, eu não teria acreditado que era verdade se sua prima Lady Rutford não o tivesse sugestionado...

"Pois bem...", prosseguiu Fantham, deixando seu monóculo deslizar. "É mesmo verdade que o senhor nutre um sentimento por minha pequena sobrinha... Como poderia dizer...?"

— Chame-o amor, senhor Fantham...
— No entanto... O senhor ainda é tão jovem!
— E ela não?
— Talvez... Mas, veja só — murmurou Fantham com seu ar troçador de velho *lifeguard* —, de sua parte, o senhor está bem certo?
— Estou certo.
— Não é apenas um capricho? Pense no quanto o casamento... parece até que estou pregando um sermão... é uma coisa importante, coisa séria. Em seu caso, como no dela, pode começar tão bem e terminar tão mal...
— Eu a amo sincera e profundamente.
— Acredita ser digno dela? Bem sei o que acontece na vida de um belo rapazote...

Renold corou. Será que Fantham desconfiava? Porém, respondeu, tranquilizado:

— Acredito que agora sou digno.
— Olhe nos meus olhos: os olhares não mentem.

Lyllian descobriu suas pupilas claras, que já não poderiam mais ser obscurecidas por nenhum pensamento de culpa.

— E então — murmurou Renold —, aqui estão meus olhos. O que o senhor lê neles?

— A verdade.

Silêncio. Agora, passavam bem perto deles umas visitantes com um barulho sedoso de trajes leves.

Do pavilhão chegavam os acordes enlanguescidos de uma valsa, ao passo que, debaixo da folhagem, perto dos balanços e dos jogos improvisados, os empregados preparavam um lanche campestre.

— Vá se juntar a ela — disse então o velho Fantham, apertando afetuosamente a mão de Renold. — Fale com ela; afastem-se um pouco da festa. Eu mesmo os autorizo, em nome de todo mundo. Vá, Lyllian, o senhor pode confiar... Seus sentimentos são recíprocos...

... Seus sentimentos são recíprocos... Como em um sonho, o coração extasiado por aquelas palavras esperançosas, Lyllian se dirigiu então ao grupo onde ela se encontrava.

Conforme ele se aproximava e ela o via chegar, o temor de Lyllian renascia quase ao mesmo tempo que um estranho fervor, feito de adoração e respeito.

Balbuciou com dificuldade, corando, uma frase banal quando chegou perto dela. Como estava linda naquele dia! No enquadramento escuro das velhas árvores, ela se destacava, jovem, clara e rosa, toda vestida de céu!

Em vão, tomado por um transtorno indizível, Lyllian procurava as palavras. A presença das outras moças o assustava: e nada. Nem mais uma palavra: nem mais uma frase. E, contudo, quantas vezes ele havia jurado para si mesmo que falaria com ela...

Permaneceram assim, muito tímidos, um perto do outro, quando o excelentíssimo Lionel Fantham, vigiando a socialização de longe, veio acudi-los.

— E então, minhas crianças, estão se divertindo?

Viram o lindo deus de mármore no fundo do parque...? Uma estátua de Coysevox... A pérola do lugar...! Ouçam, venham comigo: vou guiá-los...

E, quando já fazia certo tempo que caminhavam, agora já isolados do turbilhão alegre, com o qual Renold se impressionara tanto, ele disse:

— Então, vou deixá-los a sós... Vocês dois vão ficar bem sem mim... O lindo deus do qual falei para vocês...!

Agora, a solidão, a solidão deliciosamente intimidante sob aquelas tílias centenárias, ancestrais cuja folhagem protegera outras histórias de amor.

Seguiram pela aleia, primeiro inclinando um pouco a cabeça, sem que ousassem olhar um para o outro ou quebrar o silêncio.

Depois Renold falou, evocando a meia-voz as recordações desaparecidas, as recordações de outrora... Todas as suas recordações! Ao redor deles, o sol de uma brilhante tarde de junho. Entre o som de dois murmúrios distantes da dança, os pássaros piavam delicadamente. E o diálogo continuou, continuou, sem evolução alguma, mas com tamanhas entonações, com tamanhos murmúrios que não sentiram necessidade de palavras para expressar o que ambos já percebiam ou para confessar um ao outro o segredo que não ousavam dizer...

Dessa maneira, andaram até chegar a uma grade que separava o parque de uma extensa área. E, atrás dessa grade, bem distante da cerca, despontava o campanário de uma igreja. Uma capela abandonada, ogivas povoadas de ninhos, sinos mudos... O que importava?

— Vamos visitá-la? — murmurou Lyllian, enquanto ela, com seus dedos finos, que de tão frágeis pareciam neve, colhia uma rosa para ele na cerca esparsa.

Em resposta, ela estendeu a mão para ele e baixou os olhos. Eles atravessaram devagar a pradaria embalsamada, cujo feno ondulava na brisa. Grandes borboletas policromadas volteavam como flores vivas; grilos estridulavam e seus élitros vibravam na luz quente. Atravessaram um córrego, ultrapassaram uma barreira; e se viram de frente para o alpendre.

A nave apareceu para eles, calma e fresca na penumbra, na qual apenas luziam as douraduras do altar.

Antes de entrar, Renold, voltando-se, percebeu a folhagem verde do parque, o pavilhão, lá longe, em uma bruma azul.

Como eles estavam longe...! Que sensação de estar cabulando aulas! Ele titubeava, quase... Eles estariam completamente a sós naquela igreja...

Então, ele olhou para ela, que estava em pé, a cabeça quase apoiada em um crucifixo na entrada do santuário, igual a uma divindade juvenil e terna, um sorriso de Cristo. Sem dizer uma palavra, estendeu a água benta para ela. E, pobre protestante místico que era, fez um grande sinal da cruz...

Depois, muito emocionados, tanto um quanto o outro, enquanto o barulho dos grilos no campo vizinho ainda ressoava no silêncio, eles se aproximaram do coro. Modesta e rústica era a humilde capela, e no entanto, tão acolhedora, tão linda!

Eles se detiveram aos pés da Virgem. Ela colocou ali as rosas que acabara de colher... Docemente, docemente...

Depois disso, voltando-se para Renold, cuja alma inteira latejava, ela o envolveu com seu olhar cândido.

Extasiado, falando como em um sonho, Lyllian, agora de joelhos, murmurou:

— Acredite em mim...! Eu a amo!

Ela o ergueu com um gesto, com um único gesto, mas tão simples, acolhedor e puro! Uma gracinha, toda pequenina, encolhida no peito de Renold, a jovem noiva tremelicava como um pássaro tímido.

Então Lord Lyllian teve consciência de seu triunfo, do amor deles, de uma felicidade imensa. Eles estavam unidos para sempre. E o pacto que acabavam de concluir naquele exílio perante Deus tinha algo de grave, de augusto e de imutável, assim como o lugar onde foi selado.

Com ternura, assim como a uma irmãzinha preferida, ele beijou sua testa e pôs toda a sua alma naquela carícia...

Que momentos, que loucuras, que vertigens!

— Veja — ele dizia para ela —, a Virgem entendeu a senhorita... E lhe deu um coração em troca de suas rosas. Ah, minha amada, que Deus nos perdoe! Nunca mais reencontraremos esse minuto nem essa hora ...!

☦

E, quando um saiu dos braços do outro, o sol alegre filtrado pelos vitrais parecia unir seu esplendor e sua luz à aleluia ardente do primeiro amor dos dois!

CAPÍTULO XXIII

JARDIM DA AVENIDA DE MESSINE, CINCO HORAS DA TARDE. APÓS UMA BREVE VISITA, MAS TÃO ENCANTADORA E TÃO TERNA, RENOLD SE DESPEDIU DE SUA NOIVA, QUE, COM UM OLHAR, LHE OFERECEU SEUS LÁBIOS E, com um gesto, lhe estendeu a mão.

— O senhor voltará logo, não é, meu Renold? Que não passe muito de uma ausência curta. Sinto tanto prazer em falar com você neste querido lugar tranquilo... Quando o senhor está longe de mim, o silêncio me dá medo: quando o senhor está aqui, ele me embriaga...!

Ele partiu prometendo voltar e, até chegar à porta, ele se virava, alegre, jovem, risonho.

Uma semana já decorrera desde o acontecimento, e que semana doce! Lyllian, embriagado de tanta felicidade, imaginava, com a ilusão dos belos sonhos, que aquela felicidade datava de sempre.

Noivo...! Ele estava noivo! E não à maneira americana das pessoas que simplesmente trocam suas carteiras, mas à maneira romanesca dos príncipes das lendas! Adolescente noivo e noivo do amor; vidas unidas e corações unidos!

Ele estava pensando naquilo e em muitas outras coisas mais quando se afastou da avenida em seu caminho de volta para casa. Numa série de carícias e de inebriamentos, ele rememorava a volta deles dois, após as juras na igreja de Versalhes; o encontro com a mãe, agora mãe de ambos, que, sem dizer uma palavra, chorando de alegria e de esperança, abria os braços para eles, os beijava...

Além disso, oh, além disso... Aquele trajeto até Paris que ele se lembrava de ter feito na incerteza e na indiferença, algumas horas antes, e que ele percorria, agora, perto de sua amada, como num êxtase, com asas! Que embriaguez, mas também que alegria inverossímil...!

De tal modo inverossímil que, prestes a anunciar a boa notícia aos primos na Inglaterra, ele ainda hesitava... A melancolia de viver, que vela todas as coisas com uma dúvida! No entanto, quantos desejos subitamente atendidos, quantos belos sonhos finalmente eclodiriam!

Agora, Lyllian concebia melhor a verdade. O que ele acreditava ser uma lenda tornava-se realidade do presente e do futuro.

Já nos primeiros dias, como regalo de compromisso, ela lhe dera um retrato, um retrato pequenininho em que se podia vê-la dançando o lindo passo lento do minueto, igual a quando Renold havia reparado nela, em um baile de pompa, como o quadro *La Finette*, de Watteau.

E agora, toda vez que Renold regressava, após ter passado algumas horas deliciosas ao lado dela, na avenida de Messine, no perfume inebriante de todas aquelas flores brancas, ele a reencontrava em imagem e em evocação, tal como uma carícia esvaecida.

Seu quarto tomou inconscientemente esses ares de inocência e de alegria leve, como se estivesse iluminada pelo sorriso da Virgem Maria!

E assim voltou Renold para casa. O zelador, à porta da guarita, cumprimentou-o com grandiosidade, todo cerimonioso.

— Alguém veio aqui? — perguntou Lyllian enquanto recebia suas cartas.

— Perdão, *my lord*. Vieram dois... Três senhores... Dois deles, muito educados, entregaram uma carta com suas felicitações para *my lord*. Ah! — emendou o lacaio, fazendo uma cara de guardião. — É uma alegria enorme para mim e para minha senhora zeladora ver que *my lord* encontrou a felicidade! Antigamente *my lord* fazia um pouco de farra...! Já faz um mês, principalmente desde seu noivado, que *my lord* se tornou um moço sério...

— O que é passado ficou no passado — respondeu Lyllian, com graça encantadora. — Zelador, tenha a bondade de esquecer minhas farras e as noites em que foi obrigado a ficar acordado. Principalmente, não deixe que os antigos frequentadores da minha casa entrem mais. Eles já foram avisados...

— Pois não é que um deles veio aqui, *my lord*? Um jovem, o terceiro daqueles que eu comentei com o senhor. Uma cara estranha, pálida... Tão pálida...! Acho que é um dos... colegiais que vieram tantas vezes à casa de *my lord*. Ele insistiu muito para ser recebido. Daí eu disse que tanto fazia *my lord* ou eu, que *my lord* estava prestes a se casar e estava muito ocupado. Como ele insistia, eu ameacei dar nele com a vassoura.

— Uma proteção assim! Tome, isso é por ter me defendido...

Renold deslizou um luís para o zelador e foi embora cruzando o pátio para entrar em casa.

O zelador observou Lyllian ir embora com uma expressão indecifrável...

— Quem sabe não será essa sua última gorjeta — murmurou.

Depois chamou a mulher e disse:

— Tó, Génie, bota lá isso junto com aqueles da prefeitura!

☦

Enquanto isso, Lyllian se sentou diante de sua escrivaninha, bem perto da fotografia loira de sua noiva, e abriu a pilha de cartas recém-entregues.

Felicitações, desejos, votos entusiasmados de amizade; o entusiasmo de Renold com aquilo não tinha fim. Sinceridades, mentiras, ilusões, hipocrisias, fraquezas, o que importa! Em sua jovem felicidade, ele precisava acreditar na bondade do mundo.

De repente, soou o timbre da campainha. Péssima hora! Renold ia chegar atrasado na avenida de Messine. Mesmo assim, foi abrir. Uma exclamação de sobressalto. Era André Lazeski, o retórico em formação — poeta e velho conhecido, era um dos "coroinhas" que serviam nas missas negras da avenida de Iéna.

— Foi o senhor quem esteve aqui durante o dia? — perguntou Lyllian muito friamente.

— Sim, fui eu — respondeu o rapaz com voz branda.

— O que quer comigo?

— Eu preciso vê-lo.
— E por que motivo...?
— Não importa. Renold, é verdade que você[1] vai se casar?
— O senhor não estava sabendo?
— Não pode ser. Você está mentindo!
— E você veio até minha casa sem ser convidado para me dizer isso?!
— Vou te falar mais uma vez: ou você está mentindo ou está louco...
— Ora, com que direito você vem aqui me falar isso?
— Com o direito de quem te ama e foi amado por você! — gritou Lazeski. — Ah! — continuou ele, cada vez mais exaltado. — Então é assim que você me trata agora, como um desconhecido, dizendo palavras como quem dá chibatadas...? Houve um tempo, você se lembra?, em que fui seu mestre e seu amante! Hoje você me despreza, se esquece de mim... Renold, meu Renold, por que está fazendo isso?...

André, quase sem fôlego, se continha, os olhos cheios de lágrimas. Lyllian, perplexo com aquela dor repentina, com aquela tortura silenciosa, não sabia o que responder.

— Olhe, Renold... Você sabe que estou sendo sincero... Você bem adivinhou que eu te amava, como ama um louco. É a primeira vez que amo alguém. Você me conquistou de tal maneira, você me fez ser só seu, que mesmo se me oferecessem todas as curas do mundo, eu recusaria. Foi você quem me ensinou o que é amor...

E, quando Lyllian ia protestar:

— Oh! Não estou te acusando de ter cometido perversidades, Renold — replicou Lazeski, com uma chama estranha brilhando nos olhos — Antes de ter te encontrado no liceu, eu sabia de tudo. Entre os internos,

---

[1] O personagem passa do tratamento formal (*vous*) para o informal (*tu*).

somos praticamente obrigados: somos tão solitários, tão afastados, tão tristes! Não, você não me fez mal nenhum; pelo contrário... Você elevou meu coração e minha mente; antes, eu ofendia o amor. Foi por você que o bendisse. Foi por você que o compreendi.

"Mas também, Renold, é um amor selvagem, ardente, profundo e vivaz, ainda mais vivaz por não ter a ver com coisas materiais. Como ele nasceu, como ele cresceu... Será que alguém pergunta isso aos pássaros das montanhas? Ah... Em outros tempos, você me chamava de 'meu pequeno exaltado', lembra...? Ah, você não tem ideia do quanto eu te amo, do quanto te desejo para mim, só para mim; você também deve ter noção do meu sofrimento, do meu ciúme. Tanto que você desejava outros, pessoas jovens como eu, e eu não ligava; você sempre voltava para mim. Mas uma mulher, uma mulher que vai te embriagar, que vai te trair, que vai te prender até o fim dos tempos! Uma mulher, nossa inimiga... Não, não, mil vezes não! Você é meu, você é meu bem, você é só meu, você é meu Deus!

"E eu me mato se você se casar com ela!"

André Lazeski, mais branco que um lençol, crescido de modo sobre-humano por causa de sua emoção e por causa de seu sofrimento, encerrou essas pequenas palavras com uma voz estridente.

Lyllian sentiu um frisson. A noite envolvia os móveis do quarto com uma penumbra nascente, um pouco melancólica. Ele permaneceu completamente pensativo por um instante, sem dar resposta ao colegial... Em seguida, murmurou docemente:

— Pobre pequeno...!

Logo depois, uma reação extraordinária se produziu. André se afundou em uma cadeira, aos soluços. Ele falava por entre as lágrimas...:

— Renold, eu nunca disse a você, ainda não disse... Eu sentia que, para você, eu não passava de um brinquedo do acaso, de um capricho, de uma aventura. E, no entanto, os versos que dediquei a você deveriam ter te confessado o meu sofrimento... Eles eram desajeitados... Os meus pobres versos... Você não os compreendeu... Eu escrevia de noite, no meu quarto, pensando em você, pensando em você... Você se lembra de como me explicava bem os grandes poetas do seu país?... Eu estava sentado assim, neste lugar... E o crepúsculo era o mesmo... Tua voz cantava no silêncio, tão carinhosa, tão terna que, várias vezes, o poema terminava em um beijo... Isso não pode morrer, isso não pode desaparecer... É minha vida inteira! Meus pais me abandonaram... O liceu parece uma prisão... O que você quer que aconteça comigo...?

"Sim", murmurou André num soluço "se você se casar, se me deixar depois de ter jurado que me amaria para sempre, eu prefiro partir para longe, para bem longe, onde não terei mais nenhum desejo, mais nenhum sonho, antes que minha juventude se vá... A doença mora aqui! Minha alma é profunda demais para sarar...!"

Muito comovido, Lyllian agora se lembrava da paixão sepulta deles. Ele o encontrara certo dia em seu caminho, não sabia mais em que concerto ou em que baile. Em seguida, simpatizaram um com o outro, e o que era um mero prazer se tornara amizade; a amizade se transformara em doce amor... Surpreso com a viva inteligência do seu jovem camarada, Lyllian se divertia traduzindo e explicando Byron, Browning, Rossetti e Tennyson a ele. E os diálogos dos deuses se encerravam nos lábios. De fato, eles tinham passado horas inesquecíveis...

— Ouça, meu menino, meu amigo, meu irmão... — disse Renold, enfim com dó. — Enxugue os olhos, não chore mais, escute: você precisa me esquecer... Esquecer as coisas que fizemos juntos... Porque tudo isso é de mentira, tudo isso é baixo, tudo isso é mau... Eu me enganei antes, e a culpa é minha por ter compartilhado meu erro com você.

"Abandone essa ilusão. Os jovens que, assim como nós, acreditam não poder substituir o seu próprio amor pelo das mulheres são doentes sentimentais e sensuais. Às vezes, eles nunca ousaram abordar uma mulher, e essa timidez se tornou uma forma de selvageria odiosa. Na maioria das vezes, suas primeiras experiências foram tão frustrantes que eles foram para outro lugar, na tentativa de aplacar a sede de mistério, de ternura e de beleza. Porém, o narcisismo a dois revela todo o apelo de uma nova carícia. Mas isso só pode ser concebido entre adolescentes. A idade o torna vulgar. Portanto, para mim, aos vinte e cinco anos, meu garoto, está acabado.

"Hoje, estou arrependido, estou salvo. Sofri muito, André, e não estou te rechaçando... Eu te ajudarei com a cura próxima... Você verá como a vida é melhor, como ela é mais sã e mais forte...! Não se desespere... Você é belo, inteligente e talentoso, assim como Mozart e Chopin o foram... Você tem o futuro à sua frente... Ouça...! Em um ano ou dois, você encontrará, assim como eu encontrei, o encanto delicioso de uma moça e se dará conta de que, ao lado dela, não pensa mais nos velhos dias... Meu menino... Meu pequeno... Enxugue os olhos... Não chore mais... Você precisa me esquecer!"

Fez-se silêncio na sombra crescente. Lyllian já não via mais nada a não ser a silhueta magra do pequeno colegial e a mancha de ouro ocre de seus cabelos...

— Eu te amei — continuou Renold. — De verdade... Porém, não sabia o quanto você correspondia à minha ternura. Eu queria fazer de você um discípulo, um adorador da juventude efêmera, da beleza frágil... Que pena! Infelizmente, eu te arrastei para longe da aurora, em direção ao crepúsculo e à noite... Escute... Você ainda é criança e pode facilmente apagar uma lembrança... Eu te amei... Mas nós nunca deveríamos ter realizado o nosso Amor!

— Então... Hoje — articulou André Lazeski levantando a cabeça, febril —, hoje... Fale a sério... Tudo acabou, quebrou, se esgotou? Você não me ama mais...?

Renold nunca o tinha achado tão belo, tão passional, tão sincero. A frase: "Na verdade, eu ainda te amo!" tremia em seus lábios... Então, de repente, ele se lembrou de sua promessa, de suas juras, de seu noivado: Ela...!

Ela devia estar esperando por ele, completamente decepcionada por ele não estar lá, no fundo do jardim solitário... Não, já era tarde demais para ressuscitar vertigens de outrora. Era preciso pôr um fim naquilo, o outrora estava morto.

— Eu não te amo mais — disse Lyllian lentamente, — porque não devo mais fazê-lo...

— Miserável, miserável covarde! — gritou André. — Você sequer tem a dignidade de corar quando mente! Você deve ter me encontrado assim, enganado, manchado e pervertido; deve ter feito de mim um desgraçado e um condenado, aos dezessete anos! Depois de ter feito de mim um brinquedo para o seu desejo, agora sou seu objeto de desprezo. E você está me abandonando! Sim, seu gesto tem sua elegância. Então, tenha a bondade de abrir a janela para eu jogar isso aqui na rua! "Isso aqui", no caso, sou eu; deve haver tantos outros Andrés Lazeskis por aí, que você desviou do caminho direito para divertir os teus vícios, para, um belo dia, sentir ainda mais asco deles.

"E, em sua defesa, alega ser um educador? Que história mais linda! Você realmente não acha que, com toda essa sua literatura, com todas essas belezas que você alega, tendo suas lindas frases como desculpa, não estava me atolando mais ainda, não estava me pervertendo mais ainda...?! A lama causa uma repulsa... E você, Renold, você escondendo a lama por sob as flores...!"

Lord Lyllian, perturbado com essas invectivas, tentava acalmar o rapaz em vão.

— E você acha mesmo que eu vou arrastar minha vida de um antro para o outro, de um naufrágio para o outro porque você terá devastado meu coração, enquanto você, indiferente às suas antigas vergonhas, tentará esfregar sua podridão na inocência de uma moça. Não! Seria fácil demais, meu caro!

— Parece que estamos repetindo a mesma cena. Bem, André, acalme-se; eu tenho que sair para um encontro... Já são quase sete horas. Hora de me aprontar; você precisa ir embora... Para quê tudo isso?

— Nossas almas nórdicas não conhecem o perdão nem o esquecimento — ofegou Lazeski. — Faço bom uso de suas lições. Quantas vezes você não me mostrou o mundo como um cavalete de máscaras, das quais é preciso se vingar...? Você ainda é a mais cínica de todas essas máscaras... Pois bem, assim seja: você me quer, sim ou não...? Vou perguntar pela última vez: ainda me ama?

— Não.

— Ótimo, vou me vingar.

Um gesto breve, tiros: um grito, um só... Terrível! André desabou sobre o corpo de Renold, agonizante.

☦

Houve um instante de imobilidade trágica no quarto. Em seguida, chegaram os gritos vindos de fora.

— Já disse que veio do térreo, do inglês! — dizia uma voz... — Com certeza é alguma desgraça!

— Vá procurar socorro, rápido — replicava um outro. — Alguém tem que abrir essa porta...

Seguiu-se um longo murmúrio; depois disso, um vaivém confuso.

As pessoas corriam, procurava-se alguém.

Finalmente, barulhos de chaves, luz; os primeiros a chegar recuavam da entrada do quarto...

— Aqui estão eles!

— Cacete,[2] eles não se mexem mais... Estão mortos! — exclamou um lacaio. — Que coisa horrível...!

— Quem é o outro? Ele ainda tá segurando o revólver — apontou uma mulher.

— Ninguém sabe... Um ex do lorde.

— Acredito em vocês — pronunciou-se o porteiro.

— É o garoto que veio várias vezes me pedir para ver o inglês. Quem vai chamar um médico... E a polícia? Depressa, já tá quase ficando escuro. Isso aí tá com cara de assassinato!

— Então o que deu nesses dois para se matarem?

— Bah, você não entende nada... Génie — acrescentou o porteiro, muito chateado —, telefone para a família...

— Que família?

— A noiva, ora essa! Já eu, não vou mais ficar aqui. Não gosto de ver presuntos!

Seguindo o exemplo deles, os outros foram embora, trancando cuidadosamente a porta, deixando a luz acesa.

Outro silêncio, longo, muito longo...

Depois, um lamento...

André Lazeski, desvairado e com a figura ensanguentada, levantou-se com dificuldade... Mas suas forças o traíram, e ele caiu de novo, de joelhos. Então, viu Renold estendido, sem respirar, a mão encostada no peito, do qual escapava um filete vermelho.

— Oh...!

Rastejando até Lyllian, ele viu, com a clareza violenta da eletricidade, sua figura lívida, suas pálpebras azuladas. Com inúmeras precauções, ele próprio lutando

---

2 No original, *"Bugre"*, também grafado como *bougre*, é uma interjeição de espanto a partir da corruptela de *bulgare* ("búlgaro"), que, por sua vez, remete a uma suposta seita herética, acusada de praticar sodomia. O termo depreciativo usado pelos colonizadores para designar povos indígenas brasileiros tem a mesma origem.

contra a agonia, a cabeça tão pesada que só conseguia levantar pela metade, André entreabriu o paletó, o colete, a camisa de Renold. Ali! Foi bem ali que a bala o atingiu: de uma ferida minúscula, o sangue escorria, morno, ininterrupto.

— Renold, meu Renold... — chorava André. — O que fiz com você...? O que fiz com você...?

E conforme suas lágrimas escorriam sobre o rosto empalidecido de Lyllian, o jovem lorde fez um leve movimento. Seus lábios brancos se entreabriram... Enfim, abriu os olhos. Ele olhou ao redor... Como em um sonho...

— Você está vivo! Oh, meu Deus, obrigado! — balbuciou André, a voz abafada... — Renold, você vai viver, eu posso morrer...!

— Meu menino, meu irmão, meu amado... — murmurou então Lyllian, distante. — Ele está aqui, bem perto, o túmulo tranquilo, a porta que se entreabre, dando para países mais belos... Oh, estou sofrendo! Sim, meu pequeno exaltado — continuou, embriagado pela dor —, você tinha razão... Abandonar você foi fácil demais. Vamos fazer uma grande viagem juntos...

Exausto, ele se deteve.

— E pensar que eu te matei... — disse André, cambaleando.

— Você? Ora essa... Está brincando? — silvou, num espasmo, o infeliz Renold. — Sou eu o assassino... Sou eu, você se lembra...? Menti para você, te manchei... Te perverti... E tantas outras coisas, tantas outras...! Sim, posso enxergar tudo isso agora, na hora suprema — estertorou ele. — Estou com medo, André, estou com medo... De todas essas figuras de crianças olhando para mim... Aqui estão elas... Elas me fitam com seus olhões tristes... Parece que murmuram coisas sobre-humanas... Estão me ameaçando...! André... Estou com medo!

Um fluxo de sangue o sufocou. Perto dele, André Lazeski ofegava e se virava para Lyllian, com olhos suplicantes... Renold subitamente teve lucidez em seu delírio.

— Você quer que... eu... te perdoe? — perguntou ele baixinho, com serenidade.

André ganhou um novo olhar, um olhar de êxtase. Depois teve duas contrações, buscando ar com sobressaltos de pássaro ferido... E caiu, inerte.

— Fantasmas... Mais fantasmas! — gaguejava agora Renold. — O que é essa mulher...? Com uma faca no peito... Essa criança... Lá longe... Numa cama de flores... E esse homem que soluça...? Lady Cragson, Axel Ansen... Harold Sk...

Nesse instante, aos gritos, homens abriram a porta de entrada, e apareceram o médico e o delegado. Um deles se inclinou sobre o jovem Lazeski, auscultou-o por muito tempo e, após um silêncio, disse:

— Este aqui acertou suas contas... Levem-no...

E, enquanto colocavam o cadáver de André em cima de uma maca, Lyllian foi transportado para sua cama, inconsciente.

☦

— E aquele lá, doutor, o senhor acha que vai se safar? — murmurou o delegado, apontando para Renold. — Temos o mandado de prisão. A prefeitura telefonou para mim. É gravíssimo...

— Gravíssimo, de fato. Ele é intransferível.

— Não pode ser... Imagine só... Um escândalo de urgência! Nós precisamos disso, custe o que custar.

— Para quê?

— Com isso, terei minha condecoração com a cruz!

— Deixem-no morrer...

Lá fora, na suavidade tranquila do verão, andorinhas passavam gritando. Caíra a noite.

Ceilão-Capri, 1904.

FIM

POSFÁCIO

JACQUES D'ADELSWÄRD--FERSEN E A FIGURA DE HELIOGÁBALO

JEAN DE PALACIO[1]

---

[1] Jean de Palacio, professor emérito na Universidade Paris IV (Sorbonne) ministrou um seminário sobre a Decadência na Europa por vinte anos (1979-1999) e republicou obras da literatura finissecular. Seus trabalhos incluem *Figures et Formes de la Décadence* (2 volumes, Séguier, 1994-2000) e *Les Métamorphoses de Psyché* (Atlantica, 2000).

*"[...] Heliogábalo tal como se apresenta aos fogos cruzados do passado e do presente."*²

MAURICE DUPLAY E PIERRE BONARDI,
HELIOGÁBALO (1935), P. IV (TRADUÇÃO NOSSA)

Suetônio (75?-160?) não poderia, e com razão, ter escrito sobre a vida de Heliogábalo (204-222) e o juntado aos seus doze Césares. Porém, tudo se passa como se, diante desse desencontro do historiador com a história, a Decadência tivesse sentido uma nostalgia ou um lamento e tentado, por todos os meios, compensar essa lacuna. Lombard, Lorrain, Mendès, Richepin, Henry Mirande, Stefan George e tantos outros escrevem, cada um, um capítulo dessa vida ausente e fantasiam à vontade sobre um reinado fugaz: apenas entre 218 e 222. Sob o título significativo de "décimo terceiro César", Robert de Montesquiou compõe um poema, certamente dedicado a Luís II da Baviera, mas reivindicando-se explicitamente como Suetônio e recapitulando no início todos os imperadores mais comprometidos da romanidade tardia:

> Gota de sangue-César, às suas paternidades
> Retomada, em uma flor bizarra e que destoa;
> Ó transposição nova de Suetônio!
> Delicioso tirano, déspota feminino;
> Marco-Aurélio-Nero e Tibério-Antonino.
> História Augusta; Heliogábalo-Mecenas,
> Monstruosamente virgem e castamente obsceno.³

---

2   Publicado anteriormente em: De Palacio, "Jean. Jacques d'Adelswärd-Fersen et la figure d'Héliogabale". *Romantisme*, n. 113, L'Antiquité, pp. 117-26, 2001.

3   Robert de Montesquiou, *Les Chauves Souris* (1892). Georges Richard, 1907, p. 258 (tradução nossa).

Jacques d'Adelswärd-Fersen não é uma exceção à regra. Sem ser, de forma alguma, um romance de restituição antiga — a cena se passa, alternadamente, em Veneza, em Londres, na Escócia e em Paris—, seu romance *Lord Lyllian: missas negras* (1904, impresso em 4 de fevereiro de 1905)[4] invoca, sucessivamente, todos os césares do mundo romano: Tibério (p. 177), Nero (p. 195), Vitélio (p. 212), Messalina (pp. 148, 266), e, sobretudo, Heliogábalo (pp. 57, 148). Vale dizer que são todos aqueles para quem a Decadência direcionou um tratamento privilegiado.

Nesse romance, de fato, o mundo antigo se sobrepõe constantemente ao mundo moderno, como se a intriga se desenvolvesse simultaneamente nos dois planos. Cada personagem tem um duplo, inspirado nas profundezas do Baixo Império. Lord Lyllian, "aquele inglês de vinte anos", é "vicioso como um Heliogábalo de conselho judiciário".[5] O nome próprio se tornou suficientemente comum para ser acompanhado de um artigo indefinido. O que não impede Lyllian de ser "o irmão emancipado de Messalina ou a própria Messalina, no estilo de Loubet".[6] A ambientação do Império Romano sob a Terceira República (o romance de Fersen surge sob o setenato de Émile Loubet, 1899-1906) é então confirmada, assim como a indistinção dos sexos, traço evidentemente fundamental. Mas outros personagens obedecem ao mesmo esquema,

---

4   A data de publicação é incerta. Na ausência de um depósito legal (a Biblioteca Nacional não dispõe de exemplares), a data de 1905 parece a mais provável. Alguns exemplares que trazem na página do título a menção (sem dúvida fictícia) "segunda edição" têm a mesma data de impressão.

5   Jacques d'Adelswärd-Fersen, *Lord Lyllian: missas negras*, na presente edição, p. 148. Doravante abreviado como *LL*.

6   Id. ibid.

no qual a Inglaterra também é incluída: o escritor Harold Skilde, retrato transparente de Oscar Wilde, se parece com "uma espécie de imperador romano que se tornou jornalista".[7] Com seus direitos autorais, ele constrói "um palácio de mármore rosa perto de Oxford, uma reprodução única e deliciosa do templo em Paestum".[8] O Tâmisa e a baía de Nápoles não estão tão distantes como se pensa. Ele oferece jantares "que remontavam a Heliogábalo". E a velha duquesa de Farnborough "brincava com suas maneiras de Augústulo (grandiosidade contra natureza), chamando Skilde de 'o último César postiço'".[9]

O tom está dado. Sobreposições e reescritas têm como denominador comum o retorno ao antigo. A esse respeito, o romance de Fersen surge como fortemente tributário do romance de Jean Lorrain, *Coins de Byzance: Le Vice errant,* publicado dois anos antes (1902). Lorrain, inclusive, aparece no romance de Fersen[10] sob o pseudônimo transparente de Jean d'Alsace, da mesma forma que Fersen figurava no romance de Lorrain sob o igualmente transparente pseudônimo de Filsen! Os dois romances têm uma pretensão idêntica: transportar a Antiguidade, de preferência a do Baixo Império, para a Modernidade. Filsen, escreve Lorrain, "vivia em pleno

---

7 *LL*, p. 56.

8 *LL*, p. 57.

9 *LL*, p. 58.

10 Afora seus outros atributos, *Lord Lyllian: missas negras* também é um romance baseado em fatos. Além de Harold Skilde (Oscar Wilde) e Jean d'Alsace (Jean Lorrain), podem-se citar também os nomes de Achille Patrac (Achille d'Essebac) e M. de Montautrou (Robert de Montesquiou).

idílio antigo, encoberto por éclogas e oaristos".[11] Duas outras personagens, Lord Férédith e Sir Algernoon, "só gostam do que é antigo".[12] E o narrador, o doutor Rabastens, comenta com o visitante: "O senhor se imagina responsável por organizar uma festa sob Nero ou por distrair Heliogábalo em pleno século XIX, respeitando os preconceitos do mundo e as regras da polícia?".[13]

Distrair Heliogábalo em pleno século XIX é exatamente a intenção de Fersen. O prólogo de *Lord Lyllian: missas negras*, dedicado a um "antigo juiz de instrução", parece ecoar as palavras de Lorrain. Ele nota que seu livro "se sacrifica algumas vezes aos preconceitos" e que "a moral não é nele ofendida", numa visível preocupação em se proteger de perseguições judiciárias. Em 1904, o processo, a prisão e o fim miserável de Oscar Wilde ainda estão presentes nas memórias. Fato revelador, o escritor inglês figura nas duas obras sob pseudônimos bastante semelhantes: chamado de Filde em Lorrain e de Skilde em Fersen, é também, por seus primeiros nomes, uma espécie de figura emblemática da poesia britânica "suspeita": se o Harold Skilde de Fersen remete a Lord Byron (muitas vezes mencionado ao longo do romance)[14] por intermédio de seu herói Childe *Harold*, o Algernoon Filde de Lorrain remete a um outro grande excluído da Inglaterra vitoriana: Algernon Charles Swinburne.

Russo na obra de Lorrain e inglês na de Fersen, o Heliogábalo moderno combina, aparentemente, duas espécies de vício: o vício romano, mas da "Roma", es-

---

11   Jean Lorrain, *Coins de Byzance: Le Vice errant* (Ollendorff, 1902). Albin Michel, 1926, p. 305 (tradução nossa).

12   Id. ibid., p. 306 (tradução nossa).

13   Ibid., p. 124 (tradução nossa).

14   *LL*, p. 56, 71, 75, 212, 255.

creve Lorrain, "a mais imunda e a mais devassa";[15] e aquele que Villiers de l'Isle-Adam nomeou, em *Histoires insolites* (1888), de "o sadismo inglês", expressão que será encontrada, aliás, sob uma forma semelhante em Adelswärd-Fersen, falando dos "homenzinhos, mais disponíveis para a venda que para o amor — o vício inglês".[16] Pode-se notar que, em seu artigo, Villiers toma Swinburne como exemplo e cita (em francês) uma longa passagem de "Anactoria".

O itinerário desse Heliogábalo moderno que é Lord Lyllian ("Heliogábalo, ele? Ora essa! Isso o lisonjeia...")[17] passa de fato por Londres e pelas casas discretas de certos bairros abastados, como o de Yarmouth, na Edward Street, a dois passos de Drury Lane: "os quartos são deliciosos... estofados... Dá para fazer de tudo... Ninguém ouve...".[18] Villiers, em seu artigo, evocava com distanciamento os "quartos almofadados" de certas moradas londrinas, acrescentando "que não foi como em Paris, para abafar afetações [...], que alguns de nossos industriais velhos e blasés pagaram por essas tapeçarias". O detalhe parece ter afetado profundamente os contemporâneos. Fersen retoma isso duas vezes, Villiers, três. Um outro esteta da época, Andrea Sperelli, de D'Annunzio, imagina, no final de sua visita a Lord Heathfield, "todos os horrores da libertinagem inglesa, as explorações da 'Armada Negra' pelas calçadas de Londres, a caçada implacável às 'virgens verdes', os lupanares do West End e da Halfousn Street, as casas elegantes de Anna Rosemberg e da Jefferies, os toucadores secretos que,

---

15 Jean Lorrain, *Coins de Byzance*: *Le Vice errant*, p. 137. (tradução nossa).

16 *LL*, p. 72.

17 *LL*, p. 148.

18 *LL*, p. 108.

acolchoados do chão até o teto, abafam os gritos agudos que a tortura arranca das vítimas...".[19] Outra forma, como escrevia Villiers, de "colocar seu Swinburne em ação", com a contribuição de um outro escritor cujo próprio título de seu artigo permitia prever: o marquês de Sade.

Assim, o Heliogábalo de fim de século se diversifica, se sutiliza, ganha em complexidade. Mobilizando Swinburne, Sade, mas também Baudelaire, cujo Georges Blin explorou outrora o "sadismo",[20] tem relação direta com a Modernidade. Sobre Baudelaire, Bourget escreveu em 1881: "Ele sonha então em sofrer, e em fazer sofrer, para obter essa vibração íntima que seria o êxtase absoluto de todo ser. A estranha vibração produzida pelos Neros e pelos Heliogábalos abocanha-lhe o coração".[21] É na poesia de Baudelaire que Lord Lyllian-Heliogábalo procura essa "vibração": "Depois de ele mesmo ter citado "O convite à viagem" e "A morte dos amantes", Renold cedeu lugar a Maxet da Comédia Parisiense, que agora, entre duas melodias de Grieg e versos de Samain, dizia

---

19 Gabriele d'Annunzio, *Il Piacere*. Milão, Treves, 1889; trad. Georges Hérelle (Calmann-Lévy, 1895), p. 374. *"Nell imaginazione dello Sperelli sorgevano tutti gli orrori del libertinaggio inglese: le gesta dell'Armata nera, della black army, su pe'marciapiedi di Londra; la caccia implacabile alle "vergini verdi"; i lupanari di West End, della Halfousn Street; le case eleganti di Anna Rosemberg, della Jefferies; le camere segrete, ermetiche, imbottite dal pavimento al soffitto, ove si smorzano i gridi acuti che la tortura strappa alle vittime..."* (Milão, Mondadori, 1965, p. 322).

20 Georges Blin, *Le Sadisme de Baudelaire*. José Corti, 1948 (tradução nossa).

21 Paul Bourget, *Essais de psychologie contemporaine* (1883). Plon, 1899, p. 14 (tradução nossa).

as estrofes melancólicas do "Hinário de Adônis".[22] E é com razão que Fersen intervém com sua própria poesia ao lado da de Samain e da de Baudelaire. Encontra-se, de fato, desde sua coletânea juvenil *Chansons légères*, ao lado das inevitáveis festas galantes, uma peça um pouco mais forte intitulada "Sadismo":

> Sonhei que mordia teu coração
> Com gosto de verme e flor
> Teu sangue esguichava com furor
> Como resgate da minha dor!...
> Sonhei que mordia teu coração
>
> Para acalmar meu selvagem ardor![23]

Quanto a Heliogábalo, ele será reencontrado dez anos depois, em 1911, na coletânea *Paradinya*.[24] Essa conjunção entre Heliogábalo e Sade é moeda corrente da época, como observou então Alexandra Beilharz: "Sade wird häufig in eine Reihe mit historischen Personen wie

---

22 *LL*, p. 233. As melodias de Grieg são sem dúvida aquelas em que Giorgio Aurispa, em *Trionfo della Morte*, encontrava "um leito profundo como um sepulcro" (*un letto profondo come un sepolcro*). D'Annunzio, *Trionfo della Morte* (1894). Milão: Treves, 1918, p. 437.

23 Jacques d'Adelswärd-Fersen, *Chansons légères* (Vanier, 1901), p. 198 (tradução nossa).

24 Jacques d'Adelswärd-Fersen, *Paradinya* (Éditions de Pan, 1911), "Elagabal", p. 35. Ver adiante.

Heliogabal, Caligula, Nero oder Gilles de Rais gestellt".[25] Sabe-se que Gilles de Rais também não está ausente das preocupações de Lord Lyllian. Além do próprio título do romance, estabelecendo uma relação de equivalência entre seu nome e as "Missas Negras", o capítulo XXI é integralmente dedicado a ele, ainda que Fersen apague tudo numa passada de mãos: a "documentação pedante de um Huysmans que serve, quando muito, para velhas senhoras espíritas ou para curas que largaram a batina".[26] Lyllian tem uma visão muito mais baudelairiana da missa negra: "é a exaltação do túmulo! Sobre o corpo juvenil e maleável que representa a volúpia transitória, o padre entrevê a mordida das larvas e a vegetação mofada do caixão".[27] A morte de Heliogábalo nas latrinas, aos dezoito anos, evocada por Lorrain a respeito da agonia

---

[25] Alexandra Beilharz, *Die Décadence und Sade: Untersuchungen zu erzählenden Texten des Französischen Fin de Siècle* (Stuttgart: M und P, Verlag für Wissenschaft und Forschung, 1996), p. 137. "Sade é frequentemente colocado no mesmo patamar que figuras históricas como Heliogábalo, Calígula, Nero ou Gilles de Rais." Heliogábalo, em particular, constitui um exemplo notável do que ela chama de "Die Verbindung zwischen Sade und der Spätantike" (ibid., p. 201): "a ligação entre Sade e a Antiguidade tardia". O nome de Fersen não aparece no sumário do livro. Porém, Sade aparece neste romance, no qual o personagem episódico de Feanès representa um "marquês de Sade ideal... mas retocado por Malthus" (*LL*, p. 29), e onde Harold Skilde apoia seu sucesso ao "sadismo de seus contemporâneos" (*LL*, p. 56).

[26] *LL*, p. 202.

[27] *LL*, p. 207.

de Noronsoff,[28] não está tão distante. É verdade que Noronsoff é ao mesmo tempo Heliogábalo, de quem tem a veste, e Sade, de quem tem os hábitos.[29]

*

A coletânea *Paradinya*, de tiragem confidencial (130 exemplares), marca um retorno à Antiguidade greco-latina tardia da qual, aliás, Fersen nunca se afastou muito (*Hinário de Adônis*, 1902; *O beijo de Narciso*, 1907; "Visão antiga" em *O sorriso de olhos fechados*, 1912). A dedicatória a Laurent Tailhade é prova disso. O soneto liminar convoca em série todos os personagens do *Satiricon*, que Tailhade tinha precisamente acabado de traduzir (1902, reeditado em 1910 com ilustrações de Rochegrosse): <na edição da 34, Encólpio, Ascilto e Gitão> e, é claro, Trimalcion (aqui registrado como Trimalche, sem dúvida por razões de métrica). O tom é de desencanto e de nostalgia:

> Permita-nos cantar, ó meu Mestre, para você,
> Esse carmen exaltando as nostálgicas vozes
> Enquanto com a mão você despetala rosas.[30]

O que confirma, ao mesmo tempo, o sumário, aqui chamado de "Lembrança das páginas", e uma carta escrita muito tempo depois a um correspondente parisiense, a quem ele envia, da ilha de Capri, um exemplar contendo uma dedicatória:

---

28 "Era o espanto de um Augústulo perseguido nessas latrinas em que suas entranhas em fuga o estacavam quase dia e noite" (*Le Vice errant*, p. 348). (tradução nossa).

29 "Mas é o marquês de Sade. — Mas onde o senhor acha que ele está? — Ah, barão, onde é que o senhor está querendo chegar?" (ibid., p. 257, tradução nossa).

30 *Paradinya*, p. 5, tradução nossa.

Vila Lysis
Capri (Itália)

Senhor,

Os selvagens estão muito na moda para que eu simplesmente não lhe agradeça. Se os aborrecimentos dos correios não lhe afetam mais, envie-me seus exemplares para que eu os assine.

E acredite que nunca se é inoportuno escrevendo a um autor alguns elogios sobre a vilã realização de seus sonhos...

Atenciosamente,
Adelswärd-Fersen
9-1-22[31]

A coletânea é composta de dezenove poemas dos quais três têm um título em latim (*"Per Vigilium Exilii"*, *"In Excelsis"*, *"Urbs"*) e um, o título em grego (*"To Paidi Eroti"*). O poema "Elagabal" (nota-se a retomada de uma grafia "asiática" usada sobretudo por Lombard e Richepin)[32] é encontrado no final da coletânea, precedendo (sem dúvida de modo intencional) uma sequência de três poemas modernos intitulada "Juventude" I, II e III.

---

31 Carta a Tonio de Nicolaï-Lota, inédita, col. part.

32 Sobre o nome de Heliogábalo, ver Franz de Champagny, *Les Antonins*. Bray, 1863, t. III, p. 316; e a terceira parte de *Héliogabale ou l'Anarchiste couronné*, de Antonin Artaud (1934).

ELAGABAL

Elagabal dançava sobre lábios contraídos,
E na poeira dourada da noite incandescente,
Todos os beijos feridos sobre lábios de sangue
Pareciam fazer ao Divino seu tributo devido.

Vencedor pelos perfumes de suas belezas perdidas,
Eu o destruirei como ele, dançando,
Estátuas de argila rosa, ó claros adolescentes,
Que nos fizeram sofrer de fervores frenéticos.

Pois minha juventude cá está, orgulhosa, e meu coração
Cujo verão faz dirimir o silêncio e o medo,
Se revolta a sofrer sua adorável obstrução.

Quero queimar minha vida num braseiro de corpos
E, como um tetrarca ou um escravo,
Morrer cerrando o Jovem Homem e a Morte!

Duas coisas chamam a atenção nesse soneto à primeira vista: de um lado, o desequilíbrio entre a parte reservada a Heliogábalo (um quarteto) e aquela destinada ao próprio autor (dez dos catorze versos): prova, se preciso fosse, da assimilação das duas figuras e do retrato do artista em Heliogábalo. A cada vez, o eu assume o controle ("Eu o destruirei", 6; "Pois minha juventude cá está", 9; "Quero queimar minha vida", 12), como se a figura imperial só fosse o pretexto, uma espécie de testa de ferro. Além disso, o verso 9 "Pois minha juventude cá está, orgulhosa" antecipa, pelo visto, a série "Juventude" que se segue e encerra o volume. O valor autobiográfico do "décimo terceiro César" é visto no autor, bem como no herói do romance.

Do outro lado está a vontade de apresentar um Heliogábalo dançante. Não é aí, propriamente, que reside a imagem que a tradição nos legou dele;[33] mas ela não é rara na época. Ele retorna para dar ênfase à indistinção sexual dessa figura imperial para tratá-la, como em "Chanson des Romains sur Héliogabale", de Félix Naquet, de

> Marido de todas as esposas,
> Esposa de todos os maridos.[34]

Essa é a visão de Fersen. Um romance de Henry Mirande, estritamente contemporâneo, dá a versão mais surpreendente disso:

> Nu também numa túnica transparente de seda branca bordada com pérolas e bem aberta nas laterais, safiras em seus cabelos alisados, uma fileira de enormes esmeraldas em torno do pescoço, um efebo dançava ao som da cítara. Pela brancura de sua pele cuidadosamente depilada, pelo encarnado de suas maçãs maquiadas, até o *kajal* esfumado dos olhos, era possível confundi-lo com uma jovem cortesã. Seguindo o ritmo dos tamborins, ele rebolava deslocando o traseiro e mexendo os quadris com lascívia, enquanto

---

33 Ver, contudo, o que escreve Herodiano: "Ele mesmo dançava em volta de altares, aos sons dos instrumentos mais diversos. Mulheres de seu país dançavam com ele [...]"; "Mas, ainda que ele parecesse estar sempre ocupado com sacrifícios e danças [...]"; "Antonin [Heliogábalo] não cessava de se exibir em público conduzindo carruagens ou dançando" (*Histoire Romaine depuis la mort de Marc-Aurèle jusqu'à l'avènement de Gordien III*, trad. Léon Halévy. Firmin-Didot, 1860, Livro V, caps. XIII, XIV et XVI, pp. 186-190) (tradução nossa).

34 Félix Naquet, *Haute École*. Charpentier, 1886, p. 77. Trata-se de um refrão da canção, que começa sem ambiguidade por estes versos: "De costas é Cypris./ E de frente? É Páris". (tradução nossa).

com as pontas dos dedos, onde anéis cintilavam, mandava beijos à roda. Mas era sobretudo para um de seus espectadores que ele dançava, fitando-o amorosamente com olhos e roçando-o voluptuosamente com corpo despido.

Héracles reconheceu o imperador [...][35]

A descrição desse corpo dançante, talhado e pintado, e dessa coreografia erótica[36] poderia ter um sentido bem específico: a lembrança, intencional, da mais célebre dançarina da história da cultura, a tão famosa Salomé de Gustave Moreau e Huysmans, tal como aparece no capítulo v de *À rebours*. O termo "tetrarca", usado por Fersen para se referir ao imperador no último terceto, confirmaria esta hipótese: normalmente reservado a Herodes e nunca atribuído a Heliogábalo, ele desloca no tempo a figura imperial e, sobretudo, insere-a num outro contexto e numa outra morfologia. O último dos *Sonnets romains* [*Sonetos romanos*] de Henri Corbel (1898), "A Dança no Templo do Sol", dedicado a Heliogábalo, também o mostra dançando:

De vestido longo, como os vestidos de almeias.

A ilustração do pintor Clément Bétoux não deixa nenhuma dúvida a esse respeito: a silhueta do dançarino coberto de gemas e drapeado em gases transparentes é a de uma dançarina executando a dança dos sete véus.[37]

---

35 Henry Mirande, *Elagabal*. Ambert, s.d. [ca. 1910], pp. 198-9 (tradução nossa).

36 "[...] Elagabal, que se aproxima até encostar com seu traseiro na virilidade do cocheiro" (ibid., p. 199) (tradução nossa).

37 Henri Corbel, *Sonnets romains*, Bibliothèque du "Franc-Parler", 1898, p. 42 (tradução nossa).

Figura de homem-mulher ou alegoria da Luxúria, como neste outro poema de Pol Loewengard, "A oração de Heliogábalo":

> A Luxúria, imperatriz também das batalhas,
> [...]
> E que dança lascivamente sobre os túmulos!
>
> Gloria, pois, a você, filha do Sol, Luxúria
> Terrível, plena de choros, de resmungos, de gritos,
> Cujos olhos ardem, cuja boca tem mordeduras!
> Você dança! Você morde! Você trepa! Você mata! Você ri![38]

Das diversas "distrações" oferecidas a "Heliogábalo através dos anos",[39] dança, festa ou orgia, o último ato

é sempre sanguinolento. O sangue, a pisadura e o dano impregnam a dança do soneto de *Paradinya*, como aquele de Loewengard. Mas é sobretudo na celebração das

---

38 Pol Loewengard, *Les Fastes de Babylone*. Sansot, 1905, p. 54 (tradução nossa).

39 É o título de um artigo de Alfred Jarry publicado em *La Plume* em 1903 e dedicado a Jacques d'Adelswärd por conta do caso da moradia para homens solteiros da Avenue Friedland. Ele confirma, como se fosse necessário, a assimilação feita pelos contemporâneos entre o imperador do Baixo Império e o descendente de Fersen. "M. Jacques d'Adelswärd se dedicou, dizíamos — e este longo parêntese dá apenas uma ideia superficial da constância de sua dedicação —, a renovar, no século XX, as torpezas que Heliogábalo aprendeu nas aulas" (*La Plume*, n. 344, 15 de outubro de 1903, pp. 209-10). Resumi o "caso" no Anexo IV de minha edição de Rachilde, *Les hors nature*, Séguier, col. Bibliothèque Décadente, 1994, pp. 531-6 (tradução nossa).

festas de Adônis, que renovam, na virada do século, o Noronsoff de Lorrain e o Lyllian de Fersen, que esse caráter é constatado.

Os dois romances contêm, de fato, dois episódios exatamente paralelos, tendo explicitamente como objetivo reforçar a semelhança entre o César romano e o herói moderno. Lorrain destaca a "nova extravagância das festas de Adônis, pois eram os funerais e a ressurreição de Efebo da Ásia que deviam representar os desfiles e os cortejos repetidamente ao Mont-Boron".[40] O Efebo da Ásia, as vestimentas segundo Alma-Tadema,[41] a orgia de rosas sangrando nos jardins não deixavam qualquer dúvida sobre a natureza do espetáculo e a identidade do protagonista. A roupa de Boris, que encarna Adônis, é, inclusive, "indescritível e louca como a de Salammbô em Gustave Flaubert ou a de Elagabal em *Agonia*, de Jean Lombard".[42] Lord Lyllian será, por sua vez, "o Adônis conforme pintado pelas mitologias pagãs", Burne-Jones respondendo a Alma-Tadema.[43] Apenas o local da celebração difere, Nice para Lorrain e Grécia para Fersen, "as ruínas do templo de Zeus",[44] como convém àquele que é não somente Heliogábalo ou irmão de Messalina, mas, como o amor socrático exige, "o pequenino sobrinho de

---

40   *Le Vice errant*, p. 296 (tradução nossa).

41   Autor do quadro *Les Roses d'Héliogabale*, (1888). A pintura claramente se apoderou de Heliogábalo. No Salão de 1909, Henri Motte ainda expunha *Les Convives d'Héliogabale*.

42   Ibid., p. 306 (tradução nossa).

43   *LL*. p. 95. E "um corpo inquietante, à maneira de Burne-Jones" (p. 27).

44   *LL*, p. 96.

Alcibíades".⁴⁵ Espetáculo, em todo caso, como escrevia Lorrain, "bem romano para festas gregas";⁴⁶ e pretexto, sobretudo, para exibir em público uma nudez andrógina. A chegada de Lyllian ao pedestal em que repousava, "pálido e langoroso [...], em sua nudez divina. [...] Cravado de joias como um ídolo precioso, as mãos cobertas de anéis pesados, com um cinto de ourivesaria em volta dos quadris e que cobria seu sexo",⁴⁷ evoca bem de perto a cena da entrada de Elagabal em Roma no romance de Jean Lombard, "as sobrancelhas pintadas como as de uma ídola, uma grande coroa dourada iluminada de opalas, ametistas e crisólitos";⁴⁸ ou a da audiência do imperador "quase nu, as pernas oscilando, a virilidade exposta".⁴⁹ Mas a magnificência de uma cena restituída da Antiguidade não é o fim por si mesma: ela deve servir de cenário a um desfecho sangrento e bastante moderno. É, em Lorrain, a intriga da Schoboleska, mãe de Boris-Adônis, combinando "a morte do príncipe, fulminando de raiva no meio de uma festa fracassada";⁵⁰ e em Fersen, o suicídio de Lady Cragson em plena festa, abrindo o peito num gesto de sacrifício, como uma mimese do gesto festivo dos efebos oferecendo a Lyllian-Adônis,"em derradeiro sacrifício, um cordeiro que degolaram com um longo gládio de ferro".⁵¹ Esse mesmo gesto se prolonga, aliás, metaforicamente na carta de amor que Harold Skilde (o instigador da festa), aprisionado, enviará a Lyllian: "[...]

---

45 *LL*, pp. 27.

46 *Le Vice errant*, p. 299.

47 *LL*, p. 98.

48 Jean Lombard, *L'Agonie*. Savine, 1888, p. 54.

49 Ibid., p. 121.

50 *Le Vice errant*, p. 325.

51 *LL*, p. 99.

quando minha memória vibra [...] com a doçura de um de seus antigos sorrisos [...], tenho a sensação, *my lord*, de ter uma faca enfiada no peito".[52]

*

Nesse clima de crueldades "romanas", pode-se lamentar, em última análise, o fim "moral" do romance de Fersen: Lord Lyllian morto, como se estivesse em expiação, por um dos queridinhos que tinha rejeitado. Preferiríamos o final de Heliogábalo assassinado nas latrinas, que Richepin e Nayral conservaram[53] e que Lorrain transpôs, não sem certa destreza, na "enterite" de Noronsoff e em sua agonia comparada à investida de imundices de um esgoto que se esvazia".[54] Lyllian morre "decentemente", em seu quarto, assombrado pelas figuras das crianças que ele perverteu. Uma forma de exorcizar o escândalo, ainda próximo, da avenida de Friedland? Sobretudo porque o capítulo XXII do romance continha uma espécie de profissão de fé ou de autojustificativa:

> Tenho lá minhas dúvidas se essas crianças que vêm à minha casa são inocentes e só sabem falar de rosários — continuou Lyllian [...]. — Já há muito foram desmoralizadas pelo internato que conheceram e pelo externato que praticam. É justamente aí que eu modestamente entro.
> [...] A essas farsas de dormitório, que ridicularizam e dimi-

---

52 *LL*, p. 118.

53 "Como não pude viver como Heliogábalo, quis pelo menos morrer como ele, em latrinas"; Jean Richepin, *Les Morts bizarres*. Decaux, 1876, "Un Empereur", p. 67; "Elagabal morreu no buraco das latrinas"; Jacques Nayral, *À l'Ombre des Marbres*. Gastein-Serge, 1909, "Elagabal", p. 40.

54 *Le Vice errant*, p. 363.

nuem o amor mais divino do mundo, eu contraponho a paixão estranha, se assim quisermos chamá-la, porém real e capaz de provocar os mais lindos entusiasmos, toda feita de mistério e de sofrimento, classificada pelos imbecis como "contranatural" só porque a natureza deles não a compreendia.[55]

A perenidade dessa forma de amor, que "atravessou os séculos" (e vai, portanto, do imperador Heliogábalo ao escritor Jacques d'Adelswärd-Fersen), é sua própria legitimação. Fersen faz um paralelo entre o antigo e o moderno, "o mito divinizado de Narciso e de Adônis" e as amizades peculiares. Ele retoma isso em 1907, em *O beijo de Narciso*, com o personagem de Milès, o "beijo de dois adolescentes atraídos um pelo outro como a imagem pelo espelho".[56] E essa inspiração culmina na breve visão alexandrina de 1912, espécie de procissão alucinada em que o poeta Marcus Salvius convoca sucessivamente Ganímedes, Hylas, Pátroclo amado por Aquiles, Alcibíades, Niso perseguidor de Euríale, Corydon (já!) e, para terminar, "Heliogábalo criança, entendido como uma flor-de-lis sobre os escudos púrpura, eleito César pelas legiões da Germânia porque era belo e sabia dançar como nunca dançaram as mulheres!".[57] Estranho destino, que só fez atrair Adelswärd ao espelho de Heliogábalo e foi substituído, no soneto que lhe é dedicado, pelo estereótipo da Jovem Moça e pela Morte por seu duplo invertido:

Morrer cerrando o Jovem Homem e a Morte![58]

---

55 *LL*, pp. 212.

56 Jacques d'Adelswärd-Fersen, *O beijo de Narciso*. Editora Ercolano, 2023, pp. 129-30, trad. Régis Mikail.

57 Jacques de Fersen-Adelswärd, *Le Sourire aux yeux fermés*. Ambert, s.d. [1912], "Vision antique", pp. 244-7.

58 *Paradynia*, loc. cit.

REFERÊNCIAS BIBLIOGRÁFICAS

ADELSWÄRD-FERSEN, Jacques d'. *Le Sourire aux yeux Fermés*. Paris : Ambert, s.d.

ADELSWÄRD-FERSEN, Jacques d'. *Messes Noires : Lord Lyllian*. Paris : Messein, 1905.

ADELSWÄRD-FERSEN, Jacques d'. *Paradinya*. Paris : Éditions de Pan, 911, "Elagabal", p. 35.

BENOIT, Pierre. *Diadumène*. Paris : Oudin, 1914, "Héliogabale", p. 45.

BRANDIMBOURG, Georges. "Héliogabale", *Le Courrier Français*, 7e année, nº 25, 22 juin 1890, p. 4. Retomado em *Croquis du Vice*. Paris: Antony, s.d. [1895], pp. 69-83.

CARTUYVELS, Maurice. "Elagabale sacrifiant au soleil", La Jeune Belgique, t. XIII, 1894, p. 149.

CORBEL, Henri. *Sonnets Romains*. Paris : Bibliothèque du Franc--Parler 1898 [achevé d'imprimer 30 avril 1898]. "La Danse au Temple du Soleil", pp. 41-2.

D'HERDY, Luis. [pseud. de DIDIER, Louis]. *La Destinée: roman occulte*. Paris, Vanier, 1900.

DUVIQUET, Georges. *Héliogabale raconté par les historiens grecs et latins*. Paris, Mercure de France, 1903.

GEOFFROY, Adrien. "Le Rêve d'Héliogabale", La Plume, n. 215, 1er avril 1898, p. 198.

GEORGE, Stefan. *Algabal*. Für den Verfasser gedruckt bei Vaillant-Carmanne in Lüttich, 1892.

GOURMONT, Rémy de. "Préface" de l'ouvrage de Georges Duviquet [Prefácio à obra de Georges Duviquet]. Retomado em *Promenades Littéraires*, 6e série. Paris : Mercure de France, 1926, "Héliogabale", pp. 225-38.

JARRY, Alfred. "Héliogabale à travers les âges", *La Plume*, n. 344, 15 août 1903, pp. 209-10.

JOURDAN, Louis. *La dernière nuit d'Héliogabale: conte romain*. Paris : Dentu, 1889.

LOEWENGARD, Pol. *Les Fastes de Babylone*. Paris, Sansot, 1905, "La Prière d'Héliogabale", p. 54.

LOMBARD, Jean. *L'Agonie*. Paris, Savine, 1888. Re-edição: Paris, Ollendorff, 1901, com um prefácio de Octave Mirbeau e ilustrações de Auguste Leroux.

LORRAIN, Jean. *Coins de Byzance. Le Vice errant.* Paris: Ollendorff, 1902.

MENDÈS, Catulle. *Pour lire au Couvent*. Paris, 1887. "L'Empereur et les papillons", pp. 185-7.

MIRANDE, Henry. *Elagabal*. Paris : Ambert, s.d. [ca. 1910].

MONTESQUIOU, Robert de. *Les Chauves-Souris* (1892), éd. définitive, Paris, Georges Richard, 1907, "Treizième César", p. 258.

NAQUET, Félix. *Haute École*. Paris : Charpentier, 1886, "Chanson des romains sur l'Héliogabale", pp. 77-9.

NAYRAL, Jacques. *À l'Ombre des Marbres*. Paris : Gastein-Serge, 1909, "Elagabal", pp. 39-40.

RICHEPIN, Jean. "Elagabal", *Le Journal*, 26 avril 1898.

RICHEPIN, Jean. *Les Morts bizarres*. Paris : Decaux, 1876. "Un Empereur", pp. 63-7.

1   Cartaz de *The Gay Parisienne* por Ellis Hyland (1896).

2   Ilustração para a capa da tradução inglesa das *Mil e uma noites* (1897).

3   *Et in Arcadia ego* (1896).

Ave atque vale: Catullus, Carmen CI (1896).

5 Ilustração para "Assassinatos na Rua Morgue", em *Contos de mistério e imaginação*, de Edgar Allan Poe (1895/1896).

6   Ilustração para "A máscara da morte rubra", de Edgar Allan Poe (1895).

7   *Café preto* (1895).

8   A *condução de Cupido*, ilustração preparatória para a capa da revista *The Savoy* (1896).

9 *A caverna do* Spleen (1896).

O misterioso jardim das rosas (1895).

11 Ilustração para a revista *The Savoy*, n. 1.

12 *A Barcaça*, ilustração para "The Rape of the Lock", de Alexander Pope (1896).

13 Ilustração para "A queda da Casa de Usher", de Edgar Allan Poe (1895).

14   Ilustração para "O gato preto", de Edgar Allan Poe (póstumo, 1901).

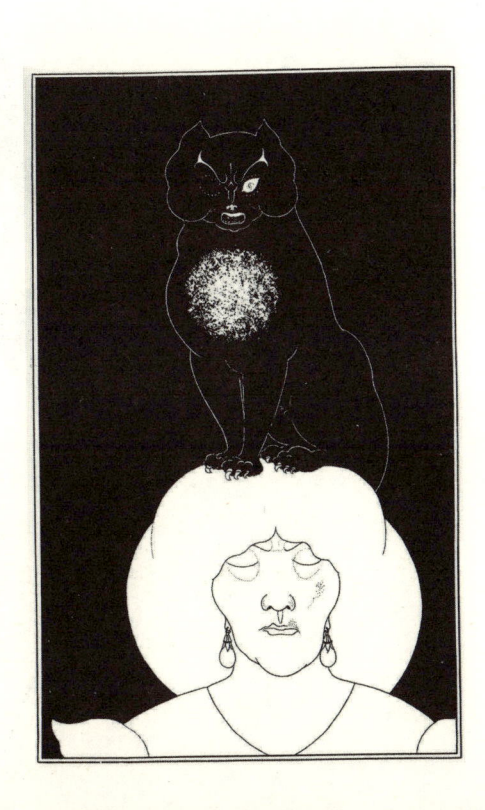

15 Autorretrato (1892).

Dados Internacionais de Catalogação na Publicação (CIP)
(Câmara Brasileira do Livro, SP, Brasil)

d'Adelswärd-Fersen, Jacques, 1880-1923
    Lord Lyllian : missas negras / Jacques
d'Adelswärd-Fersen ; tradução Régis Mikail. -- São
Paulo : Ercolano, 2024.

    Título original: Lord Lyllian: messes noires
    ISBN 978-65-85960-09-0

    1. Romance francês I. Título.

24-205465   CDD-843

Índices para catálogo sistemático:
1. Romances : Literatura francesa 843
Eliane de Freitas Leite - Bibliotecária - CRB 8/8415

ERCOLANO

Editora Ercolano Ltda.
www.ercolano.com.br
Instagram: @ercolanoeditora
Facebook: @Ercolanoeditora

Este livro foi editado em 2024
na cidade de São Paulo pela
Editora Ercolano, com as
famílias tipográficas Bradford
LL e Wremena, em papel Pólen
Bold 90 g/m² na Leograf.

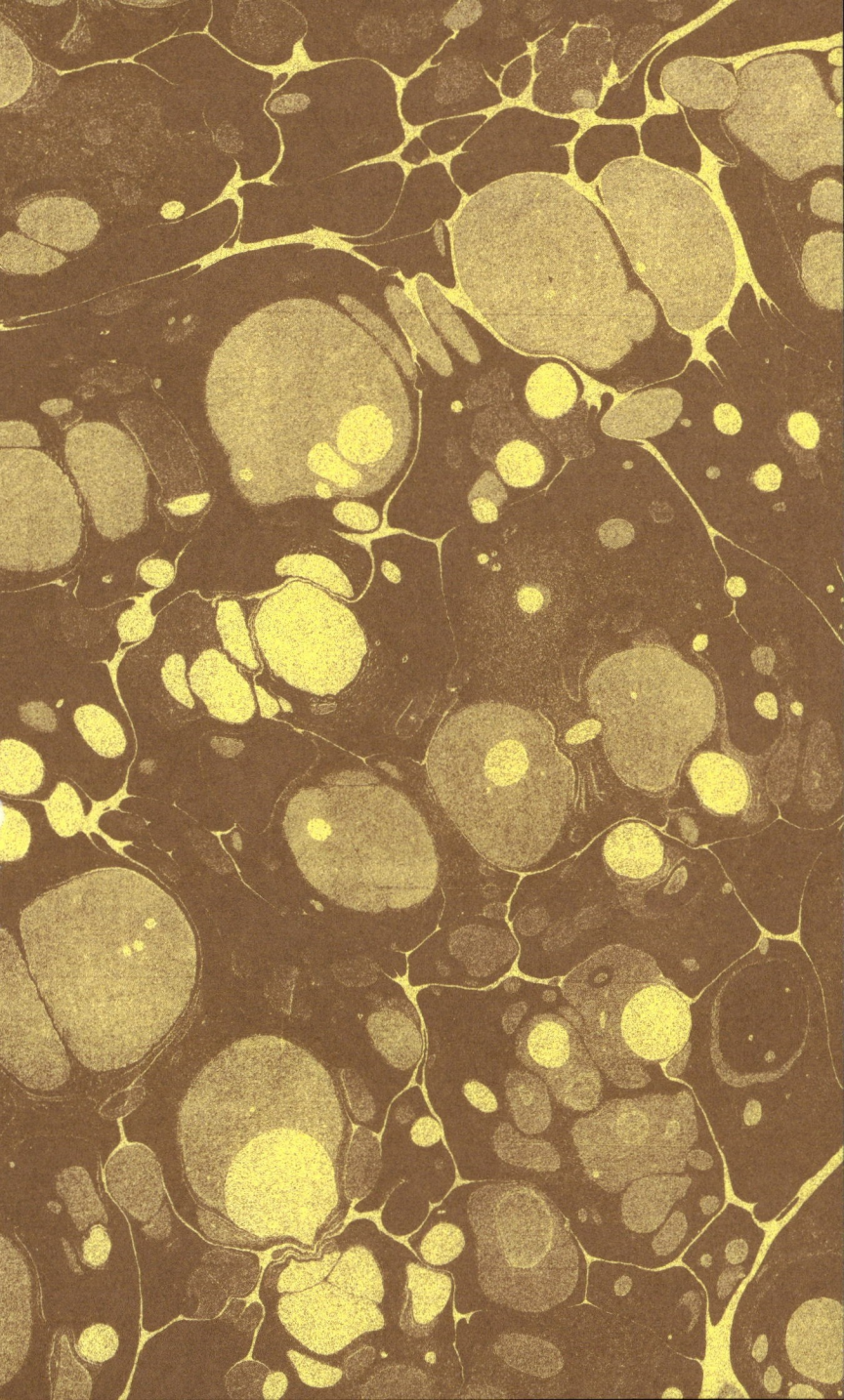

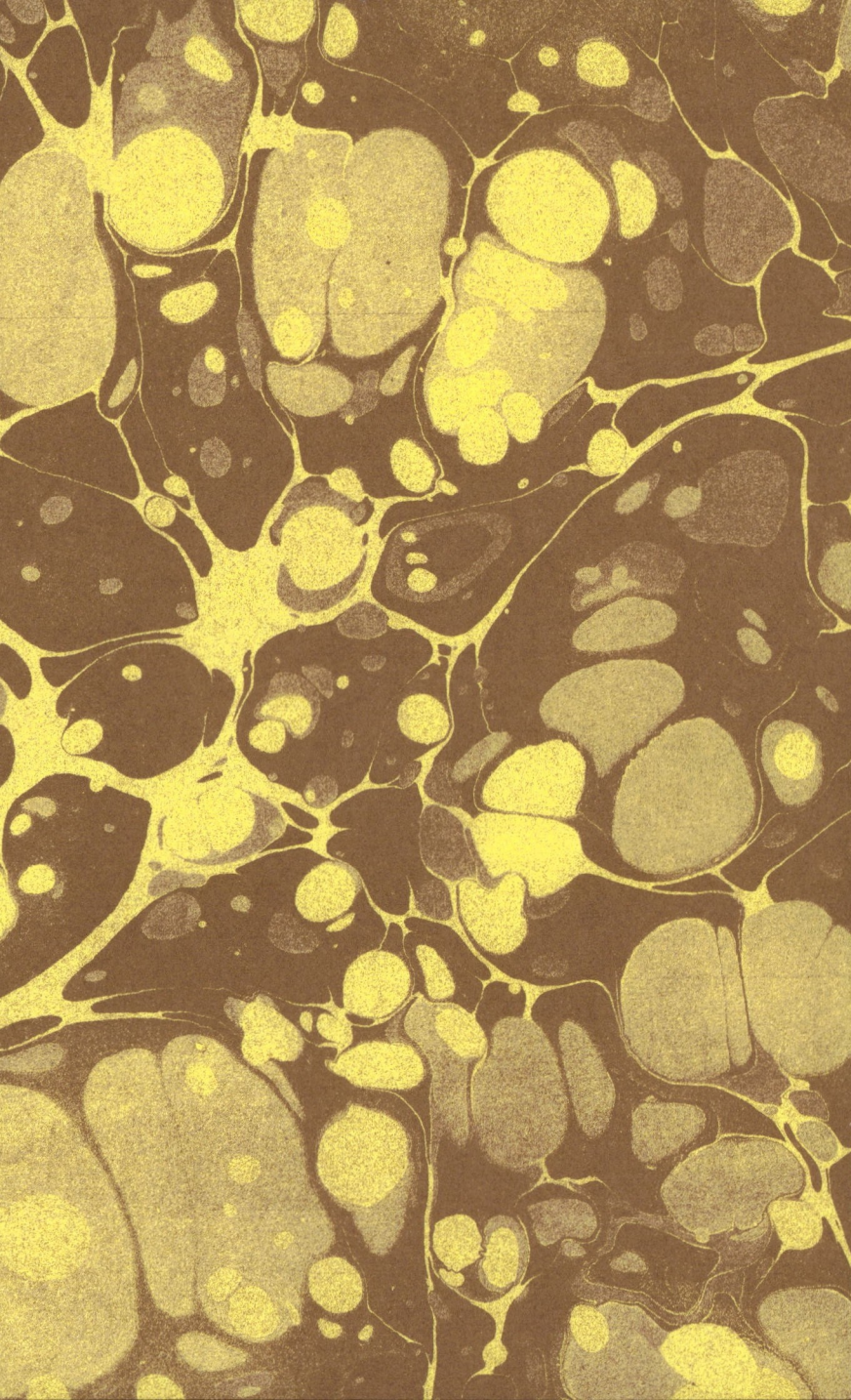